诗
想
者

H I P O E M

生   活   ,   还   有   诗

诗想者·读经典

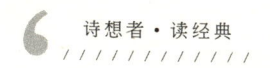

Zuojia Zhong de Zuojia 2

作家中的作家2

北美洲与南美洲卷

邱华栋 著

广西师范大学出版社
·桂林·

策划人/ 刘 春
责任编辑/ 郭 静
助理编辑/ 吴福顺
责任技编/ 王增元
装帧设计/ 唐秋萍

图书在版编目（CIP）数据

作家中的作家. 2, 北美洲与南美洲卷 / 邱华栋著. -- 桂林：广西师范大学出版社，2022.1
（诗想者·读经典）
ISBN 978-7-5598-4422-4

Ⅰ. ①作… Ⅱ. ①邱… Ⅲ. ①文学研究－美洲 Ⅳ. ①I106

中国版本图书馆 CIP 数据核字（2021）第 223903 号

广西师范大学出版社出版发行
（广西桂林市五里店路 9 号　邮政编码：541004）
（网址：http://www.bbtpress.com）
出版人：黄轩庄
全国新华书店经销
广西广大印务有限责任公司印刷
（桂林市临桂区秧塘工业园西城大道北侧广西师范大学出版社集团有限公司创意产业园内　邮政编码：541199）
开本：880 mm × 1 230 mm　1/32
印张：12　　字数：270 千
2022 年 1 月第 1 版　　2022 年 1 月第 1 次印刷
定价：88.00 元

如发现印装质量问题，影响阅读，请与出版社发行部门联系调换。

缘 起

经典作品总是常读常新,其魅力不会因为时间的流逝而削弱。阅读经典,不仅能拓宽我们的知识面、开阔视野、增强思想的深度,更重要的是,经典作品能够延展我们生命的维度和情感的纵深,让我们度过一个更有意义的人生。因此,任何一种经典,都值得我们穷尽一生去阅读,去领会,去思索。

作为"诗想者"品牌重要组成部分的"读经典"书系,以对文学艺术领域的经典作品、代表性人物的感受和介绍为主。所选作者,多为具有突出的创作成就的作家,他们对经典作品的感悟、解读、生发、指谬,对人物的颂扬与批评,对"伪经典"的批判,均秉承"绘天才精神肖像,传大师旷世之音"的宗旨。在行文造句中,力求简洁、随和、朴实,不佶屈聱牙、凌空蹈虚。

做书不易,"诗想者"坚持只出版具有独特性与高品质的文学图书,更是充满孤独与艰辛,但对文学的这一份热爱,值得我们不断努力。"读经典"书系既是对古今中外杰出作家与作品的致敬,也是对真诚而亲切的读者的回报,同时,我们也期望通过这一系列图书,为建设书香社会尽绵薄之力。

广西师范大学出版社
2018 年 9 月

目录

001　海明威：行动的人，行动的小说和哲学

017　纳博科夫：小说魔法师

036　索尔·贝娄：美国知识分子的灵魂图谱

052　菲利普·罗斯：写作"伟大的美国小说"

074　约翰·厄普代克：一片平原

090　唐·德里罗："另一种类型的巴尔扎克"

109　托马斯·品钦：熵的世界观

128　托妮·莫里森：黑人的哥特式魔幻之书

144　杰克·凯鲁亚克：永远在路上

161　杜鲁门·卡波蒂：
　　　冷血与热血，虚构和非虚构，风格的变色龙

179　胡安·鲁尔福：烈火平原与人鬼之间

195　加西亚·马尔克斯：一个大陆的孤独和奋斗

215　卡洛斯·富恩特斯：

　　　文学大壁画——"时间的年龄"

239　马里奥·巴尔加斯·略萨：小说建筑师

261　阿斯图里亚斯："伟大喉舌"

275　阿莱霍·卡彭铁尔：神奇的文学王国

291　胡里奥·科塔萨尔：意义与游戏

305　玛格丽特·阿特伍德：加拿大"文学女王"

328　库尔特·冯内古特："没有国家的人"

343　唐纳德·巴塞尔姆：垃圾美学与元小说碎片

360　保罗·奥斯特：镜像游戏

海明威：
行动的人，行动的小说和哲学

行动的人

在我看来，欧内斯特·海明威（Ernest Hemingway, 1899—1961）首先是一个行动的人，一个具有传奇色彩的人，其次，他才是一个杰出的小说家。海明威可以说是在中国影响最大的美国小说家，在很长的时间里，他的作品不断被重新翻译，并且总是能够保持着稳定的销量，这很大程度上得益于他的传奇经历和人格魅力。从某种程度上说，海明威是挡在自己作品前面的人，他以自身的传奇性和行动性，将小说写作变成了行为艺术，他的行动和小说写作密不可分，这在小说史上也是一个奇观。而且，海明威创造出一种地地道道的美国小说，在短篇小说的写作上成就尤其突出，以其文本上的强烈的简洁风格和省略性叙述，将小说的叙事艺术带到了一个新天地，昭示了小说的发展方向，并影响了后世很多小说家。同时，他还拓展了美国文学的新疆界，与威廉·福克纳一起提升了二战之后的美国文学，并将现代小说叙事艺术的发展中心，强有力地从欧洲转移到了美国大陆。

欧内斯特·海明威1899年出生于美国芝加哥附近的奥克帕克村，他父亲是一名医生，母亲非常爱好文学和艺术，这对夫妇一共生育了六个孩子，海明威是他们的第二个孩子。在海明威很小的时候，母亲就教他拉大提琴，并教他欣赏美术作品，父亲则教他钓鱼和打拳击，教他各种体育活动。父母亲在美和力两个方面的培养，奇妙地统一在海明威身上，成为他一生受用的两个方面。按说，行动性非常强的体育活动和内向式的艺术审美活动恰恰是相反的，但是，在性格和爱好互补的父母亲的影响下，海明威吸收了他们各自的长处和优点，从而造就了其独特性。在中学时代里，海明威的体育成绩就非常好，游泳、足球、射击、拳击都是他擅长的运动；他还参加了学校里的乐队，拉大提琴；在文学方面也很早慧，很早的时候就开始写短篇小说，并且向学校里的刊物投稿。1917年，18岁的他中学毕业之后，就去了堪萨斯城的《星报》担任记者，正式开始了自己的文字生涯。在早期的新闻写作中，新闻稿件对简洁和准确、生动和具体、短句与活泼的文风的要求，使他积累了很特殊的写作经验，为他日后创造出电报式的文学写作风格打下了基础。

1918年，19岁的海明威投身于第一次世界大战的欧洲战场，

海明威

担任的是红十字会医疗车队的司机。这段时间,他主要在欧洲南部、特别是意大利的后方医院里服务,在一次遭受的袭击中身受重伤,经过治疗,次年回到了美国,在家中继续写作。接下来的几年时间里,他又担任了《星报》驻欧洲的记者,在巴黎、日内瓦等地采访,并且在美国作家舍伍德·安德森的介绍下认识了侨居巴黎的美国女作家格特鲁德·斯坦因,和诗人庞德等交往,在他们的影响下写作水平进步神速。1923年,海明威出版了他的第一本书《三个短篇小说和十首诗》。1925年,在巴黎,他又出版了短篇小说集《在我们的时代里》,这个集子收录了十八个以年轻的尼克(实际上是海明威自己的化身)为主人公的短篇小说。1926年,他还出版了中篇小说《春潮》。《春潮》是对他的文学启蒙老师舍伍德·安德森的小说《黑色的笑声》带有恶作剧性质的戏谑和模仿,据说,严重伤害了舍伍德·安德森的感情。以上这三本书是海明威初露头角的作品,虽然销量都很小,但已经开始呈现出海明威独特的语言技巧和叙事风格,引起了英语世界的作家同行与评论家们的注意。

海明威真正引起广泛关注的作品,是他的第一部长篇小说《太阳照常升起》。这部小说出版于1926年,小说的主人公是一群参加了第一次世界大战后在欧洲居留的美国青年,他们的生活面临危机,残缺不全又找不到方向,从而描绘了一代青年的迷惘和幻灭感。这可以说是一部艺术家小说,书中刻画了想当作家和艺术家的美国青年在巴黎的困顿、探求和失落,巴黎的五光十色和艺术氛围并没有抚平这些青年内心的失落感,反而使他们找不到出路，变得更加迷惘。文字上充满了后期印象派画家那样的光影感，死亡、疾病、伤残和心理问题笼罩在小说主人公的身上，具有很强的艺术感染力。侨居巴黎的美国女作家斯坦因看了这本书的手稿，对海明威说，"你们都是迷惘的一代"，海明威就把这句话作为小说的题记放在了扉页上，可见他对这句评语的欣赏。《太阳照常升起》也因此成为"迷惘的一代"这个短暂和影响不大的文学流派的代表作。这本书的出版，使海明威看到了自己的真正前途不是在欧洲，而是在美国大陆。于是，1927年，他回到了美国。

我觉得，海明威逐步确立了自己的"硬汉"文学写作风格，是以1927年出版的短篇小说集《没有女人的男人们》为起点的。这部短篇小说集题材广泛，描绘了拳击手、西班牙斗牛士等一些硬汉形象，他们在面临人生困境和抉择时，显示出男人的力量。尤其是当死亡的威胁来临的时候，男人们竟然直接面对，毫不退缩，呈现出和美国精神相符合的一面。美国精神带有拓荒者的创造性和冒险性，这些特性在海明威的笔下都有呈现，海明威逐渐找到了自己的声音和写作的题材，以行动的人的方式，展开了他迷人的文学写作。

行动的小说

在我看来，长篇小说《永别了，武器》（1929）是海明威影响最大的作品，也是他最好的小说之一。小说带有一定的自传性，描绘了一个年轻的美国军官在意大利前线负伤后，住进了战地医院，并和一个英国护士有了一段悲剧性爱情——女护士最后难产死亡，年轻的军官带着悲情离开了欧洲。小说主题是反战的，情节上带有一点通俗爱情悲剧小说的影子，隐含着大男子主义的观念——女护士的死，解决了他们即将面临的世俗生活的难题，使小说带有希腊悲剧的壮美色彩。小说的语言干净利落，叙事扎实简洁，细节生动具体，没有废话，没有多余的描写，人物的性格也比较生动，但是稍显得平面。小说里有很多警句一样的议论，是对那个时代非常有力的批判和判断，今天看来，也非常有力量。从小说的形式上来讲，这还是一部多少有些中规中矩的现实主义作品，但海明威还是在语言和句子上，顽强地打上了他自己的鲜明烙印，就像美国西部的牛仔给自己的牛打上一个区别于其他人的牲畜的符号一样，这个烙印，就是他那精湛的叙事艺术，是属于海明威自己的，以精练、简洁、生动和省略为特点。尤其是小说的开头和结尾部分，可以和《百年孤独》的开头相媲美，特别值得分析。小说在开头部分，就确立了整部小说的叙事风格和语调：

那年深夏，我们住在村里的一所房子里，越过河和平原可以望见群山，河床里尽是卵石和大圆石，在阳光下显得又干又白，河水清澈，流得很快，而在水深的地方却是蓝幽幽的。部队行经我们的房子朝大路走去，扬起的尘土把树叶染成了灰蒙蒙的。树干也蒙上了尘土。那年树叶落得早,我们看到部队不断沿着大路行进,尘土飞扬,树叶被微风吹动,纷纷飘落……

我们可以感觉到,在写景的文字中,蕴涵着海明威对战争即将摧毁这一切的担忧,简洁、具体和生动的句子,立即把我们带到了现场。而小说的结尾更加出色,是小说史上最值得分析的结尾之一。据说,海明威改写了三十九遍才感到满意。结尾引文如下:

> 我走到房间的门口。"你现在不能进去。"一个护士说。
> "不,我能。"我说。
> "你还不能进去。"
> "你给我走开,"我说,"另一个也走开。"
> 但是等我把她们赶走以后,关上房门,拧熄了电灯,并没有丝毫用处。这好像是在向一尊塑像告别。过了一会儿,我走出房间,离开医院,冒着大雨回旅馆去。

和《百年孤独》开头那句绕口的,包含了过去、现在和未来的时间不一样,《永别了,武器》的开头和结尾都是现在进行时的。小说的结尾是对一种悲剧性情景的描绘:男主人公要去向恋人的遗体告别,两个护士在场,他把她们赶开了。然后,他默默地进行了一次告别,没有悲痛欲绝,没有呼天抢地,没有大声哭泣,他坐了一会儿,就离开了那里。而强烈的感情恰恰全部隐藏在简约的文字背后,海明威用主人公的动作和形象来表现人物的感情和心理活动,用精粹的句子描述主人公的内心活动,用简练的对话来呈现人物的性格,达到了超凡的效果,这就是海明威的小说叙事艺术的魅力。

20世纪30年代早期,海明威离开美国迁到了古巴,这和他喜欢大海有关。他的生活方式主要是捕鱼、打猎和读书。1932年,他出版了关于西班牙斗牛士的长篇专著《午后之死》,这本书将斗牛提升到与雕塑艺术并驾齐驱的地位和死亡美学的高度。这本书里还有从斗牛引申开来的、他对文学写作的一个著名的主张:"冰山在海里移动很是庄严宏伟,这是因为它只有八分之一露在水面上。"后来,在小说的叙事艺术上他所努力实践、并且几乎达到了完美境地的文学理论,就是这个"冰山理论"——在他简约的叙事语言背后,读者仍旧可以感觉到、乃至阅读到他没有写出来的八分之七的东西。这就是海明威在小说叙事艺术上的追求和贡献。1933年,他出版了短篇小说集《胜者无所得》。1935年又出版了他的狩猎笔记《非洲的青山》,再现了一年以前他和自己的第二任妻子以及好友卡尔一起去非洲打猎的经历,在那里,他们一共打了三头狮子、一头水牛、二十七只各种稍微小一点的动物。书中描绘了打猎的惊险和非洲奇特的大自然,还有他在好朋友卡尔面前的争强好胜,以及与妻子的和谐恩爱,可见这段时间他过着多么逍遥自在的生活。

1937年,海明威出版了长篇小说《有的和没有的》,我觉得这是一部中等水平的小说,描绘了一个在美国社会里单枪匹马闯荡的男人哈里的一生。他在古巴和美国之间走私，最后丢掉了性命，成了一个悲剧英雄。小说的结论是：在美国这个社会，一个人依靠勇气闯荡根本不行，只能毁灭。这是海明威对自己的硬汉哲学与行动哲学的一种悲观思考，小说体现出冒险和硬汉的精神，带有悲剧的震撼力量，但是无论是人物还是故事情节，都显得单薄。同一年，西班牙内战爆发，作为记者，他筹集了几万美元和几辆救护车来到西班牙，支持共和政府，反对佛朗哥的法西斯军政权。次年，他发表了他一生中唯一的剧本《第五纵队》，这个剧本共分三幕，以马德里保卫战为背景，讲述了共和政府如何粉碎马德里城中一个间谍网的故事——尽管这场内战最终以佛朗哥的法西斯军政权上台结束。近距离地观察西班牙内战，带给了他巨大的创作激情，而当时荷兰导演伊文斯拍摄了一部纪录片《西班牙大地》，解说词也是海明威写的，并且还由他操着美国中西部的口音来亲自配音。

1940年，海明威出版了以西班牙内战为题材的长篇小说《丧钟为谁而鸣》，讲述一个美国志愿战士乔顿参加了西班牙游击队，奉命去炸掉一座桥梁，最后壮烈牺牲的故事。小说的故事情节发生在三天里，显得十分紧凑。在小说的副线中，穿插了几个爱情故事以及西班牙游击队员内部的矛盾和分歧，小说翻译成中文有四十万字左右，是海明威所有生前出版的小说里最长的，而且，里面有大段的内心独白和回忆，这使小说显得拖沓和冗长，而他的"冰山理论"在这部小说里尽管有所体现，但是不够明显。可见，他的"冰山理论"更适合短篇小说的写作。而且，他参与政治的热情实际上掩盖了在艺术上的精湛表达,小说的情节和人物的命运有拼凑和硬性虚构的痕迹,所以,我认为,这是一部很一般的作品。不过,它作为精确反映西班牙内战那个时代氛围的一部战争小说,倒在文学史上留存了下来。

行动的哲学

欧内斯特·海明威一直信奉一种行动的哲学,他不是一个书斋里的作家,尽管他一向广泛阅读,博览群书。他是一个行动的人,只有在行动中,他才可以写出他的小说来。在二战爆发之后,他最为令人称道的行动就是改装了他的那艘名字叫"皮拉尔号"的游艇,使之变成了一艘可以进行反潜艇作战的炮艇,在茫茫大海上侦察德国潜艇。不过,没有关于他和德国潜艇遭遇的任何记录。在二战快结束的时候,他还率领一支游击队参加了解放巴黎的最后战斗。但因为他的身份是必须保持中立的记者,战后他被法庭审讯,结果无罪释放了。

海明威在小说写作上的高峰,应该是《老人与海》的出版。这部篇幅只能算是一个大中篇的小说出版于1952年。此前的1950年,他还出版了一部长篇小说《过河入林》,描绘了一个参加了战斗的上校前往自己过去战斗过的地区,回忆当年在那里发生的战争的故事,有大量的心理描写,但是故事和叙述都缺乏有力的支撑,显得苍白贫乏。篇幅不大的《老人与海》则相反,描绘了一个古巴老渔民桑地亚哥，在出海之后打到了一条巨大的马林鱼，但是当他想尽办法、费尽力气与周折把大鱼拖回港口的时候，那条大鱼已经被鲨鱼啃得只剩下了骨头架子。这部小说将老渔民幻化成可以以耐力和信心抵抗任何人生挑战的强大符号——"一个人并不是生来要给打败的，你尽可以把他消灭掉，可就是打不败他。"据说，《老人与海》这部小说本来是一部长篇小说的结尾部分，结果，海明威把前面几个部分都删掉了，只保留了有两千多个单词的这个结尾，从而奇迹般地成就了一部杰作。

评论家对这部小说给予了毫不吝惜的赞美，并对这部小说进行了各种各样的分析。他们认为，小说塑造的这个老渔民，和他以往所塑造的那些硬汉，比如斗牛士、战士、打猎者、偷渡和走私者都不一样，老渔民的经历不仅和古代希腊悲剧中的一些角色有呼应的关系，还是一个寓言，一个现代基督，一个巨大的人类命运的象征。同时，他的"冰山理论"在小说的叙事中运用得非常成功，简洁的叙事和纯粹的动作描写，使得小说带有硬朗的骨架和密度，掩盖了长度和难度的匮乏，以自身的强大力量征服了读者。但是，海明威说："没有什么象征主义的东西。大海就是大海。老人就是老人。孩子就是孩子。鱼就是鱼。鲨鱼就是鲨鱼。"这部小说也是他自己觉得最满意的。小说获得了1953年的美国普利策文学奖，并且，由于这本书的出版，1954年，他就获得了诺贝尔文学奖。在给他的授奖词中有这样的评语："和他的任何一位美国同行相比，海明威使我们更清楚地看到屹立在我们面前的是一个正在寻求准确方式来表达自己意见的朝气蓬勃的民族……作为这个时代伟大风格的缔造者,海明威在25年来的欧美叙事艺术中有着重大的意义,这种风格主要表现为对话的生动和语言的交锋。"

海明威一生都喜欢参加各种冒险活动,包括了战争、打猎、捕鱼、观看斗牛等,这些活动加上酗酒和两次非洲打猎中的小飞机失事,都给他的身体带来了一些损害。在他的体内,还留着一些弹片,这些弹片总是带给他肉体与神经上的痛苦,并成为日后导致他焦虑和抑郁并最终自杀的病灶之一。1959年,卡斯特罗领导的古巴革命胜利之后,海明威就离开了古巴,回到了美国,居住在爱达荷州,其间还去西班牙看斗牛。他对斗牛有着深刻的体会和研究,并从中不断发掘出他标榜的硬汉美学和人生哲学。1960年,他完成了生前最后一本著作,这又是一本描绘斗牛的专著——《危险的夏天》。因为身体的病痛,加上糖尿病和高血压,1961年7月2日,他终于感到不堪忍受了,用自己的猎枪轰掉了自己的脑袋,惨烈地自杀了。海明威连死亡的方式都是那么具有行动感,那么的主动,那么的热烈而又让人震惊,他以自身的举动证明了自己的行动哲学。

在他的身后,留下的遗作还有不少,后来陆续由他的遗孀整理出版,包括长篇回忆录《流动的盛宴》,书信集《海明威书简》,长篇小说《海流中的岛屿》《伊甸园》《曙光示真》等,这些作品从叙事艺术上看,并没有超过他出版过的几部最好的小说。《流动的盛宴》回忆了当年海明威在巴黎流浪和闯荡的真实经历,其中,对很多同代作家,尤其对菲茨杰拉德的描绘最为逼真。长篇小说《海流中的岛屿》也很像一部粗糙的草稿，共分成三个部分，描绘一个画家一生中的三个片段。画家的三个儿子分别死于车祸和战争之后，画家决定亲自投身到反法西斯的战争中去。小说的主人公带有海明威自己的影子，尤其是第三个部分里，画家在海上执行搜捕潜艇的任务，和海明威自己改装游艇成为一艘小兵舰的经历很相似，画家也是他塑造的典型的硬汉人物形象，画家怎么遭受生活的打击都没有倒下去，所以，小说在主题上是重复的。遗孀整理的时候不忍删节，中文译本篇幅达四十二万字，行文并无剪裁，不能像海明威自己那样痛下板斧，我觉得是一部很一般的作品。

《伊甸园》也是海明威的遗作之一，小说的原稿有一千多页，在出版社编辑的多次删节之下出版了。这部小说的主人公一看就是作者的化身。小说的时间背景是20世纪20年代，主要人物有三个，青年作家大卫、他的新婚妻子和妻子的女友，他们三个人形成了一种多少有些畸形的恋爱关系。小说的题目叫"伊甸园"，显然就是为了描述亚当和夏娃当年吃禁果的感受，小说的主题是情爱和性，带有变态性爱的一些场景是小说的特色，但并不过火，而是很隐晦，这大概也是海明威多年都没有修改并出版它的原因。据说，小说的三个主人公可以从海明威和他的第一与第二任妻子身上找到原型，从小说的情节上，可以看出海明威某些生活的真相和隐衷。

长篇小说《曙光示真》则以他和第四任妻子玛丽前往非洲打猎的经历作为背景，其中，刻画了海明威自己在当地结识的一个黑皮肤的女友黛芭和他们夫妇的关系，隐含了一种三角恋的微妙关系，但是，这种三角的男女关系处理得相当好。经过编辑的削删，最后面世的小说只是手稿的一半，其力度和艺术水平都无法和他的那几部杰作相比。

总体来说，欧内斯特·海明威以他简洁如同电报电文一样的语言风格，引发了一次文体和叙事的革命，这一点，后来在世界上很多作家的作品中，都可以看到影响。在他的十多部中长篇小说中，《太阳照常升起》《永别了，武器》《丧钟为谁而鸣》和《老人与海》是最好的，分别展示了他创作中最重要的符号价值和文学阶段：《太阳照常升起》是他早年开创出"迷惘的一代"文学风格的代表作；《永别了，武器》和《丧钟为谁而鸣》则分别描绘了第一次和第二次世界大战带给他的无法磨灭的印记；《老人与海》则代表了他的"硬汉文学"的高峰，并具有古希腊悲剧和圣经故事的伟大而动人的力量。

海明威的短篇小说一共有七八十篇，风格都非常鲜明，叙事技巧精湛而无与伦比，开创了短篇小说写作的一个新天地。这方面的代表作是《乞力马扎罗山的雪》《白象似的群山》《杀手》《弗朗西斯·麦康伯短促的幸福生活》等。在写作小说的过程中，他就像拿着一把斧头的人，砍掉了整座森林里的枝枝蔓蔓，省略和空白恰恰最终丰满了作品本身，让我们看到了这种省略之后的满溢，也实现了他要"写出一句真实的句子"（回忆录《流动的盛宴》）的想法，以及以八分之一的显露来展现八分之七的隐含内容的"冰山理论"，对话往往是他的短篇小说里最精彩的部分。

另外，1972年，纽约一家出版公司编辑出版了收有二十四个短篇小说的《尼克·亚当斯故事集》，这是从海明威生前发表的三个短篇小说集和一些未发表的小说手稿中挑选的，主人公都是尼克·亚当斯，这个连贯在小说中的人物更像是一个旁观者，主要经验都取材于海明威青少年时期的成长经历，以及对这种经验的深度挖掘和超越。

海明威是一个敢于挑战前辈和同辈的作家，他性格鲜明，自我感觉一向特别好，是一个自大狂。他曾经和威廉·福克纳、菲茨杰拉德打过笔仗，互相较劲，说自己更热爱大海，而不愿意憋屈在威廉·福克纳的那个小县城里。但是，实际上，福克纳比他更具有深度和厚度。他还痛恨批评家，骂他们是"待在文学身上的虱子"，这实际上妨害了他自身的完善。因为一些评论家在他的创作后期，对他提出了很多的批评和指点，他全然听不进去，以硬汉式的粗暴作风，猛烈地攻击善意批评他的人，这显示了他性格上的刚愎自用和目中无人。他经历了四次婚姻，这也成了美国报刊上的花絮，我想，也许，从心理学和"人格病理学"上来分析海明威，会得出更加有趣的东西。

欧内斯特·海明威也是很勤奋的，待在房间里的时候，他总是在读书。他在《海明威谈创作》一书中这么说道："作家应当什么书都读，这样他就知道应该超过什么……一个真正的作家要和死去的作家比高低。"虽然海明威的小说在文化深度和哲学深度上，都没有给小说史带来更多的贡献，他所虚构的文学世界也因为题材和主题的重复而显得狭小，风格上也有些重复。但是，他是作家群中少有的一个有着巨大性格魅力的人，一个改变了"作家应该总是待在书斋里"形象的硬汉，而且，把他自己的经历牢牢地和他的写作捆绑在一起，成就了20世纪的一个文学传奇，这包括了他勇敢而决绝的自杀。现在，在美洲的某些地方年年都要举行模仿海明威的大赛，大家个个都留着海明威式的招牌大胡子，端着啤酒杯，像还在人间的海明威那样，开怀畅饮，继续着一个富有人情味和文化意味的传奇。

总体上看，我觉得，海明威的长篇小说中不少都是不成功的，主题重复、人物形象过于外在化是通病，小说的主人公大都是他自己的化身，他通过塑造那些硬汉来重新塑造自我的形象。但是，他是20世纪少数几个最杰出的短篇小说家之一，在20世纪的美国文学历史上，我把他排在福克纳和索尔·贝娄之后。他接近了文学的峰巅，但是，就像他的短篇小说《乞力马扎罗山的雪》开头的一段文字，描绘在乞力马扎罗山雪峰的旁边有着一头风干了的雪豹的尸体，没有人知道它怎么会在那里一样，我觉得，那头雪豹就象征着海明威自己，他一直在努力攀登文学的巅峰，最终功亏一篑，后继乏力，英勇地死在了高高的半山腰，获得了一种永恒的遗憾和孤独。

正如海明威在诺贝尔文学奖的获奖答词中说："一个在孤寂中独立工作的作家，如果他确实不同凡响，就必须每天面对永恒，或者面对永恒缺乏状态下的那种孤独。"

纳博科夫：小说魔法师

在欧洲流落

1958年，弗拉基米尔·纳博科夫（Vladimir Nabokov, 1899—1977）的长篇小说《洛丽塔》在美国出版，这在20世纪是一件惊世骇俗的事情。这部探讨性畸恋的小说将美国20世纪50年代保守的面具和幕布撕裂了开来，为60年代美国爆炸般的性解放和各种社会运动掀开了帷幕，从此，弗拉基米尔·纳博科夫也由文坛小圈子进入世界大众的视野，逐渐成为20世纪最好的小说家之一。

纳博科夫1899年出生在俄罗斯圣彼得堡，他的家世显赫，祖父当过沙皇时期的司法大臣，父亲是一名自由派律师、政治家和记者，反对沙皇统治，后来参加了"二月革命"之后成立的改良政府。因此，纳博科夫从小就受到了很好的文化熏陶。后来，由列宁领导的"十月革命"将俄国引向了新的方向，历史的车轮使旧俄罗斯快速演变成了一个庞大的国家新苏联。在那个动荡的时期，小纳博科夫由父亲带着流亡到了德国。从此，纳博科夫就再也没有踏上祖国的土地。1919年，纳博科夫进入英国剑桥大学学习俄罗斯文学和法国文学，1922年他取得了文学学士学位，回到了柏林。他父亲当时是流亡在欧洲很活跃的自由派分子，因为办报纸刊发自由派观点的文章，惹怒了同样流亡的右翼君主派分子，结果在1922年被刺杀身亡。父亲丧生之后的一段时间是纳博科夫最为艰难的时期，他侨居欧洲，开始写作俄语小说，在流亡的俄罗斯侨民中获得了一些名声。说起来，纳博科夫十分早慧，他的文学生涯开始得很早，1916年，17岁的纳博科夫还在俄罗斯的时候就出版了诗歌作品《诗集》，诗风带有象征主义的晦涩和对语言的雕琢，在俄罗斯文坛上崭露头角。到欧洲之后，他写了六个戏剧剧本，1926年到1940年之间，纳博科夫发表出版了九部俄语小说：1926年，纳博科夫出版了他的第一部小说《玛丽》，此后，又陆续出版了小说《王，后，杰克》《眼睛》《防守》《荣誉》《黑暗中的笑声》《绝望》《斩首的邀请》《天赋》等。

这个阶段可以说是纳博科夫文学生涯的第一个阶段。在这个时期，纳博科夫通过诗歌、戏剧、小说等多种文体的写作，艰难寻求表达自我的文体。《玛丽》作为纳博科夫的小说处女作，带有他本人鲜明的自传色彩，它的篇幅很短，合中文才九万字，以

纳博科夫

在柏林一家侨民寄居的公寓为背景,讲述了流亡的俄罗斯人的故事。在他们的生命经验中,对俄罗斯有着感情复杂的回忆。而玛丽是女主人公,围绕着她展开的故事和对侨民生活的描绘、对俄罗斯的甜蜜又苦涩的追忆构成了小说略带感伤的语调,可以看出纳博科夫的叙述天才。

长篇小说《王,后,杰克》的书名,指的是扑克牌中王、后和小人这三张牌。小说依旧以柏林作为背景,人物照例是那些流落在欧洲的俄罗斯人,包括一家服装店的老板,他的妻子和他们的外甥。这是一个三角恋的故事,小说中充满了世俗性的喜剧色彩,最后,服装店老板娘患病突然死去,三个人的爱情死结无意中解开了。我从这部小说中看出了《洛丽塔》的雏形来,我想,他当年写下了这部带着欢快和愁闷情绪的悲喜剧色彩交织的闹剧小说,那《洛丽塔》的诞生就是必然的了。而篇幅只有四万字中文的俄语小说《眼睛》在1930年发表于一家专门刊登流亡俄罗斯人的作品的杂志上。小说带有超现实主义的特征,使我想起画家达利和导演布努埃尔合作的一部超现实主义电影《眼睛》,其中一个镜头是用刀片割开一只巨大的眼睛。小说《眼睛》讲述了一个同性恋自杀之后,从另外一个世界观察当代生活的故事,但是,最终叙述者和这个自杀者合成了一个视角来讲述,而讲述的角度变成了一只眼睛,由眼睛来叙述它所看到的一切,充满了荒诞和离奇的效果。可以说,从一开始,纳博科夫就特别注意小说的文体实验,他很少在小说的形式上重复自己,他说:"风格和结构是一部书的精华,伟大的思想不过是空洞的废话。"他一生喜爱捕捉和整理蝴蝶的标本，在我看来，这种爱好投射到小说写作中，也使他的每一部小说都呈现出五彩斑斓的特征，语言、结构、主题、语调、情节和细节，都显示了无穷无尽的变化，使人觉得惊喜异常。

小说《防守》的原名叫作《卢金的防守》，描绘了一个象棋大师卢金的尴尬，他为自己的棋局所迷惑，逐渐将眼前的象棋当作了自己的全部生活，取代了他能够感知的现实，他的妻子则想办法让他摆脱这种境地，最后，大师卢金还是因为精神的焦虑和无法解脱的苦闷而自杀了。小说呈现的是流亡在外的俄罗斯人找不到出路的精神困境，也暗示了时代的混乱气氛笼罩在渴望新生活的人们头上的压力，使他们濒临崩溃。纳博科夫于1932年出版的小说《荣誉》，同样描绘了俄罗斯人在欧洲流亡的窘境：一个年轻的俄罗斯逃亡者来到了欧洲，在欧洲宽容的环境里逐渐忘却了尾随他的恐惧感，他和一个年纪比他大很多的老女人谈恋爱，他不断地以能够证明他身份的英雄行为来证明和表达他的爱情，包括回到苏联境内，然后再回到欧洲，以此呈现自己的矛盾境遇。这部小说也显示了纳博科夫自己的内心冲突，他作为流亡者居留在欧洲的无所适从、压抑和迷茫感。

稍后出版的小说《绝望》的题材仍旧是关于流亡柏林的俄罗斯人，主人公是一个巧克力商人，在柏林，他发现一个流浪汉和他长得非常相似，于是，他心中萌生了一个骗取保险的计划。他把这个流浪汉诱骗到森林里，互换了衣服之后，就残酷地打死了流浪汉，然后，把流浪汉的尸体伪装成他的尸体，把他的证件放到了流浪汉的口袋中，就逃往了法国，等待他的妻子领取死亡保险金之后和他在巴黎会合。但是，令他意想不到的是，警察根据蛛丝马迹，判定那具尸体不是他，保险金没有得到，他的算盘完全落空了。他感到被愚弄了，十分恼火，开始写作一部手稿为自己的罪行辩护，等待着警察上门抓他。最后，他给自己的手稿起的名字就叫《绝望》。这部带有黑色喜剧色彩的小说，使得后来独树一帜的纳博科夫式的黑色幽默风格第一次被表现了出来，对文本间性的实验——把小说本身拆开成互相印证的部分，也获得了绝佳的效果。小说混淆了现实和想象、犯罪和戏剧、镜子和事件之间的关系，通过这部小说，纳博科夫逐渐找到了自己的写作道路，就是在实验文本和对社会的黑色讽刺与幽默结合的笔调中找到一种平衡，同时，呈现出自己多种文化混杂的跨越性优势，大量地使用从古希腊到当代欧洲各种文化符号和隐喻，追求文字游戏的缠绕，在文本上对侦探小说进行戏仿和拆解，开辟了所谓"后现代主义小说"的新路。因此，我认为，《绝望》是他的早期小说中很重要的一部作品。

1938年9月，纳博科夫出版了用俄语写成、由他自己翻译成英语的小说《黑暗中的笑声》。这部小说的初稿完成于1932年，是在柏林写成的，原名《暗箱》。从小说的文本上看，是纳博科夫对在20世纪30年代流行的三角恋电影的戏仿。以柏林为背景，小说中出场的人物有三个：阔绰的欧比纳斯、讽刺画家雷克斯、电影院女引座员玛戈，这三个人之间形成了一种恋爱关系，最后，以阔佬欧比纳斯的死亡宣告关系的结束。在小说中，纳博科夫采用了一些电影蒙太奇式的写法，他还运用了戏剧性的冲突、对拙劣的电影情节的滑稽模仿，并以暗示、象征等手法，使小说的主题显得多义而朦胧。

1938年，纳博科夫还出版了俄语小说《斩首的邀请》。到1959年，这本书才出了经过他本人与他儿子精心修订的英文版。这本小说是纳博科夫的小说序列里政治意味比较浓厚的作品，是以"反乌托邦小说"的面目出现的：在一个类似希特勒纳粹政权里，一个被判处死刑的囚犯想要脱身，但是，他又如何能够脱身呢？纳博科夫给出了一个答案，那就是，虽然他依旧被处死了，但是他的心灵能够以一种怪诞的方式继续逃亡。这部小说的情节很容易让人联想起卡夫卡的小说，也使我联想起博尔赫斯的一篇短篇小说，那是描述一个即将被处死的人以心理时间延迟死刑执行的故事。纳博科夫对德国纳粹统治深恶痛绝，他对这种统治进行了详细观察和研究，但是，以文学的手段来表达对专制制度的批判，很容易陷入情绪性的义愤或者简单的批判。纳博科夫技高一筹，他以黑色幽默和戏谑的叙述方式，把主人公在被行刑之前的那些日子里的怪诞思维和行动，描述成期望逃脱专制集权制度的一种可能。虽然，很多人认为，这部小说带有卡夫卡的印记，其荒诞和离奇的情节、黑色的梦境交织，似乎都和卡夫卡有着渊源，但是，纳博科夫本人坚决地否认了这种看法，他说，他那个时候不懂德文，根本无法阅读卡夫卡的作品，也不曾读过其任何译本。那么，这部小说显然就是他对一个荒诞时代的自我理解意义上的天才书写了。

纳博科夫的最后一部俄语长篇小说《天赋》完成于1937年，同年开始分期发表于流亡者杂志。1962年，才出版了这本书的英文版。我觉得这是研究纳博科夫前期写作中非常重要的一部作品，因为他动用了他的父亲等的一些材料。在结构上，这部小说别具匠心，也很有形式感。小说以一个流亡在欧洲的俄罗斯诗人为主人公。这个诗人一开始打算为他的昆虫学家父亲写一本传记，最终，他完成的并不是父亲的传记，而是俄罗斯著名作家车尔尼雪夫斯基的传记。这反映了诗人在思想上的转换，和对俄罗斯文化的深入观察。在叙述上，小说带有巴洛克式的回旋和繁复的特征，以两条线索交叉叙述，一条是诗人本身的成长，另外一条是对父亲生平的挖掘、对俄罗斯19世纪的伟大文学时代的回望，视角也在不断地转换，把对俄罗斯的深情回忆和欧洲当时山雨欲来风满楼的战前压抑的社会现实联系起来，将时代的文化氛围准确地捕捉到小说中，并把他的一份独特复杂的乡愁表达得淋漓尽致。

1937年，38岁的纳博科夫前往巴黎，打算在那里找一份教书的工作，但是，很快，第二次世界大战爆发了，他再次陷入一种困顿和危险当中。1940年，他终于辗转来到了美国，开始了自己的新生活。

在美国发达

纳博科夫可以说是在美国发达起来的，是美国给了他一个舞台，一个转变文学风格的机会，没有美国的生活，就没有一个现在看起来如此丰富和复杂的纳博科夫。一开始，他在美国的一些大学讲学，陆续登上了哈佛大学、斯坦福大学、康奈尔大学等美国著名学府的讲堂，在那里给学生们教授俄罗斯文学、法国文学和西班牙文学。课余时间则继续自己的文学创作，这段时间，他的生活逐渐稳定下来。由此，纳博科夫很快进入他写作的第二个阶段，从此，纳博科夫不再用俄语写作，而是改用英语写作，用他的八部英语长篇小说，顽强地征服了美国和其他英语世界的读者，获得了世界性的影响，奠定了他"20世纪小说大师"的地位。

《塞巴斯蒂安·奈特的真实生活》是纳博科夫的第一部英语小说，出版于1941年12月。对于这本英语小说的命运，纳博科夫内心是有些惴惴不安的，他请评论家威尔逊阅读了校样，结果，威尔逊大为赞赏，认为是一部杰作，他才稍微安心了。这部小说以一个俄罗斯流亡者为他同父异母的作家兄弟写一部传记的形式结构全书，别具匠心地采取了多层次的叙述，比如，作者一边写哥哥的传记，一边还对哥哥曾经聘用的秘书写的另一部传记进行驳斥和证伪，使得小说一边建构一边解构，内部结构复杂有趣。最后，小说中的作者前往医院亲自探访自己的作家兄弟，他发现他的作家兄弟已经去世了，医院里只有一张空床。于是，作者产生了一个幻觉，那就是，他的哥哥也许是根本就不存在的，在一瞬间，作者和他的那个作家兄弟合成一个人了。这部小说就这么有趣地将双重文本和双重人物合成了一个。小说实际上是纳博科夫对自身的深度探询和挖掘，是纳博科夫对自我迷宫的顽强揭示，难怪威尔逊会大加赞赏。虽然，这部小说的主题似乎延续了纳博科夫大部分俄语小说的主题——探索流亡者的境遇和状态，但是，这本书在对作家灵魂与精神生活的体现和对自身的观照上，在对文本互文性的小说形式探索、对人物的多重人格的描绘上，都达到了一个新境界。

第一部英语小说获得了读者和评论家的好评如潮，这使纳博科夫找到了用英语写作的自信。1947年，他出版了自己的第二部英文小说《庶出的标志》，书名的直译应该是"从左边佩戴的勋带"，意思是非正规获得的某种地位。小说讲述了一个专制国家里某个哲学家的遭遇：他的同学帕克通过一场政变掌握了国家的政权，希望这个哲学家同学给予合作，出任国立大学校长，但是，哲学家拒绝了，因为，他认为老同学取得政权的方式是非法的，是"庶出"的。于是，独裁者就使用了包括女色在内的各种招数来威逼利诱哲学家就范，还把哲学家的儿子投入监狱里，把哲学家监禁起来。渐渐地，他想要屈服了，可是，当他得知儿子被当作科学实验品给弄死了之后，他决定不再妥协，精心策划了一场越狱行动，结果，他被狱警开枪杀死了。但是，哲学家最后变成了一只飞蛾，翩然越狱而去。小说完全是一个黑色的、噩梦般的悲剧，据说，纳博科夫写这部小说是为了纪念1945年死于德国纳粹集中营里的哥哥。从小说的艺术性上来说，最出彩的地方就是那个带有荒诞色彩的人变飞蛾，以飞蛾飞出监狱喻示希望的存在。

纳博科夫真正让英语世界的读者着迷和发疯的小说，是《普宁》和《洛丽塔》。长篇小说《普宁》出版于1957年，主人公普宁是一位在美国任教的俄罗斯老教授，他外表打扮滑稽、行为迂腐，但是内心善良温和，带有浓厚的俄罗斯文化品格和乡愁意识。因此，在物欲横流的美国社会里，普宁教授感到处处都不适应，与周围的一切都发生了直接或间接的冲突，一时间，同事疏远了他，妻子也离开了他，最后，他把所有的精力都投入对俄罗斯古典文学和文化的研究当中去寻找安慰。可以说，普宁是一个失去了爱情、事业和故乡的人，小说描绘了这么一个不合时宜的人在一个新大陆里寻求生活的沧桑背影，小说的叙事技艺高超，语调从容笃定，叙述语言平实中蕴涵着机智与俏皮，人物带有黑色幽默的滑稽色彩，非常好读，但是读了之后一种悲悯感会在内心油然而生。在文字的背后，是俄罗斯文化的遥远投射与美国当代校园文化的五彩斑斓，这使得这部小说呈现出和一般的英语小说大为不同的文化格调，因此，《普宁》在美国社会大受欢迎，成为当时的畅销书。

而纳博科夫的长篇小说《洛丽塔》的出版，可以说是20世纪最具争议性的文学事件之一，只有詹姆斯·乔伊斯的《尤利西斯》和萨尔曼·拉什迪的《撒旦诗篇》的出版遭遇才可与之比拟。1953年，纳博科夫完成了这本书，之后，在寻求出版的过程中却到处碰壁，接连遭到了四个美国出版商的拒绝。当时的美国还处于麦卡锡主义的压制和禁锢之下，像《洛丽塔》这样的小说，在当时显得非常离经叛道，走投无路的纳博科夫寻思，风气开放的巴黎也许能够接受它,他就把稿子邮寄到巴黎。1955年,巴黎的奥林匹亚书局出版了这本书,却把它放到了一套色情小说丛书里。结果,英国著名作家格雷厄姆·格林发现了这本书的文学价值,他立即撰写书评文章,给予热烈的赞扬。大家才开始注意到这本书,并争相阅读,一时造成了洛阳纸贵的局面,大家口口相传,这本书的名气越来越大,不光是普通读者喜欢这本书,那些猎奇者、性变态、窥阴狂和恋童癖也都很喜欢这本书,这给一些保守者留下了口实,英国和美国的海关先后都查禁过这本书,不允许这本书入境。数年后的1958年,《洛丽塔》才在美国正式出版,继续它被热烈争议的命运。

《洛丽塔》真的有那么可怕吗?它到底写了什么让一些人抓狂?小说的情节很简单,一个叫亨伯特的欧洲中年男子,喜欢上了一个12岁的小姑娘洛丽塔,为了实现自己拥有洛丽塔的梦想,亨伯特就娶了洛丽塔的母亲做老婆。为了独自占有洛丽塔,亨伯特后来想杀害洛丽塔的母亲,但是,巧合的是,洛丽塔的母亲突然死去了。于是,亨伯特就暗自高兴,认为是老天爷帮他的忙。他很高兴地带着洛丽塔来到了美国,开始在美国各个地方旅行,一般都住在汽车旅馆里,并且,寻找机会打算向小洛丽塔下手。最终,他找到一个机会占有了洛丽塔,满足了自己的隐秘欲望。可是,洛丽塔开始反抗了,她厌恶自己的后爹,她和另外一个男人突然一起远走高飞了。这使得亨伯特十分恼怒,他开始追踪他们,在找到他们俩之后,开枪打死了那个男人,并且对已成熟起来的、怀了孕的洛丽塔依旧一往情深。小说的叙述采取了主人公第一人称的视角，以亨伯特在监狱里的自述来展开全书。小说还有一个前言，是纳博科夫冒充约翰·雷博士煞有介事地说自己需要编辑一份已经死在监狱里的犯人留下的手稿，这手稿，就成了这部小说的叙述主体。小说的开头也是文学史上最著名的开头之一，我看，和《百年孤独》的著名开头不相上下："洛丽塔，我生命之光，我欲念之火。我的罪恶，我的灵魂。洛—丽—塔：舌尖向上，分三步，从上颚往下轻轻落在牙齿上。洛。丽。塔。"（时代文艺出版社，于晓丹、廖世奇译）这段开头开宗明义地说明了小说将要讲述的一切：畸形的情欲、热烈的恋情、黑色的悲剧结尾和带有滑稽色彩的人物形象。很多年来，这部小说因为涉及成年人和未成年人之间的畸形性恋而备受争议和斥责。批评者认为，这是一部不道德的和反道德的书，是一部有害的书。赞扬者却认为，这本书恰恰是对美国物质至上的资本主义社会现实和粗鄙的审美趋向的尖锐批判。第三种观点则认为，作者不过呈现了人性的一种可能性和丰富性，它就是那么平常地存在而已，没有必要去大惊小怪。而纳博科夫对各种说法都不置可否，从不发表意见。

在这本书已问世几十年之后的今天，重新来看这本书，人们对小说中的畸形性关系的描绘已经不那么大惊小怪了，从小说的叙述、结构、语言和精神分析层面的解读就更加多样了。我觉得，从总体上说，《洛丽塔》这部小说的机智和反讽、对男人欲望的描绘和批判，使其具有了对美国社会进行精神分析的深度。小说本身的争议性和多义性也带给了纳博科夫本人很多版税和全球性的声誉。1989年5月,漓江出版社第一次推出的《洛丽塔》中文版有不少删节,封面是一个半裸的女人形象,一看就觉得像是那种低俗的地摊文学,说明这部小说在中国也被误读了。此后,又接连出版了四个不同的译本,但都在强调小说题材的猎奇性。一直到2005年,上海译文出版社出版了这本书的全译本和豪华精装本,最终确定了这本书在汉语阅读世界里"正常"的经典地位。

在瑞士谢世

1961年,纳博科夫迁居到瑞士蒙特勒,此后,一直到1977年7月他在洛桑去世,他都在瑞士生活和写作。这个阶段是他写作生涯的第三个阶段。一般认为,纳博科夫最好的、最有价值的小说,是他的几部英语小说。他早期的九部俄语小说,虽然有的也很精彩,但是似乎都是他的某种文学准备和练习,尽管这种准备和练习期的水准也达到了令人目眩的高度。1962年,他出版了长篇小说《微暗的火》,这是一部真正具有纳博科夫式谜语特点和形式主义特征的小说,也是纳博科夫最值得分析的作品。这部小说的结构最为奇特,是小说史上的奇观,它分三个部分,第一个部分是前言,是作者或者说叙事者的自白与解释,第二个部分是一首名为《微暗的火》的九百九十九行的长诗,第三个部分则是关于这首长诗的烦琐和多义的评注,也就是小说的主体部分，篇幅占全书的六分之五，形成了复杂的结构和多义的内容。为什么纳博科夫会写这么一部形式感非常强的小说？原来，他曾经将普希金的长诗《叶甫盖尼·奥涅金》翻译成英语，直到如今还是英语翻译最好的版本，诗歌译文有二百零八页。但是，纳博科夫给普希金的这首长诗作了洋洋洒洒长达千页的注释，厚厚的四大卷，显示了他的渊博学识，他也因此产生了《微暗的火》这部小说的写作动机。

小说讲述了位于东欧的某个虚构的小国家赞巴拉国的国王，被一场革命废黜之后逃到了美国一所大学担任教授的故事。他改名叫金——英语就是国王的意思，他对另外一个诗人、学者希德教授讲述自己的生平，希望希德把他的经历写成诗歌。但是，希德教授后来被误认为他是审判法官的一个出狱犯人所刺杀，只留下了九百九十九行长诗。这却使金觉得，刺杀希德教授的罪犯很可能就是废黜他的赞巴拉国派来暗杀他的，结果，刺客把毫不相干的希德教授给刺杀了，而真正的目标是他。于是，金从希德教授的遗孀那里取回来这首长诗，开始肆意地进行注解，疯狂地把一首希德教授写给自己的自传式的长诗，解读为关于他这个国王金的经历的叙事长诗，进行评注、误读和歪曲，由此也颠覆了小说的潜在主题。

《微暗的火》因为形式上的新颖和意义的复杂，历来是文学研究者最喜欢钻研的作品之一。至于这本书到底说的是什么意思，争论很大，其实，很简单，纳博科夫是在和我们玩一个文化智力的游戏，他将小说的游戏性和文本的间隔、互相映衬都融合在一起，给我们提供了一个比较难解的小说文本。我猜测，纳博科夫写这部小说时一定露出了他得意的、诡秘的坏笑，他知道，很多教授今后要为这部小说挠头，那样，他的目的就达到了。

1969年，70岁高龄的纳博科夫出版了小说《爱达或爱欲：一部家族纪事》，我认为，这是纳博科夫最值得关注的小说之一。这部篇幅不小的作品内容特别丰富，主线索是一个90多岁的俄罗斯裔美国哲学教授，回忆自己和同父异母的妹妹所发生的动人而又曲折的爱情，是另外一种类型的《洛丽塔》。形式上以男主人公的日记加女主人公的批注构成小说情节主干，表面看似乎是在嘲讽19世纪的规模宏大、庄严的家族小说，小说中大量的枝枝蔓蔓，很多是关于俄罗斯乃至欧洲历史上很多文学名家、大家的作品的解释和看法。纳博科夫仿佛在写作中随意地拽出一些线头，就延伸到欧洲深邃的文化史中了，展现了他十分渊博的学识。他甚至有些炫耀式地掉书袋。在这本小说中，俄语、法语、德语、荷兰语等多种欧洲语言词汇频繁出现，既给阅读带来了障碍，也显示了纳博科夫的一个潜在心理：这本书不是写给那些普通读者的，是写给有着雄厚的欧洲人文知识准备和素养的读者的，这样的读者才配去领会他传达的全部信息。也就是说，这是一本挑选读者的书，不是随便什么人都能够读懂的书。纳博科夫写这本书，几乎囊括了他全部的人生经验和对俄罗斯文化、欧洲文化、美国文化的全部思考，并且饱含着对文化的浓重依恋与乡愁。

1972年，老当益壮的纳博科夫出版了小说《透明》，这本薄薄的小说带有纳博科夫的特殊人生经验。小说主人公似乎是纳博科夫的分身，讲述了一个出版社的编辑，前后四次去瑞士访问和生活的故事。在几次访问中，这个编辑一生中结识的作家和朋友都纷纷去世了，世界上仿佛只剩下他一个人，悲哀和忧愁弥漫在老编辑的心间，其间还夹杂着对他自己经历的回忆——他和一名曾经当过妓女的女子结婚，由于对她的背叛感到恼怒而掐死了她，结果，他被关进监狱五年。小说的结尾，这个老编辑在瑞士一家被美丽的风景包围的旅馆里，遭遇一场离奇大火，在火焰的舔舐中，老编辑竟然逐渐变成透明的，消失在烟雾和风景中。阅读这本篇幅不大的小说，我想起了米兰·昆德拉晚年用法语写的那些篇幅不长的小说。在纳博科夫和米兰·昆德拉之间，我似乎看见两个70岁的老人都在用一生的智慧、简洁和缓慢的语调，讲述生命经验中最重要的沉思。从《透明》中，我看到晚年居住在瑞士的纳博科夫，已经在准备告别读者和这个复杂的世界了，他自己很想变成那种透明的物体消失。这一定是他在某个时刻的真实想法。

纳博科夫一生中最后一部完整的小说是《看，那些小丑！》（1974），这部英文小说的书名源于他的祖母对他说的话："看那些小丑！他们到处都是，在你的四周。"小说的主人公是一个流亡的俄罗斯作家，在小说中，时间不断地绵延、中断，作家不断地浸入回忆，他一生的文学创作连缀其间，但是，最终这个作家连自己姓甚名谁都说不出了，他只是人间一个小丑而已。纳博科夫以这部小说自嘲作家职业的尴尬，以自嘲的方式总结了自己一生的工作。

除了上述十七部小说，和他翻译注释的那部普希金的长诗，他还出版了评传《尼古拉·果戈理》（1944），研究分析了俄罗斯杰出的文学家果戈理的一生。因为常年在美国的几所大学讲授文学，他还出版有对狄更斯、福楼拜、卡夫卡等欧洲小说家进行细读式研究的《文学讲稿》、研究俄罗斯文学家的《俄罗斯文学讲稿》，以及研究西班牙文学名著的《〈堂吉诃德〉讲稿》等文学评论著作。他还发表有五十多个短篇小说和九个剧本，四百多首诗歌；出版有回忆录《说吧，记忆》。在他去世之后，整理者出版了他1939年身在巴黎的时候写就的中篇小说《魔法师》，从故事情节上看，它可以看作是《洛丽塔》的前身。2009年11月，他生前的一部遗作《劳拉的原型》经过后人的整理，在美国出版。小说的主题是爱情，一个女人发现自己竟然是一部小说的主人公。小说由一百三十八张卡片构成，纯属未完成的小说大纲和笔记。

纳博科夫很早就喜欢捕捉和研究蝴蝶，他是一个相当专业的业余昆虫学家。除去讲课和写作，很多时间里他都和妻子薇拉一起在郊外捕捉蝴蝶，制作标本。这给他的文学形象增加了一些趣味和神秘色彩，以至美国某家报刊刊登他的漫画，总是在他硕大的脑袋边加一个捕捉蝴蝶的网。这也成为纳博科夫本人的一个象征：他的一生似乎都在挥动一张捕捉小说文体的蝴蝶的网，并像魔法师变魔法那样不断地将小说的蝴蝶从网里拿出来。

纳博科夫对小说形式的探索异常用心，他的小说形式就是内容，而思想却是模糊和混沌的。由于他经历了20世纪巨大的历史震荡、变化和剧痛，他的作品呈现出一种十分复杂的面貌。他的小说题材丰富，深度和广度都令同行惭愧，他将想象力和渊博的学识结合起来，努力地探索小说可能的边界，像探险家一样改变了小说发展的方向。他身上深厚的俄罗斯文化传统和美国大陆的文化活力完美结合，造就了他山岳一般的文学成就，也因此丰富了20世纪的小说，并开启了通向小说未来的一条新路。

索尔·贝娄：
美国知识分子的灵魂图谱

一

如果推选美国最好的小说家，在20世纪上半叶，我觉得德莱塞、威廉·福克纳、海明威、菲茨杰拉德、托马斯·沃尔夫等人都应该榜上有名，其中威廉·福克纳又是最重要的。那么，20世纪下半叶美国最好的小说家是谁？这个问题也很难回答，俗话说，"文无第一，武无第二"，很难在作家中间区分出谁最好，在不同的人那里，答案肯定是不一样的，因为审美的事情一向是仁者见仁、智者见智。

观察20世纪下半叶美国的小说家，如果从中间只挑选一个人，我根据自己的偏爱，选择了索尔·贝娄（Saul Bellow，1915—

索尔·贝娄

2005）。我觉得，索尔·贝娄最能够代表20世纪下半叶美国的文学走向，并且显得卓然不群。这首先在于他蓬勃旺盛的创造力，他的作品以令人吃惊的深度和广度，展现了五十年来美国社会的生机勃勃和美国人的精神与灵魂的斑驳陆离。他的作品中有一种美国文学才有的特殊味道，他写出了美国的风景、美国人的语言、美国人的问题，以及美国才有的文学表现形式。当然，别的人还会选择约翰·厄普代克、纳博科夫、托马斯·品钦，甚至是欧茨、雷蒙德·卡佛、诺曼·梅勒、托妮·莫里森、冯内古特、多克托罗等，这些小说家也很重要，但是，我觉得索尔·贝娄更均衡、更丰富、更有代表性。

确实，20世纪的美国涌现了一批好作家。比如约翰·厄普代克，他是美国20世纪下半叶的编年史性质的大作家，我也很喜欢他，他写作的视域十分宽广，描绘了美国中产阶级的生活全景图，但似乎是那种平面的宽阔，他在小说形式的贡献上、在对人性探索以及对美国社会展现的深度上，都不如索尔·贝娄。纳博科夫非常好，但他是俄裔小说家，不够"美国"。那么，美国的"土特产"、"后现代文学"巨擘，托马斯·品钦怎么样？和索尔·贝娄相比，我觉得他在形式上走得又太远了，缺乏索尔·贝娄那种不经意的亲和力。好吧，我们也可以选择雷蒙德·卡佛，但似乎不太合适，因为他主要写短篇小说，重量轻了一些。我们还可以选择托妮·莫里森这个女作家、健在的诺贝尔文学奖获得者，可是，她毕竟是非裔，没有索尔·贝娄这么"美国"。那么，另外两个犹太作家，外号叫"纽约的坏孩子"的诺曼·梅勒和菲利普·罗斯怎么样？诺曼·梅勒的小说纪实性太强，他确实写出了一种美国文学风格，但是，他似乎没有怎么消化好就直接给我们端上来大盘的素材。这些素材也是五花八门，一应俱全，十分绚丽夺目。而菲利普·罗斯又晚了一辈。所以，若只挑选一个全能冠军和重量级的拳王，我还是推举索尔·贝娄。当然，读者朋友完全可以把你最喜欢的某个美国作家看成是最好的。眼下，假如让我选择20世纪最伟大的美国作家，我会选择威廉·福克纳、索尔·贝娄、约翰·厄普代克、托马斯·品钦和菲利普·罗斯，他们形成了20世纪美国小说山脉的山脊线，勾勒出美国文学最恢宏的线条和轮廓。

索尔·贝娄的巨大创造力令人惊叹。2000年，85岁高龄的他又出版了一部小说《拉维尔斯坦》，成为美国文学界的一件大事。这部小说以精湛的叙述和对当代生活的观察，再次显示了他那无与伦比的文学创造力，证明他是一个能不断超越自我的作家。《拉维尔斯坦》延续了他一贯的对美国知识分子精神境况的观察，以索尔·贝娄惯有的平缓但犀利的嘲讽语调，用旁观者的视点，讲述了一个美国大学教授、当代著名思想家拉维尔斯坦分裂的个人生活——拉维尔斯坦教授发现自己得了艾滋病，却仍旧一边寻欢作乐，一边到处讲述人生的微言大义，以及对世界秩序的认识和看法，还不断施加对美国政府的影响，因为他的门徒充斥在美国政府的重要岗位上，过着一种分裂的荒唐生活。小说的篇幅并不长，但是内容丰富，对美国社会当下存在的精神境况和社会问题，还有美国知识分子的精神紊乱，进行了深刻的批判和讽刺。据说，小说中的拉维尔斯坦教授是有人物原型的，他就是索尔·贝娄的好朋友、芝加哥大学的著名教授艾伦·布鲁姆。艾伦·布鲁姆是美国当代新保守主义思想潮流的代表性思想家，1987年，他出版了论著《走向封闭的美国精神》，这是一部影响深远的政治哲学著作。美国前总统小布什内阁中的一些智囊和关键性人物，比如国防部副部长、副国务卿以及很多政策顾问，都是艾伦·布鲁姆的弟子。由此可见，索尔·贝娄对美国社会观察的角度和当下性，都是惊人而十分宝贵的经验。

其实，我们才不管索尔·贝娄的作品以谁为原型，我们只管他是不是塑造了令人心动的文学人物。小说的叙述者是拉维尔斯坦委托的传记作者齐克，我感觉这个齐克有一点像是索尔·贝娄的化身。小说以齐克的视角来看拉维尔斯坦的生活，并刻画了他们之间深厚的友谊。拉维尔斯坦是一个同性恋者，齐克则有一次失败的婚姻，后来又娶了一位知识分子型的贤妻良母，他和拉维尔斯坦的生活互相映照，彼此映衬，成为小说的主要结构内容。用旁观者的眼光来打量和呈现小说主人公的生活和世界，是索尔·贝娄惯用的拿手好戏，在《洪堡的礼物》等作品中都有运用。在小说中，最令我动容的是两个主人公都认为，生命是非常宝贵的，但是又是那么的短暂，时间快速流逝，如同梭子、特快列车和加速度下坠的石子——"在你等待初生时的黑暗，与其后接纳你的死亡的黑暗，这两者之间的光明间隙里（就是生命的存在时间），你必须尽可能地去理解那个高度发展了的社会现实状态。"其中包含对人生的态度和看法有一种苍凉感，令我不禁潸然泪下。

二

有一些评论家认为，索尔·贝娄是一个具有现实主义倾向的现代派作家，但我觉得，他同样也是一个具有现代主义倾向的现实主义作家。为什么这么说？因为在他的作品中，19世纪的现实主义小说大师们奉为圭臬的时间、地点、故事、人物等要素，在他的小说中依旧占据着最重要的位置。同时，索尔·贝娄的作品现代主义元素也很多，意识流、拼贴、蒙太奇手法比比皆是，其中还充塞了大量的当代人文和科学知识，他是一个知识型和智慧型的作家。他学识渊博、风趣，语言极其丰富、机智、幽默，到处都是双关、谐音、黑话和华美的长句子，读起来快意而令人会心。

索尔·贝娄拿过社会学和人类学学位，还当过报社的编辑和记者，因此，他关注现实，同时又能够以高于现实的眼光去做更加深入、全面的思考。他写小说，从来都不把形式的探索和语言实验当作第一要义，他不想当一个形式实验的先锋派，他的雄心是去描绘美国人的精神状态和人的灵魂图谱。他显然受过一些现代主义大师，比如詹姆斯·乔伊斯、卡夫卡和普鲁斯特的影响，又受到德莱塞和福楼拜等人的现实主义作品的影响，但是，他和他们都拉开了距离，采取反方向的行走。在给他的诺贝尔文学奖颁奖辞中，提到他早期受过莫泊桑、亨利·詹姆斯以及福楼拜，还有卡夫卡和俄罗斯小说的影响。后来，他长期在大学里担任文学教授，并且以一个公共知识分子的身份经常对社会问题发言，从来没有把自己隐藏在书斋里。

索尔·贝娄一共写了十部长篇小说,包括《晃来晃去的人》《受害者》《奥吉·马奇历险记》《雨王汉德森》《赫索格》《赛姆勒先生的行星》《洪堡的礼物》《院长的十二月》《更多的人死于心碎》,以及《拉维尔斯坦》。此外,《只争朝夕》和《今天过得怎么样》可以算作小长篇。另外,他还写有几部中篇小说,以及少量的几篇短篇小说,这就是索尔·贝娄的全部小说创作。

索尔·贝娄的小说都和他的自身经历有着密切的联系,在时间上,和他本人的成长都是暗合的。他出生在加拿大,所以,在他的第一部小说《晃来晃去的人》中,小说主人公也是一个刚刚从加拿大到美国芝加哥的犹太青年。这是一部日记体小说,形式较呆板,但是叙述语言已经有了索尔·贝娄后来的那种极具风格的、漫不经心的拉拉杂杂与细腻生动。小说的背景是20世纪40年代的美国,主人公正在等待参军,但是他又害怕参加二战,处于强烈的焦虑当中。他依靠妻子的收入生活,无法自立,找不到生活的基点,显得有些无所适从,就像一个"晃来晃去的人"。有意思的是,由于小说中这个主人公的形象塑造,当时,它竟被看作是一部反战小说,可能连索尔·贝娄自己都没有料到,他的这部长篇处女作刚好和40年代风靡美国的一些反战小说挂上钩了。

索尔·贝娄的第二部小说《受害者》出版于1947年,这部小说采用的,是平淡无奇的第三人称叙述,题目带有暗示性,地理背景是纽约——我发现,索尔·贝娄小说的地理背景大都是芝加哥和纽约这两个美国大城市。小说《受害者》通过一个犹太青年利文萨尔和一个小混混阿尔比纠缠不清的生活，描述了美国犹太人的生活和遭遇，暗示这两个人虽然互相折磨，但都是受害者。《晃来晃去的人》和《受害者》是他早期的作品，写的都是美国下层犹太青年的精神苦闷，小说的形式与技巧并不突出，一部是日记体，另外一部是全知全能的第三人称叙述，小说的心理描写也比较拘谨，还有欧洲现代主义作家的影子。此时还是索尔·贝娄的学艺阶段。他后来说，这两部小说他"自从看完校样之后，就再也没有翻阅过"。但是，在我看来，这两部他而立之年前后出版的小说，是进入他文学世界的重要门径，它们已经具有一种美国小说的新叙事风格，小说的主题和人物特征也一再在他后来的作品中显现。比如，主人公都是犹太知识分子，小说主题、人物、手法、语调、结构和叙述方式等方面的特色，在这两部小说中都有端倪。

三

1953年，索尔·贝娄的长篇小说《奥吉·马奇历险记》出版，这标志着他写作生涯第二个阶段的开始。在这个阶段，索尔·贝娄写出了一种只有美国作家才能够写出来的风格与气质，只要我们读一读《奥吉·马奇历险记》，就知道了。这部小说分为二十六章，翻译成中文有五十多万字，是一部大著。当然，篇幅说明不了什么问题，关键在于这部小说一下子使人们改变了对美国小说的看法，人们发现，美国的叙事文学正在发生巨大的变化。当我读到这部小说的第一句时，就无可救药地喜欢上了这部作品："我是个美国人，出生在芝加哥——就是那座灰暗的城市芝加哥——我这人处事待人一向按自己学的一套，自行其是；写自己的经历时，我也离不开自己的方式：先敲门，先让进。"这部小说的语调非常家常，唠唠叨叨，拉拉杂杂，拖泥带水，有着一种喜剧性的风格，语言通俗、流畅、日常、夸张、精确，还十分的随意和自由，自嘲和大大咧咧。小说很好读、好看，全书实际上是以回忆录的形式写成的，讲述了在芝加哥生活的一个犹太孩子及其家庭，他的成长和逐渐与家庭告别的传奇经历。

从形式上看，这部小说似乎和西班牙流浪汉小说传统大有关系，至少和马克·吐温的《哈克贝利·费恩历险记》关系密切。但是，索尔·贝娄写的是美国的犹太孩子在大都市芝加哥的历险故事，这就更像是詹姆斯·乔伊斯的《尤利西斯》和史诗《奥德赛》的关系那样，把神话史诗中的英雄奥德赛变成了爱尔兰都柏林一个平庸的广告推销员布鲁姆，来借机传达美国人的新经验。在《哈克贝利·费恩历险记》中，主人公在大自然中经过历险的洗礼，然后成长为成熟的美国人，到了索尔·贝娄这里，大自然已经变成其复杂性超过单纯的大自然的美国大都市芝加哥。主人公在犹太人身份的预先设定下，经历成长的各个环节，有着五花八门的见识和阅历。主人公成长中经历的一切，正是很多美国人在其成长中经历的，所以，这是一部关于美国人成长的书。就是从这部小说开始，索尔·贝娄确立了一种"索尔·贝娄风格"，也就是一种喜剧性的叙述,漫不经心、拉拉杂杂、东拉西扯,却波澜壮阔地展现出一整座城市,以及这座城市背后的美国大陆的气质,这就是索尔·贝娄最厉害的地方,当他写出美国大陆文化性格的时候,他就成功了。

接下来,索尔·贝娄出版了长篇小说《雨王汉德森》(1959),小说的题材是非洲背景的,让人称奇的是,索尔·贝娄根本就没有去过非洲。当然,这得益于他的人类学知识和作家的想象力,还有对美国社会与精神状态的精细观察。我最早读到的他的小说,就是这部《雨王汉德森》。小说讲述一个叫汉德森的美国人,因为对美国社会物质丰富、精神堕落的现实感到强烈不满,继而讨厌现代文明,就独自跑到非洲,在那里当上了原始部落"雨王"的古怪经历。最后,这个汉德森还领养了一个波斯孩子,他回到美国,然后去服务社会。索尔·贝娄在这部小说中反思了美国的物质社会导致的精神错乱问题。小说中,索尔·贝娄给像汉德森这样迷途的羔羊指了一条出路。尽管这部小说探讨的主题非常深刻,但是小说叙述的腔调让人不太舒服,写得很漂浮,多少有些油腔滑调,小说的笔法也并不奇特,不像他在《奥吉·马奇历险记》中那样有着万花筒般的风格和技巧。

一些作家一辈子都在书写一个主题,或者说,在写着一部更大的书,比如威廉·福克纳就是这样的作家。索尔·贝娄写小说的时候,似乎并没有明显的设计和规划,他是摸着石头过河的,到最后,我们发现,他也是那种一辈子都在写着同一个东西的作家。他的这个"同一个东西",就是美国知识分子的灵魂图谱。

1976年，索尔·贝娄获得诺贝尔文学奖，在给他的授奖词里，重点提到了他的长篇小说《赫索格》。

《赫索格》出版于1964年，是一部不折不扣的杰作。在小说中，索尔·贝娄描绘了一个犹太裔学者在现实生活中处处碰壁的故事。主人公赫索格是一所大学历史系的教授，在美国社会发生剧烈震荡的20世纪60年代，赫索格的个人生活也发生了剧烈的震荡，两次婚姻均以失败告终，第二个妻子更是和他的好朋友私通，使他深受伤害。最后，赫索格开始用给各种人写信的方式，来缓解他精神的癫狂、分裂和濒临崩溃——赫索格遭遇两次婚变，被女人戏耍，找不到现实生活的重心和意义，于是，精神状态出现异常。他写信的对象，有活着的，也有死去的；有男人，也有女人。但是，他给他们写信，只是一种倾诉和宣泄自我的方式，根本就没有把这些信邮寄出去。全书收录的五十多封书信构成了他灵魂的一个侧面写照，大量的感觉、回忆、意念和自由联想，使这部小说显得非常丰富和复杂，因为它有两个层面，寓意丰富。其一，小说塑造的赫索格这个现代犹太学者精神出现异常的现象，最能够揭示美国社会和精神出现了问题；其二，小说以赫索格给很多人写信的这个方式来结构小说本身，把书信体小说的外延扩大了，又完美结合了意识流小说的写作手法。所以，从形式到主题，从语言到人物形象，这部小说都显得卓然不群，令读者感到亲近而悲哀，深刻表现了那个时代里美国知识分子的精神困境。不过，从总体上说，索尔·贝娄是一个乐观主义者，这表现在他总是给自己笔下的人物以出路。他的小说有一个模式，就是他总是在讲述一个过程——小说主人公上下求索和追寻的过程，在这个历险的过程中，主人公会经历各种各样的事情，他会有各种各样的意识流和自由联想，最后，又总是能找到一条自我救赎的道路。赫索格教授也是这样的，他四处碰壁，最后，他来到乡下的老房子里，算是找到了精神暂时的栖身之所，安稳了情绪，舔好了伤口，对新结识的女人雷蒙娜充满渴望，又有了生活的希望。

1970年，索尔·贝娄出版小说《赛姆勒先生的行星》。小说的主人公也是他一贯塑造的犹太知识分子，他在美国社会物质丰富、但精神困顿的环境中颇有不适应感。小说只是截取了主人公三天时间里的行踪，通过意识流的手法，广阔地描绘了美国20世纪60年代的动荡对一个老派犹太学者的影响：犹太知识分子赛姆勒是来自波兰的二战幸存者，他经历了德国纳粹对欧洲犹太人的野蛮屠杀和清洗，还参加过游击队，抵抗纳粹的侵略，最后，侥幸生存下来。他受过英国式的高等教育，有深厚的文化修养，曾经确信欧洲文化价值和理想，但是，二战对欧洲文明的摧毁，使赛姆勒这样的知识分子对欧洲文明感到深深的失望。于是，怀着对新大陆的渴望和对新生的信念，他来到了美国。可是，美国似乎也不是理想的国度和净土。20世纪60年代，美国社会刚好在经历性解放运动和社会的大动荡，赛姆勒发现，这个时期的美国人也很堕落，比如在纽约这个大城市里，到处都是垃圾堆，扒手公然在公共汽车上作案，而一个黑人扒手发现赛姆勒察觉到他是一个小偷之后，竟然尾随赛姆勒到他家，然后向这个衰弱的老头亮出自己巨大的生殖器，这个示威动作意味深长，有着强烈的黑色幽默感和复杂寓意：赛姆勒在德国纳粹的残酷迫害下都没有死去，但是，在扒手巨大的生殖器面前，他却感到深深的绝望。他还亲眼看见自己亲戚的两个女儿在性和金钱面前的贪婪。总之，美国对于这个来自欧洲的犹太知识分子本来是一种光明的呼唤，可是，当他来到这里，却发现美国人的精神与道德也在堕落。于是，赛姆勒现在只有一个愿望，那就是，搭乘火箭飞向月亮。因为对于他来说，他所在的行星——地球，已经没有任何可留恋的了，地球上到处都是人，所以，赛姆勒决定逃离他的行星：地球。

四

索尔·贝娄的小说容量一般都很大，有卡尔维诺所说的"繁复"的美学特征。我说的容量，不单是指篇幅，还包括他的小说要概括和表达的生活的宽广度。

1975 年，他的小说《洪堡的礼物》出版，这是一部厚重之作，讲述了两代作家的故事。小说以芝加哥这个索尔·贝娄最熟悉的城市为地理背景，展示了美国知识分子的灵魂写真。索尔·贝娄是一个对人类自身的弱点有着细微体察的人，他能毫不留情地予以讽刺和批判。老诗人洪堡是小说主人公，他痛恨美国的物质主义至上，有着自己的人文理想，希望用艺术改变社会，但是，在美国社会里，他简直是生不逢时，所以，他决心参与政治，希望自己喜欢的一个开明人士能当上总统，最后上台的却是艾森豪威尔将军，这使洪堡非常失望；他在大学角逐一个诗歌教席也没有成功，对妻子也有嫉妒和疑心，最终，他的妻子离开了他，他也因为精神状态不稳定而被送进疯人院，出来以后又流落街头，因为心脏病凄惨地死去。

小说中和洪堡对照的，是他的忘年交、年轻的作家西特林，他是一个俄裔美国犹太青年，过去一直和洪堡在一起，深受其影响。从精神上讲，洪堡是西特林的父亲，洪堡死后，他根据洪堡的生平写了一个剧本，在美国百老汇获得了巨大成功，也因此获得了名声、金钱、美女和社会地位——这就是洪堡带给他的礼物，小说由此点题。但是，西特林也有自己的烦恼：他得罪了芝加哥的流氓团伙，他们对他的生活形成了严重威胁，导致西特林的精神状态和婚姻出现危机。最后，他把当年和洪堡编写的一个故事卖给电影制片人，得到了一笔钱，于是，他重新隆重地安葬了自己的老师洪堡，然后离开美国，到瑞士定居。这部小说深刻呈现了美国知识分子的精神危机。索尔·贝娄的小说主人公大都是美国的上层知识分子，是学者、教授、植物学家、作家等，他们都是美国社会的精英，这个群体出现精神危机，这也是美国的精神危机。另外，他的小说都有着鲜明的自传性，他的小说基本上取材于身边的生活和他自己的经历，人物在其生活中大都有原型。比如西特林，就是他自己的写照；洪堡则取材于某些落魄的犹太作家前辈，他把他们的生平和形象综合成了洪堡。

在小说《院长的十二月》(1982)里，索尔·贝娄继续发掘着知识分子的精神不适应症候这个主题。小说带有一定的自传性，里面那个院长可以看作是他的化身。20世纪70年代，索尔·贝娄曾经跟着他的第四任妻子到罗马尼亚大学讲学，其间，他得到了创作这部小说的灵感。小说的情节主干是，美国芝加哥一所大学的院长来到罗马尼亚首都布加勒斯特，去处理被政权迫害致死的岳母的后事。在布加勒斯特的日子里，岳母的死使这个院长不断地回想起他在美国的一些遭遇。他把罗马尼亚和美国进行比较，这种比较和反思，就是通过他岳母的死和一个美国白人学生的死来完成的——此前，他正在揭露一起黑人学生杀害白人学生的悲剧事件，但是，令他十分意外的是，有人因此认为他是一个种族主义者，对他横加指责，并使他陷入残酷的校园政治斗争当中。而在罗马尼亚的布加勒斯特，他看到的，又是东欧高度集权社会的种种弊病所导致的精神压抑与肉体死亡。所以，在两个世界里，他都有些无所适从，都感到强烈的不适应，感到人类本身一定出了问题。像这样深刻和尖锐的表达，在冷战结束之前的1982年，实在比较超前，显示了索尔·贝娄对人类社会的敏锐洞察力和批判能力。

1987年，索尔·贝娄出版小说《更多的人死于心碎》，这是他沉寂几年之后的一部杰作。小说的主人公克拉德是一个植物学家，也是一个当代美国知识分子，他对植物有着神奇的沟通能力，可以和植物交流，甚至可以透视植物，对植物的一切了如指掌，包括对植物的情绪和感情世界，他都有心灵感应。

这样一个人在自己的婚姻生活中却像一个白痴，几乎是一败涂地，几次婚姻都因为无法"看清楚女人的真实面目"而宣告失败。这是这部小说最重要的、具有反讽色彩的情节主干。和克拉德可以看透植物的一切、可以和植物完美交流形成鲜明对比的，就是他对人类社会、对女性与人性的完全陌生和无法沟通，这成了一个莫大的讽刺，从而揭示了美国社会在繁盛物质之下知识分子的孤独与绝望，异化与挣扎，彷徨与沉沦。

索尔·贝娄是一个对美国表面物质繁荣下知识分子精神危机的敏锐观察者，他的观察非常深入和独到。他的主要作品都在重复着一个主题，就是当代美国知识分子，尤其是犹太知识分子的精神危机——似乎是从一口井里不停地往外面打水，他不断地重复着一个深度主题。同时，索尔·贝娄是一个很难企及的大作家，因为他有着深厚的犹太文化传统，有着极其渊博的知识谱系，以及对美国社会现实的尖锐洞察。他的作品融合了现实主义、现代主义和后现代主义小说的各种技巧，无论是意识流还是书信体，无论是流浪汉体还是魔幻手法，无论是心理描写还是细节刻画，无论各种知识谱系和理论观点，他都可以把它们变成小说的血肉，和小说的形式骨架紧紧地咬合在一起，浑然天成，大气磅礴，在一种冷嘲热讽和悲悯情怀中，完成对人类深邃博大的透视。

菲利普·罗斯：
写作"伟大的美国小说"

有一段时间，我觉得菲利普·罗斯（Philip Roth, 1933—2018）不够好，原因是他似乎缺点儿什么。哈罗德·布鲁姆把他放到"美国当代四个一流小说家"之中，我觉得，在呈现当代人类的处境方面，托马斯·品钦以晦涩、芜杂和信息杂陈的风格略胜菲利普·罗斯一筹，科马克·麦卡锡对美国社会犯罪环境和心理的探察，也比菲利普·罗斯显得尖锐，至于唐·德里罗，以广阔到全面复印美国当代生活的面目而令人生畏。但是，随着索尔·贝娄、约翰·厄普代克、诺曼·梅勒、冯内古特等人的相继离世，他显得越来越重要了，他对美国社会的透视和批判惊人的深广。他很多产，和约翰·厄普代克有一拼，他生前出版了二十多部长篇

菲利普·罗斯

小说和十多部非虚构作品。自从艾萨克·辛格、马拉默德、索尔·贝娄去世之后，美国犹太作家中就数他最好、最全面了——另外一个犹太作家诺曼·梅勒的作品文体臃肿、粗糙和冗长，又是"纽约的坏孩子"，树敌太多，和菲利普·罗斯没法比；而别的犹太作家要么太年轻，无法对他构成威胁，要么犹太味道不是那么充分；由此，菲利普·罗斯的分量越来越重，以至曾被认为是美国最有可能夺取诺贝尔文学奖的热门人选。我在一些英语国家的书店里总是能够看到一大排他的作品被摆放在最显眼的位置，可见他多么受欢迎。

菲利普·罗斯1933年出生于美国新泽西州的纽瓦克市，保罗·奥斯特和他出生在同一个城市。这个城市有一片著名的犹太人聚集区，菲利普·罗斯就生活在那里。他的祖先是来自东欧的犹太移民，父亲是一家保险公司的职员，母亲的文艺修养很好，他的家庭是一个典型的中产阶级家庭。从小，菲利普·罗斯就受到了犹太文化的滋养。1954年，菲利普·罗斯毕业于宾夕法尼亚州的巴克内尔大学，1955年攻读并获得芝加哥大学的英语文学系文学硕士学位，之后留校教英语文学，同时继续攻读文学博士学位，但他在1957年放弃了博士学位的攻读，开始专门从事写作。1959年，他出版了小说集《再见，哥伦布》，该书于次年获得美国全国图书奖，于是，26岁的菲利普·罗斯一举成名。1960年，他来到名气很大的爱荷华大学作家班任教，创办那个作家班的人，是华裔女作家聂华苓和她的丈夫保罗。1962年，菲利普·罗斯成为普林斯顿大学的驻校作家，后来，他还在宾夕法尼亚大学担任了多年比较文学课程的教授，于1992年退休。这就是菲利普·罗斯的基本情况。从他这些生平的基本情况来看，他大多数时间都在校园里度过，并没有多少过人的经验和阅历。但是，就是这么一个作家，以其一生的努力，写就一系列小说，朝向了"伟大的美国小说"。

一

根据菲利普·罗斯五十多年的创作历程，我把他的整个写作生涯分为四个阶段。第一个阶段是他确立自己犹太作家身份，对美国犹太文化深入挖掘、批判和审视的阶段，这个阶段以《再见，哥伦布》这部处女作开端，以《波特诺的怨诉》为高峰，以《我们这一伙》为结束，实现了他作为美国新一代犹太作家的翘楚和接班人的理想。

《再见，哥伦布》这部小说集收录了菲利普·罗斯的六篇小说，分别是《信仰的卫士》《爱泼斯坦》《犹太人的改宗》《世事难料》《狂热者艾利》和《再见，哥伦布》。其中，《再见，哥伦布》算是一个中篇，其他的都是中短篇小说，这几篇小说全部是围绕着犹太人的传统生活和观念来做文章的，描绘了新老犹太人在宗教伦理、生活方式、情感表达方面的冲突。比如，《再见，哥伦布》中的主人公、犹太青年尼尔·克莱门，基本上可以看作是菲利普·罗斯的化身，他爱上了一个富人家的女孩子，但最终他们的爱情还是在家庭贫富悬殊的情况下消逝了,犹如做了一场春梦。菲利普·罗斯无情地讽刺了保守的犹太人的世界观、金钱观和道德观。小说所使用的语言准确、生动、粘连,能传达出主人公微妙的心理,还夹杂了不少美国俚语、犹太人使用的意第绪语词汇以及希伯来语的犹太教宗教专用语,使他的小说在一开始就具有了文化含量和一种驳杂的闹剧、喜剧风格。可以说,他的文风粗豪干脆,敢于揭示被掩盖在生活表层之下人性的复杂和虚伪,并具有自我审视和批判的力量,这使得他的小说具有独特的内省面貌。这部小说还被改编成电影,影响很大。有些作家要用一辈子掌握的文学技巧,比如风格鲜明的语言、重大的主题、独特的叙述语调和结构能力,菲利普·罗斯似乎在一开始就掌握了。

菲利普·罗斯的第一部长篇小说是《随波逐流》(1962),小说的篇幅不小,显示了菲利普·罗斯想趁着年轻,要在小说里达到的广度、深度和野心。小说以一群犹太青年为主要角色,着重描绘富有的犹太人青年盖布的生活,他是小说的中心人物,其他次要人物像走马灯一样将他环绕了起来,形成一个犹太人独特的社会关系网络。盖布的爱情生活很曲折。最终,由于受到自身文化和外部环境的影响,他毁掉了自己的信念和他所爱的女人的生活,陷入精神的崩溃和颓丧之中。小说以盖布作为例证,描绘新一代犹太青年是如何以自我为中心,在美国消费社会中自私自利、随波逐流,毁灭了自己,也伤害了其他人。菲利普·罗斯通过这部小说,锻炼出掌握篇幅较大的长篇小说的结构能力,而且,他运用心理分析和精神分析的手法很到位,尤其能以自我审视的方式来观照美国新一代犹太人的灵魂和精神世界。

正当人们以为菲利普·罗斯会一直写犹太人、以呈现犹太文化为自己小说的终极追求的时候，1966年，他出版了长篇小说《当她是好女人的时候》，主人公换成了非犹太人，这是一部带有悲剧色彩和女性主义色彩的小说。写这部小说，可能是菲利普·罗斯迫切地要显示他驾驭不同题材的能力。女主人公露西出身于一个父亲无法承担责任的家庭，一次，她父亲殴打她的母亲，露西就去叫警察来了。因此，精神上十分孤独的露西在长大之后，热切盼望自己能够找到一个愿意负责任的男人。她认识了罗伊，在被罗伊诱奸之后，两个人还结婚了。但是，她很快发现，罗伊和他父亲一样，是一个没有责任感的生活中的笨蛋，她走上了和逆来顺受的母亲一样的人生道路。于是，露西的精神崩溃了，她在精神病发作的时候，将笨蛋丈夫罗伊赶出家门，自己也在癫狂中死于一场暴风雪。我觉得这部小说有些主题先行，是一部练笔之作，从品质上看不很像菲利普·罗斯的作品，小说的立意和要表达的思想，他后来也不感兴趣了。

而长篇小说《波特诺的怨诉》（1969）的出版，标志着菲利普·罗斯写出了一部杰作。这是今天看来都很好的一部小说。小说带有强烈的自传性，基本上以菲利普·罗斯和他的母亲作为原型来构造全书。据说，为了写这部小说，菲利普·罗斯先写了一部《艺术家的肖像》的草稿，打算以詹姆斯·乔伊斯的《一个青年艺术家的画像》为蓝本，写出对自我成长的认识，但是他发觉，这部以第三人称叙事的作品不能更为深刻地表达对自我的深度挖掘。于是,他重起炉灶,以第一人称的叙事结构全书,成就了这本《波特诺的怨诉》。在小说一开始,波特诺已经是33岁的成年人了,他在纽约的一家心理诊所,向一个精神分析师讲述自己成长的经历。他出身于一个传统犹太人家庭,父母亲对他的成长有一种控制性的力量和影响,而波特诺一直想挣脱这种来自父母、来自犹太人传统文化和社会的几重压力,为了表达反抗,他和黑人女佣人一起用餐,喜欢非犹太人女孩子,还沾染了手淫的恶习。从某种程度上说,我觉得这部小说是描绘手淫最精彩、最伟大的一部了,有一种说法,说这部小说对手淫的研究和美国另外一个大作家麦尔维尔对鲸鱼的研究一样透彻。波特诺和母亲的关系是这部小说的核心关系,十分精彩。在母子的对立、纠缠和爱恨当中,在波特诺不断手淫和不断忏悔、恼恨的过程中,在被母亲的威力所压迫中,他惧怕被一种不知名的力量吞噬,一个美国犹太人成长的经历栩栩如生地呈现了出来。尽管小说在一些地方显得没有节制,但是菲利普·罗斯勇敢地将犹太人的缺点呈现出来,这是二战之后很罕见的文学的声音。于是,这部以性意识与犹太特性相结合的《波特诺的怨诉》成为菲利普·罗斯早期小说中最好的作品。

稍后,他在1971年出版了长篇小说《我们这一伙》。小说中继续着作者对美国犹太文化的批判和审视,这一次,他把目光放到特定的历史时期——尼克松执政时期的文化氛围和社会环境里,描绘了美国犹太人聚集区的一伙人,而不再去描绘具体的某个犹太人。正如小说的题目所表达的,他以一伙犹太人在美国的多少带有荒诞色彩和物质性的生活遭遇，继续探讨新一代犹太移民的文化特性和精神品格。小说讲述他们如何在美国的自由土地上生存并且找到自己位置的故事，带有尖刻的讽刺和批判态度。

在菲利普·罗斯创作生涯的第一个阶段，他以上述五部小说，以毫不手软的自我审视的笔调，剖析和挖掘美国犹太文化的复杂性，带有浓重的自我批判和自我认知的力量，使人们看到一个犹太新锐作家的顽强崛起。

二

菲利普·罗斯创作生涯的第二个阶段，我认为开始于惊世骇俗的中篇小说《乳房》。其间，他的写作经历了长篇小说《伟大的美国小说》《我作为一个男人的一生》，以及文学论文、谈话录《阅读自我及他人》，还创作出长篇小说《情欲教授》，最后以小说"被缚的祖克曼"三部曲为结束——这个三部曲继续扩大着菲利普·罗斯的文学版图，使他成为带有喜剧色彩和讽刺精神的狂欢式小说家，能够惊心动魄地审视与解剖自我的小说家。

中篇小说《乳房》出版于1972年，合中文三万多字，这是一部明显带有卡夫卡影响的荒诞小说，也是表现美国人异化状态的小说：有一天，某个大学的文学教授戴维忽然变成了一只乳房，变成了鼓胀的、一个有乳腺和乳头的怪东西，乳头是他的嘴巴和耳朵。戴维教授的这个变形，很容易让我们联想到卡夫卡笔下那个变成甲虫的格里高利。整部小说都是以第一人称来叙事的,戴维虽然变成了一只乳房,但是,人所具有的欲望和感觉在他身上都还存在,丝毫没有减退,而且还有加强的趋势,尤其是性欲,戴维如今变成只剩下性感区域的乳房,乳房这个性感的哺乳器官决定了戴维教授的存在意识。于是,戴维可以用乳头和女护士进行性活动,不仅继续承受着强烈性欲的折磨,而且变本加厉地去寻找性的满足。为什么菲利普·罗斯会写这么一部荒诞风格的小说?可能他是想以这种方式来探讨现代美国人的欲望,尤其是性欲的本质和人的自我的丧失,而描绘美国人的特性是他内心的渴望,他以这种方式描绘美国人自我放纵、崇尚肉体而内心空虚的存在状态。五年之后的1977年,菲利普·罗斯又出版了《乳房》的姊妹篇,具体说来应该算是《乳房》的前传——《情欲教授》,这部小说描绘了变形前的文学教授戴维,他喜欢追逐异性,为自己强烈的性欲不能满足而苦恼,他在为人师表和情欲满足之间受到强烈的道德煎熬,以至他深深地陷入痛苦和矛盾中不能自拔。这两部小说大胆地描绘了性欲对当代人的控制,描绘了情欲在人的生活中占据的重要位置,因此受到保守者的批评,也得到一些作家和读者的激赏。菲利普·罗斯以这两部小说作为对弗洛伊德精神分析理论的回应和反驳,对美国20世纪60年代之后性自由和性解放浪潮进行了批判。

据说,每一个美国作家都想写出一部"伟大的美国小说",这被看成是美国作家集体的野心和梦想。那么,什么是"伟大的美国小说"?早在1868年,美国评论家德佛瑞斯特就给"伟大的美国小说"下了定义——"一部描述美国生活的长篇小说，它的描绘如此广阔真实并富有同情心，使得每一个有感情有文化的美国人都不得不承认它似乎再现了自己所知道的某种东西。"这个定义比较宽阔，也比较模糊，谁也说不清楚究竟什么样的小说是"伟大的美国小说"，但是，我想，霍桑的《红字》、麦尔维尔的《白鲸》、福克纳的《喧哗与骚动》一定是"伟大的美国小说"。作为美国作家，虽然没有人公开宣布他在写这样的小说，但是实际上他们都是有这个雄心的。菲利普·罗斯自然也不例外。1973年，他出版了长篇小说《伟大的美国小说》，就直接拿这个名字来和德佛瑞斯特的呼唤相呼应。但是，评论家们对这部小说的关注度不高，原因可能在于这部小说的风格过于喧闹了。这部小说戏仿了西班牙流浪汉小说，不同的是，那些流浪汉如今变成了美国的棒球运动员。小说详细描绘了美国人最喜欢的棒球运动，以一个美国人为中心，让他在美国四下浪游，贯穿了全部故事情节，刻画出一群年轻的美国人的精神状态和日常生活，在打棒球的过程中，显现了当代美国的混乱和物质主义的甚嚣尘上。到这个时候我总算明白了，菲利普·罗斯写这部小说意在反讽——真正意义上的"伟大的美国小说"可能并不存在，因为，当代美国人的生活就像他们喜欢棒球运动那样，正在从对伟大事物的追寻变成了对输赢和赌注更关心，已经逐步地走向了庸俗和渺小。这部小说带有浓厚的讽刺喜剧色彩，是菲利普·罗斯的小说中最具有笑的力量的作品。

作为对《情欲教授》与《乳房》的情节过于前卫、离奇、荒诞和惊世骇俗的修正,1974年,菲利普·罗斯出版了长篇小说《我作为一个男人的一生》。这是一部中规中矩的现实主义风格的长篇小说,不同的是,它带有浓厚的心理分析小说的风格。小说共分成两个部分,第一个部分是作者假装正在写的一部小说,第二个部分是以自传材料来作为对第一个部分的补充。整部小说就取材于菲利普·罗斯本人的经历:他于1959年结婚,1963年离婚,他的前妻于1968年死于车祸。可能是前妻的死使他萌发了写作这部小说的想法,小说描绘了一个27岁的男人是如何从一个一文不名的大学生,逐步走向了事业的辉煌的经历:他当上了大学教授,还成了一个前途无量的青年作家,却在和女人的恋爱与婚姻中败北,几乎把自己和他人都毁灭了。小说采取了类似中国套盒那样的写法,人物身上的大故事中套着小故事,以此衬托生活本身的复杂性。有趣的是,男人作为婚姻的牺牲品是这部小说第一次提出来的,过去的小说基本说的都是女人是婚姻的牺牲品,比如菲利普·罗斯早期的小说《当她是好女人的时候》。现在,一切倒过来了,小说主人公和妻子陷入互相折磨的斗争当中,彼此被折磨得遍体鳞伤、精神困顿,最后,以主人公妻子的意外车祸死亡作为他们婚姻的收场。但是,这个时候,男主人公感到十分害怕婚姻,他已经没有勇气去和情人结婚了。我很看重这部小说,它旨在展现美国的一段具体的婚姻生活中那惊心动魄的互相控制和反控制、折磨和被折磨。原来,婚姻的内部竟然是这么的狂暴和复杂,变化多端和波诡云谲。研究菲利普·罗斯生平和创作的人一定要注意研究这本小说,它里面隐藏了大量菲利普·罗斯本人对婚姻的理解和生活信息。

在出版《我作为男人的一生》这部以剖析自我为主题的小说之后，菲利普·罗斯索性一不做二不休，继续挖掘自我的精神境域和体现存在感，他出版了一个小说三部曲"被缚的祖克曼"，小说的主人公祖克曼是菲利普·罗斯本人的化身。这个小说系列包括三部长篇小说——《鬼作家》（1979）、《被释放的祖克曼》（1981）、《解剖课》（1983），以及一部中篇小说《布拉格狂欢》（1985），以作家祖克曼的成长作为主线，讲述了祖克曼这个犹太人作家从青年时代如何成名，一直到盛名天下的全过程，在他的四周，还出现了大量环绕他的人物。第一部《鬼作家》，描绘祖克曼年轻时就通过小说暴得大名，但因为写的小说嘲讽了犹太人的文化传统而遭到自己族群的激烈批评，为了消除坏影响，让保守的犹太人息怒，祖克曼就去拜访一个犹太作家老前辈朗诺夫。据说，朗诺夫是以美国犹太人作家马拉默德作为人物原型来刻画的。前辈作家在犹太人的传统文化面前故步自封，不敢越雷池和自己喜欢的女子结婚的故事，和祖克曼的选择刚好形成了对照。祖克曼恰恰和前辈犹太作家无论是想法还是做法上都是相反的，反映出两代犹太作家之间的文化冲突和裂隙。

《被释放的祖克曼》中的祖克曼，就如同是菲利普·罗斯另外一部小说《波诺特的怨诉》中走出来并且长大了的波诺特，他继续着自己长大之后的历程。在精神上摆脱犹太人传统文化束缚之后，他获得了一种轻松自在的解放感，但是，这种自在感又给祖克曼带来了无尽的空虚。《解剖课》和这个系列的尾声、中篇小说《布拉格狂欢》则继续探索祖克曼如何陷入情欲的炼狱而不能自拔，在精神和肉体的双重压力下，找不到自己的家园，无所适从地感到惶惑和痛苦的故事。这个系列，是菲利普·罗斯在创作生涯的第二个阶段里的压轴之作，他以大无畏的精神，无情地剖析自己、瓦解自己后又拼合自己，是美国作家中拿自己开刀、审视自我最无情的作家。祖克曼作为菲利普·罗斯的化身和他的第二自我，似乎一生都在和菲利普·罗斯纠缠着。后来，他又写了几部以祖克曼为主人公的小说，继续挖掘着自我，把自我的生活和精神的矛盾与美国社会几十年的风云变幻结合起来，成为将自我投射到整个时代里的最深入的小说家，这成为他小说的一大特色。

1980年，菲利普·罗斯还出版了《阅读自我及他人》，收录了他的一些文学论文和谈话录。

三

在对自我进行不断地挖掘、批判和审视之后，菲利普·罗斯进入自己创作生涯的第三个阶段。这个阶段以小说《反生活》（1986）开始，以"美国三部曲"作为结束，逐渐地由对自我的讽刺挖掘到全面深刻地描绘和批判美国的社会现实。

长篇小说《反生活》的主人公依旧是作家祖克曼，但是，现在的祖克曼已经开始走向了国际，和菲利普·罗斯一样，小说主人公的足迹遍布以色列、瑞士、英国和美国，在国际背景下，继续着对自我的寻求。这部小说在生活和艺术之间、在现实和虚构之间、在理想和欲望之间，进行了很好的呈现，描述了一个作家的肉体处境和精神困境。

1988年，菲利普·罗斯出版了跨文体作品《事实：一个小说家的自传》一书。这本书在文体上很有特点，是以一篇论述文学的论文与一个小说家的自传结合而构成的，表面看似乎是一本探讨小说怎么写的元小说，但在小说里，菲利普·罗斯的化身祖克曼又复活了，继续和作者，也就是活着的菲利普·罗斯进行对话和反诘，不断地对美国的文学、生活、历史和现实进行分析和批判、嘲讽和挖苦。后来，可能是感到自己把祖克曼当作替身不过瘾，菲利普·罗斯干脆在长篇小说《欺骗》（1990）中直接出场了，小说的主人公就是他自己，也叫菲利普·罗斯，小说的地理背景挪到了伦敦，整部小说都是对话体，是作家本人和几个女人之间关于婚姻、生活、爱情和男女关系的对话。由于是对话，因此在形式上容易散乱和铺张，小说的力度明显不够，不是他的重要作品。我觉得有些遗憾：菲利普·罗斯似乎在一些主题和经验上过于重复自己，而且，他是一个非常自恋的作家，对自我的挖掘不厌其烦，有时候到了连读者都感到厌烦的地步。

稍后，出版于1991年的《遗产》是一部非虚构作品，聚焦菲利普·罗斯本人的父亲，讲述了在他去世之前和之后的那段时间里，和儿子之间发生的一切。之所以命名为"遗产"，是因为菲利普·罗斯认为最终父亲给他留下了丰厚的遗产，也就是父亲留给他的爱。小说有大量惊心动魄的细节来拷问自我的灵魂，探索着两代人之间血和肉的联系，以及灵魂的联系，是一部感人至深的作品。看到这部作品的时候，我一度觉得他可能就此放弃对自我的挖掘和寻求了，但是，不久，菲利普·罗斯又继续开始对自我进行解析了。这是菲利普·罗斯贯穿了一生的写作路数，他似乎永远都在和镜子里的自己搏斗、辩论、嬉戏和对峙，他似乎永远都无法走出以自身作为出发点来书写的那个看上去狭窄、实际很宽阔的领域。

虽然菲利普·罗斯有时候喜欢重复主题，但他也总是力图找到新的形式感。长篇小说《夏洛克战役》（1993）就是这样，讲述一个美国广告商人在以色列以菲利普·罗斯的名义，号召其他犹太人离开以色列的故事，因为，他认为阿拉伯人早晚要对犹太人进行大屠杀。在小说中，两个菲利普·罗斯对于犹太人的归属和政治现实处境互相辩论、意见相左，展现出当时以色列犹太人问题的复杂性和人的存在本身的复杂境遇。通过这部小说，我看到菲利普·罗斯还能够把对自我的书写放大到对整个犹太族群的现实处境的探讨上，使我很服气这个白毛老怪，虽然他不断地拿自己开刀，但他也许不是那么自恋，只是在拿自己说事儿，并把自我和全体犹太人的命运联系起来，这就是菲利普·罗斯高人一筹的地方。

经过三十多年的写作，菲利普·罗斯逐渐达到了他文学生涯的顶点。1995年，他出版了长篇小说《萨巴斯剧院》，这部小说获得了美国全国图书奖。随后，他出版了"美国三部曲"：《美国牧歌》(1997，获得了1998年的普利策小说奖)、《我嫁给了共产党人》(1998)、《人性的污秽》(2000)，作为对整个20世纪的清算和对自我的总结。菲利普·罗斯依靠《萨巴斯剧院》和"美国三部曲"这几部小说，最终获得了在20世纪后半叶美国文坛举足轻重的地位。《萨巴斯剧院》的篇幅是菲利普·罗斯小说里最长的，他一反过去喜欢描绘犹太人知识分子的习惯，在这部小说里，他描绘了一个木偶戏艺人萨巴斯的生活。萨巴斯来自社会底层，举止粗鲁，出言不逊，精力旺盛。萨巴斯如同一个被情欲所驱使的魔鬼，撒谎、偷窃、通奸、离经叛道，他拥有的是一个疯狂的黑色喜剧的世界，得到了许多，最终也都失去了。小说以萨巴斯的离奇经历作为主线索，将美国社会的众生相以闹剧的形式表现出来，小说的叙述有着巴赫金所说的那种狂欢化的风格效果，混沌、拉杂，泥沙俱下，以一个在人间混不吝的木偶剧艺人的生平，展示出美国当代生活的混乱和无秩序。小说以戏剧的结构完成了其戏内有戏、故事里套故事的特点，将萨巴斯本人的生活变成了戏剧一样的非正常状态，充满了巧合、冲突、意外和妥协的艺术。这是他对人生体验到了一定层次之后的集中书写，也是我最喜欢的他的一本书。

　　"美国三部曲"在菲利普·罗斯一生的创作中占据着重要的地位。三部小说情节上互相疏离，并没有直接的关系，但是，在小说的深度主题上，三部小说互相印证，呈现出对于美国的总体把握。《美国牧歌》将小说的背景放到了20世纪60年代肯尼迪总统遇刺之后，约翰逊总统执政时期的越南战争和尼克松总统的"水门事件"上,小说分为三个部分:"乐园追忆""堕落"和"失乐园"。小说主人公西摩是一个犹太商人,他恪守犹太人的文化传统,努力经营商业,他的女儿梅丽则是一个在20世纪60年代性自由和性解放的社会气氛里长大的激进分子,最后,她竟然用炸弹炸毁了一家邮局,来反对政府的越南战争政策,结果被关进了监狱。因此,老派保守的西摩的生活遭受了打击,他的"美国梦"也因而破灭,一曲个人的哀歌混合了"美国梦"的牧歌,是对时代氛围的精确描绘。《我嫁给了共产党人》则将小说的叙述背景放到了20世纪50年代。当时,反共的参议员麦卡锡掀起了追查共产党运动,臭名昭著的"麦卡锡主义"横行一时。在反共思潮横行美国的时代里,一个女子嫁给一个共产党人的结果可想而知。这个女人的生活遭到了毁灭性的打击。小说从呈现个人生活入手,探讨了20世纪50年代"麦卡锡主义"对美国人民的伤害,以及其造成的心理影响和打击。

三部曲的第三部《人性的污秽》则将小说的背景放到了克林顿总统执政时期的20世纪末,以克林顿和莱温斯基的性丑闻事件作为大背景,讲述了一个犹太老教授和一个中年女清洁工之间的通奸和偷情,结果,这个老教授被学校开除,他的家庭瓦解了,事业也毁掉了,他向作家祖克曼讲述了自己的故事——这一次,作家的分身祖克曼又出现了。结尾是教授因为车祸,和自己的情人一起离奇地、充满了悬疑地死亡了,他就这样毁灭于自己人性的弱点。小说被拍摄成电影,由著名的美国演员安东尼·霍普金斯和澳大利亚的金发美女妮可·基德曼演对手戏,妮可·基德曼扮演的女清洁工对于她自己都是一个突破，在电影中，她的扮相很局促，和清洁工形神都很相似。这部电影名噪一时。

通过上述这三部分别截取了美国特定历史时期的历史事件为背景的长篇小说，菲利普·罗斯以他生花的妙笔，书写了关于20世纪美国的带有编年史性质的、丰富、缜密、宏伟和广阔的作品，成为越老越能写、越写越好的、攀登到文学巅峰的小说家。

四

菲利普·罗斯创作生涯的第四个阶段，开始于2001年，其标志是这一年里他的长篇小说《垂死的肉身》出版。这个阶段的菲利普·罗斯虽然已经垂垂老矣，似乎快到他生命的尽头了，但是，他显示出老而弥坚和炉火纯青的面目来。虽然此时他创作的小说呈现出一个创作力旺盛的作家开始收尾的迹象，但是，他以近每年一部的速度出版新作，并不见其创作力的衰减。

小说《垂死的肉身》篇幅不大，继续把视野放到大学里，讲述了一个60多岁的大学教授和他24岁的女学生之间的性爱激情。对于老教授来说，年轻女学生的身体是他的乐园，使他可以摆脱对死亡和衰老的恐惧。但是，24岁的女学生最后患了乳腺癌，不得不切掉乳房，先行面对了可怕疾病带来的死亡威胁。小说在男人和女人之间、在老人和青年之间、在死亡和欲望之间，找到了一种紧张而又平衡的关系。不过，这部小说的主题和他过去的作品有重复,是一部比较平常的作品。2001年,菲利普·罗斯还出版了论文对话集《行话》,收录了他对文学艺术以及美国文化特性的思考。

作为密切关注美国文化和历史走向的杰出小说家,对美国特性的探询是菲利普·罗斯的小说一贯的主题,而且,他很善于用小说去反映当下美国社会面临的严重问题。2004年,菲利普·罗斯推出了小说《反美阴谋》,一开始,我还以为这是关于"9·11"事件的小说,但它实际上是一部虚构的政治幻想小说。在小说中,菲利普·罗斯假想了在1940年美国的大选中,一个美国右翼政客赢得了竞选,成为美国总统,他和希特勒达成和平协议,开始对美国进行法西斯式的统治,并且将少数民族裔强行归化。在小说中,菲利普·罗斯本人也出场了,那年他刚刚7岁,经历了那个黑暗的时代,整个家庭在右翼的统治下,连呼吸都是困难和沉重的。我觉得,菲利普·罗斯写这部小说,主要在于提醒美国人——一旦美国右翼政客上台,最终就是小说中描绘的可怕结果。这也许有些杞人忧天,有些天方夜谭,但也使读者看到了另外一种历史的面目。

《反美阴谋》掀起的热浪还没有平息,2006年,菲利普·罗斯又出版了一部小说新作《凡人》。小说描绘了一个无名无姓的很普通的美国犹太广告商人的生和死。这个人和菲利普·罗斯本人一样,出生在1933年,然后,他经历了第二次世界大战、经历了20世纪50年代的政治压抑和沉闷,以及60年代的动荡和性解放,个人生活也经历了三次失败的婚姻,最后,步入老年,他逐渐地走向坟墓。小说思考了一个普通人在美国的社会环境中如何生活，又是如何面对死亡的。在这部小说中，我可以看到菲利普·罗斯对死亡的一种态度和情绪：老之已至，死亡的来临也是迟早的。有一种其鸣也哀的悲怆。

2007年10月，菲利普·罗斯出版小说新作《退场的鬼魂》，使我更加钦佩这个创作力旺盛的文学长跑运动员了。《退场的鬼魂》是菲利普·罗斯"祖克曼系列"小说的最后一部，描绘了主人公、作家祖克曼进入老年状态的情况。他在做了前列腺手术之后，失去了性能力，连大小便都无法控制。于是，他隐居起来进行写作，又偶然结识了一对作家夫妇，他开始为作家朋友那美貌的妻子所吸引，身体里的性本能慢慢地被唤醒了，对生命的感觉在恢复。在菲利普·罗斯一生的小说写作中，对自我的审视、与自我的纠缠，大部分都是以祖克曼这个分身来表达和书写的。据研究者说，以祖克曼为主要人物或次要人物的小说至少有六部，还有一种说法是有九部，可见其壮观。这个系列小说，我觉得可以和约翰·厄普代克的"兔子系列"小说相媲美，甚至更为丰富，它是以伪自传和自我分身的"精神分裂"的方式，清晰地呈现了菲利普·罗斯对自我的理解和对美国社会与历史清理的全过程。

他的最新长篇小说《愤怒》出版于2008年，小说的历史背景是20世纪50年代的朝鲜战争，一个受伤的士兵躺在异国的战场上，开始了对自己短暂一生的回忆，小说描述了一个美国青年如何因为家庭而悲剧性地一步步走向战争和毁灭。菲利普·罗斯老当益壮，2009年又推出他的第三十部小说《羞辱》，据说这是一部讲述一个老年男性演员经历性爱冒险之后改变了苍白人生的故事。他的第三十一部小说出版于2010年，小说题目叫作《复仇女神》，讲述一个患了小儿麻痹的病人对周围的社会环境不满，并进行报复的故事。

中国作家孙甘露说："以我对当代美国文学有限的知识，菲利普·罗斯应该位于索尔·贝娄和约翰·厄普代克之间。"我觉得他的评价比较中肯。在菲利普·罗斯超过五十年的辛勤创作生涯中，他创作了总量超过四十部的长篇小说、短篇小说和随笔、传记、对话录等非虚构作品，作品雅俗共赏，赢得了全世界读者的欢迎。他被批评家认定为美国当代最杰出的作家之一，也是战后美国犹太裔作家的代表。他获奖无数，获得过美国犹太人书籍委员会达洛夫奖、古根海姆奖、欧·亨利小说奖、美国文学艺术院奖、美国全国图书奖、美国全国书评家协会奖、普利策小说奖等，并且三次获得美国笔会颁发的福克纳小说奖。在1970年，他被选为美国文学艺术院院士。菲利普·罗斯的小说风格多变、主题深刻、题材多样，对自我的发现和清理是他最惊心动魄和最令人叹为观止的特点。他不仅擅长表现美国中产阶级犹太人的生活和生存境遇，而且对20世纪后半叶的美国历史也做了深入的透视和呈现。虽然有批评说他的作品"犹太味太重""性描写太多""笔调过分插科打诨"，但是，菲利普·罗斯已经确立了一个庞杂和丰饶的、能够代表美国的作家形象。

2008年，75岁的菲利普·罗斯和朋友们一起，隆重地庆祝了自己的生日，在生日聚会上，他感叹："时光飞逝，白驹过隙。好像还是在1943年。"因为，在1943年，10岁的小菲利普·罗斯已经开始写自己的第一篇小说了。2009年，他在接受记者访问的时候说，未来二十五年，小说这种艺术形式的作品，将成为少数人喜欢的读物，因为我们身处一个信息爆炸、互联网和屏幕的时代里。2012年，菲利普·罗斯宣布封笔，《复仇女神》成了他最后一部作品。菲利普·罗斯最终对于自己取得的成就，是欣喜还是略带遗憾？是满意还是颇为自负？那就只有他自己知道了。

约翰·厄普代克：一片平原

为美国中产阶级画像，
并谱写他们的日常风俗史诗

可能我们永远都需要这样一类作家：他平心静气地打量和研究某个地域的日常生活，然后不厌其烦地描述这个地区的人的世俗生活状况，其精细程度可以和最优秀的工笔画家媲美，但是不表达任何武断的意见。约翰·厄普代克（John Updike, 1932—2009）就是这样一个作家，在五十多年的写作生涯里，他出版了二十多部长篇小说、十多部短篇小说集，以及多部儿童故事、诗歌、随笔、评论、自传等作品，总量超过六十部。要想了解美国 20 世纪后半叶的文学和社会生活，约翰·厄普代克的作品是完全绕不开的。

约翰·厄普代克

约翰·厄普代克说:"我努力迫使我对生活保持多层次和多方面的感觉,我力图通过叙述形式去获得客观性。我的作品总是在反省,而不是在发表任何武断的意见。我认为,艺术家带给了这个世界过去不曾有的东西,却没有摧毁什么东西,我赞赏这样一种保守的反驳。"(1967年答塞缪尔森的访谈)1932年,他出生于美国东部宾夕法尼亚州的希灵顿小镇,普通美国人家庭出身,据说,他的血统复杂,有德国、荷兰和爱尔兰的混杂血统。他的祖父曾经是修路工人;父亲是一个电工,负责电缆的接线工作,后来失业了,费了很多周折才落脚在一所中学教书。这样普通的,甚至是贫困的家庭出身,促使约翰·厄普代克一开始就明白了必须要靠自己的勤奋才可以出人头地。因此,成为职业作家之后,他养成了每天都要写三页纸的写作习惯,这也就是他的作品产量高、质量也很高的原因。

如果说一个作家有某种最终走上文学之路的诱因和契机,那么,约翰·厄普代克的母亲就起到了这个作用。她的文学修养很好,平时就喜欢写小说自娱自乐,对约翰·厄普代克寄予了很高的期望,一直鼓励他当一个艺术家和作家。受到母亲的鼓励,他从中学时代开始,就细心观察周围的人和事物,开始了写作,并且经常拿自己的文章和杂志上的文章相比较。后来,他成为依靠观察外部社会和内心体验取胜的大作家,我觉得和他小时候的这种状态不无关系。因为福克纳说过,要想成为一个作家,在观察、体验和想象任何一个方面十分突出,就有了成为作家的可能性。在母亲的鼓励下,1950年,18岁的约翰·厄普代克考上了哈佛大学英文系，1954年毕业之后，他和新婚妻子玛丽一起去英国牛津大学的拉斯金美术学院学习绘画，同时饱览欧洲现代艺术的风采。一年之后回到美国，他在纽约的著名人文杂志《纽约客》担任编辑。两年后，他突然辞掉了在《纽约客》的编辑工作，和妻子一起搬到马萨诸塞州的乡下定居，隐居起来，从事职业写作。根据他自己的说法，他之所以离开繁华的纽约，是因为他得了严重的皮肤病，以至无法面对常人，因此，迫切地需要安静下来，就这样，他成为一个半隐居状态下的职业作家。

约翰·厄普代克首先讲述的就是人生经验的故事。他早期的长篇小说《马人》（1963）的主人公形象，取材于他当中学教师的父亲。在这部小说里，他把希腊神话中的半人半马的马人形象，和当中学教师的父亲的形象结合在一起，塑造了一个有着悲剧色彩的普通人，描绘了儿子眼中的父亲那种背负生活之累的形象。马人，是希腊神话中半人半马的怪物，这些怪物平时就躲在深山老林里，其中，一个最有名的马人叫作客戎，他被英雄赫拉克勒斯误伤，最后被天神宙斯赐死，获得了永生。《马人》是他早期最好的小说，用某种冷静、客观和悲悯的语调，细致地描绘了一个男人、一个中学老师在三天时间里要面对的各种来自生活的威胁：失业、欠账、被学生嘲笑，感到死亡逼近的困惑和恐惧，对生命意义和空虚感的思索，等等，映射出他平庸和努力挣扎着的一生。小说用儿子的视角来打量和叙说，结构上分为两个部分，希腊神话中马人的命运和现实生活中父亲的命运，两条线奇妙地交织在一起，是一部带有浓厚象征主义色彩和超现实意蕴的佳作。

其实,每个作家在他的作品中呈现的气质都是一致的,那种气质在语言的节奏上、作品的气韵中、传达的思想里、要强调的符号上,在情绪、判断和论点上,都是始终贯穿的。没有几个作家可以不断地变成"另外一个人"。也许,在绘画、音乐领域这样的艺术剧变容易实现,在文学领域却相当困难。因为作家的每部作品,都隐含着他未来生长成为更复杂的文学大树的基因、苗头和种子,没有无花之果。因此,在约翰·厄普代克第一部长篇小说《贫民院义卖会》(1959)中,以带有怪诞和病态色彩的叙述,虚构了一个将来的养老院,这个养老院实际上就是美国福利社会的象征。在一个周末,养老院里崇尚自由主义的老人们,对号称"人本主义"、实际上却很空虚伪善的新院长,进行了一次没有结果的抗议和斗争。这部小说在具象的故事背后,是对美国标榜的自由主义的反讽,显示了作者对美国精神的分裂充满忧虑和警惕,而这个主题在他后来的作品中也有表现。

若来检视约翰·厄普代克的创作成绩,给他盖棺论定,"兔子系列"小说无疑是他的代表作。这一系列历时三十年创作的史诗性小说作品,翻译成中文的总字数约有一百二十万字。如果加上出版于 2000 年的第五部,即用别人的眼光来怀念"兔子"的小长篇《怀念兔子》,就有一百三十万字之多了。这样一个连续写作四十年的小说系列,有着宏大的篇幅和时间跨度,可以和不少文学史上的长河小说相媲美。从他对"兔子系列"小说的写作来看,他企图写作美国当代史诗的雄心是存在的。以《兔子跑吧》《兔子回家》《兔子富了》《兔子安息》《怀念兔子》为题目的五部小说，从1960年开始，几乎每隔十年，就出版一部，简直让人觉得这样的节奏和预设有些机械，可是，这个系列逐渐地形成了美国中产阶层生活的一幅宏大的壁画，它宏阔地展现了20世纪50年代之后美国的社会生活打在一个普通美国家庭各个成员身上的烙印，以及社会风尚、道德的激烈变化施加到这些人物身上的巨大影响。在这五部小说组成的大壁画上，美国普通人的生活活灵活现、细致入微、历历在目。可以看到，在那几十年里，美国社会道德剧烈变化和物质极大地丰富、宗教力量不断影响美国人的灵魂的复杂景象。

"兔子系列"小说的主人公叫哈里，他是一个性格像兔子一样疑惧和敏感的人，在二战之后不断变化的美国社会风尚和道德危机面前，他无法忍受自己的婚姻，便像兔子一样逃跑了，可是最终因为灵魂和肉体都无处安身，"兔子"又回家了。在这种不断地出走和回家的过程中，演绎着哈里和儿子纳尔逊父子两代人的人生悲喜剧和生活闹剧。而麦卡锡主义、20世纪60年代的性解放运动、越南战争、种族冲突和危机、阿波罗登月计划、嬉皮士运动、吸毒、石油危机、中产阶级的全面兴起、福利社会的问题和全球化时代的到来，等等，这些美国历史和社会的震荡与变化，也都投射到哈里一家，给他和他的家庭成员造成了巨大的影响，他的家庭时而分崩离析，时而又重新聚合在一起，和时代的变化一起变化，既承受了时代的痛楚，也享受了时代的欢愉。最后，在1990年出版的《兔子安息》中，约翰·厄普代克考虑到哈里已经经历了那么多人生的考验，就将"兔子"哈里给写死了。但是很多读者都不喜欢"兔子"哈里死了，2000年，约翰·厄普代克又出版了一部小长篇《怀念兔子》，讲述的是"兔子"哈里死了之后，他的灵魂回到自己生活过的地方，看到周围人生活的场景，体验到了众人对他的怀念。"兔子"哈里仍旧在人间。

有时候，我会想，为什么约翰·厄普代克对我来讲，比鲁迅和巴金这样的作家还要亲切？大概是因为，约翰·厄普代克笔下的生活和故事、人物和命运距离我非常近，正在我身边的城市里发生着、变化着。他描绘的美国中产阶级人群的优越和烦恼，痛苦和焦躁，生活中的问题和精神上的焦虑不安，和正在蓬勃兴起的中国中产阶层的处境很相似，他的"兔子"哈里，也许就是我的一个邻居或者一个朋友，就生活在我的周围。

和"兔子系列"小说广阔地展现美国人的日常生活有异曲同工之妙的是，他的长篇小说《农庄》(1965)和《夫妇们》(1968)，这两部小说都以宾夕法尼亚的小镇生活作为背景。《夫妇们》翻译成中文有四十二万字，在出版的时候引起了广泛的关注，它全景式地描绘了20世纪60年代美国性观念的激烈变化在一些中产阶层夫妇中发生的影响，性解放引发的换妻游戏、偷情和滥交等改变了一些夫妻的生活。"约翰·厄普代克是写性、写通奸和偷情的行家里手"这个说法，就是在《农庄》和《夫妇们》出版之后才流传开的。在这两部小说中，他笔下的美国人像"兔子系列"小说中的哈里一样，在巨大的社会道德变革浪潮中找不到自我，生存空虚，在随波逐流中不断寻找自我，又纷纷迷失了自我。

约翰·厄普代克的文笔是一把锋利的美国社会的解剖刀，他为中产阶级画像，并谱写他们的日常生活和风俗史诗。阅读他的作品，你完全可以得到一种照相写实主义的印象，像"兔子系列"、《夫妇们》等小说，展现出的是20世纪下半叶美国中产阶级世俗生活的全景观，即使你没有去过美国，读他的书，你也会了解美国人的日常生活状态。他的文笔华丽、雕琢，因为他学习过绘画，美术修养非凡，所以，写作时用笔就如同用画笔，笔触细致入微，喜欢不厌其烦地描绘那些精微的生活细节和场景，成为雕琢过度的、过于繁复的洛可可文学艺术大师。同时，他也很擅长心理描写和意识流写作，但是其作品的底色是现实主义的。他的现实主义吸收了大量现代主义和后现代主义的技法，以此来充分表现斑驳陆离、丰富和复杂的美国当代生活。

他擅长写作的秘密：性爱、宗教、艺术与语言，做一个"创作最广义小说"的作家

我想，约翰·厄普代克是一个有着宏大构想的小说家，他虽然没有把他的所有作品看成是一个整体，比如威廉·福克纳的"约克纳帕塔法世系"，比如富恩斯特的"时间的年龄"的总体构思，但是，在五十多年的写作生涯中，他一直在将自己小说的疆域持续扩大。有评论认为，他在"创作最广义小说"（主万译作《爱的插曲》代译本序），这种说法很有道理。因

为，在今天这个信息和网络空前发达的时代，运用传统的纸媒介来传送信息，本身就是一个巨大的挑战，在这方面，只有"创作最广义小说"，才可以适应新时代人们对文学的要求。这一点，首先在他写作的题材上就显露无遗。其小说的题材背景虽然大部分是围绕美国东部某个小镇，但是，他经常放眼全球，笔触有时候还延伸到美国西部、东欧、南美洲和非洲，比如长篇小说《巴西》（1994）和《政变》（1978），还有依据神话和古典文学作品的材料所写的小说，比如《马人》和《葛特露和克劳狄斯》（2000）。其次，在表现美国当代世俗生活的层面上，他像一个画家那样用文字尽可能地包罗万象地描绘，写出了生活内部的冲突、矛盾和复杂性，以及悲剧与喜剧混杂的氛围，写出了"美国梦"诞生和破灭的过程。

有些评论家说，约翰·厄普代克的写作有三大秘密——性爱、宗教与艺术，他的所有作品都是围绕着这三个主题进行的。此话不无道理，但是，除了他的这三个写作秘密，我觉得，他的语言风格也是非常突出的，他的小说语言精雕细琢、机警、细腻、柔和、清晰、准确，值得反复地琢磨和玩味，感觉传达非常精微，以及充满意识流的铺张。他对下意识、潜意识的描绘，也是很独到的。另外，约翰·厄普代克的小说在结构上虽然不那么独具匠心，但是小说内部仍旧有着时间和人物命运发展的线索可以找寻。

20世纪中叶，美国的资本主义新教伦理面临着前所未有的冲击和挑战，这深刻地体现在他的有关宗教题材的长篇小说三部曲《一个月的礼拜日》(1975)、《罗杰教授的版本》(1986)和《S.》(1988)中。在这个系列小说中，他探讨了宗教对美国人的影响，和由此产生的精神和社会问题。有趣的是，这个系列小说是对作为美国文学基石的小说《红字》的再解释和再阐发，三部小说分别从《红字》的三个主人公——原先的牧师、医生和女主人公海斯特的角度出发，探讨了美国当代社会的灵魂与肉体、精神和物质、社会和个人之间的复杂关系。这三部小说的主人公，分别是当代美国社会的牧师、教授和女人，以三个主人公的嬗变，显现了美国社会自《红字》所引发的传统宗教文化和现代美国社会世俗生活之间的激烈冲突。三部小说的故事设定和人物视角都不一样，显示了约翰·厄普代克观察美国社会和驾驭文学技巧的非凡叙述能力。

在涉及美国之外的题材，如长篇小说《巴西》(1994)，将一个背景放在巴西的爱情故事写得波澜壮阔，大气磅礴。据说，他从来没有去过巴西，对巴西一点也不熟悉，但是，他靠着几本关于巴西的地图和资料，竟然把罗密欧与朱丽叶的故事搬到了现代巴西，小说情节的时间跨度有二十多年，通过一对恋人的爱情故事，揭示了巴西的社会面貌、人文风情、政治经济社会问题，以及它那雄阔的南美地理特征。

在长篇小说《贝奇：一本书》(1970)中，主人公则变成了一个犹太人小说家，这个小说家带着国务院的特殊使命，前往东欧一些国家，做了一番观察和游历，他从东欧当时虚假的社会表象下面，看到了东欧国家被僵化的意识形态钳制之下的精神空虚和麻木。1978年,他出版了长篇小说《政变》,首次把小说的地理背景放到了非洲。他虚构了非洲一个叫库施的共和国,其独裁总统在政变之后被迫流亡海外,以回忆录的文体,讲述了这个总统作为独裁者如何与美国等西方国家在非洲夺取利益时进行周旋,和西方列强互相倾轧和角逐最后却导致库施共和国内部混乱不堪的故事,结果,在他的专制独裁统治下,引发了人民的反抗,不得不流亡海外。小说从侧面讽刺了美国的非洲政策的自相矛盾。而小说的回忆录文体和题材的特殊性,也使得这部小说显得很别致。

"创作最广义小说"的努力,还体现在约翰·厄普代克对美国精神、美国历程的全方位把握上。他可以说是四处出击,最大限度地扩展自己的写作疆域。在长篇小说《东方女巫》(1984)中,他写了一群离了婚的女巫,这些女人将魔鬼带到偏僻的罗德岛上,破坏了罗德岛上传统的清教主义,释放出性解放时代人们内心的罪恶和忏悔。小说对美国新教伦理的讽刺意味特别深重。在长篇小说《福特时代的回忆》(1992)中,他用结构主义的形式,将发生在两个时空的故事融合起来,将福特总统执政时期的美国社会气氛传达得非常逼真和精细。他的长篇小说《圣洁百合》(1996)更是一部小型史诗,是对美国人在20世纪精神成长和物质丰富历程的描绘,伴随着美国电影工业基地好莱坞的发展变化,小说的时间跨度也有上百年,四代人接替出现,展现的是美国社会的风起云涌和波澜壮阔。小说将克拉伦斯一家四代人的轮替和成长,和美国好莱坞的电影科技发展与一百年的道德变化纠缠在一起，给20世纪的美国人画了一幅成长的肖像。《圣洁百合》是他试图解读美国社会本质的巨大文学努力，也是对美国整个20世纪技术和道德发展变化的反思。

在长篇小说《时间的终结》（1997）中，他把小说的背景放到了2020年前后。也许，他觉得那将是他生命的终结时刻，因此，小说有着浓厚的悲伤气氛，以家庭作为叙述的背景，展开了对宗教和死亡的思考。2000年，他出版的长篇小说《葛特露和克劳狄斯》中，又把小说的情节放在中世纪的北欧了。在斯堪的那维亚半岛上，一个国家的皇家宫廷里发生了阴谋和复仇事件。在小说中，约翰·厄普代克对《哈姆雷特》的故事进行了颠覆，用全新的观念，重新书写丹麦王子复仇的故事，使我们看到了更为复杂的、难以进行道德评判的人物形象。在这部小说中，他呈现出自己作为"创作最广义小说"的高手的巨大才能，也显示了他作为文体家的深厚功力。小说分为三个部分，每个部分都用"国王被激怒了"作为开始的第一句话，文辞优美细腻，对中世纪北欧自然风景和人物内心活动的刻画非常到位，显示了他非凡的想象力、杰出的语言才华和结构能力。

长篇小说《寻找我的脸》（2002）写的是一个27岁的女记者去采访一个79岁的女画家的故事，通过女画家的自述，呈现出女性主义的历史面貌，小说里没有一个男人，有的是美国艺术界变化的风潮在一个女艺术家生活中掀起的风浪和波澜。和《寻找我的脸》相反，长篇小说《村落》（2004）则是一部关于男性的小说，甚至还有作者自己的影子，主人公是一个退休的软件工程师，70多岁，在少年、中年和老年，分别在三个村镇生活过，小说就是他对一生的村镇生活的回忆。《恐怖分子》是他的第二十二部长篇小说，出版于2006年，这部小说是他对美国"9·11"恐怖袭击事件的反思。像约翰·厄普代克这样的作家，是不可能对"9·11"不进行某种文学回应的。但小说中描写的恐怖分子，不是极端的穆斯林，而是一个美国土生土长的埃及移民后代，最终，这个有着伊斯兰宗教背景的年轻人，慢慢变成了一个宗教极端分子，变成了人肉炸弹，打算去炸毁林肯隧道。小说表现的是对全球化时代里美国的地缘政治和文化冲突的不安全感，以及一种对不同文化之间的冲突的焦虑感。2008年，他出版了最后一本长篇小说《东方女巫后传》。

约翰·厄普代克的短篇小说成就，一点都不在其长篇小说之下。在选材和写作手法上，也有异曲同工、互相映衬之妙。这些短篇小说结集为《同一个门》《鸽羽》《音乐学校》《博物馆和女人》《问题集》《相信我》，以及厚厚的《厄普代克短篇小说集：1953—1975》——这个大集子收录了他的一百零三个短篇小说。这些短篇小说大多数都是对美国中产阶级家庭出现的各种问题的探讨和发掘，写得十分精细与缜密，和另外一个美国短篇大家约翰·契弗的小说相比，他的短篇小说题材更加广泛，视野更加开阔，写作的技巧更加复杂多变。他本人也认为，他的短篇小说的技巧超过了他的长篇小说，他曾经说过："我可能还是短篇小说写得最好。总之，我对于短篇小说感到得心应手，而对于长篇小说，我有时则有些把握不准，几乎是缺少这方面的才能。"（查里·瑞雷在 1978 年和他的一次谈话记录)。而且,很少有作家能像约翰·厄普代克那样全面,他还出版了诗集《面向自然》《诗集》等。《自我意识》是他的一部自传,和他早期的另外一篇自传文章《山茱萸:童年回忆》相映成趣。在这样的自传文章中,可以看到他在小说里那样的激情文风,还有描绘内心感受与外部风景的细致笔触。2009 年,他自 2000 年以来创作的短篇小说《父亲的眼泪》和他最后一部诗集《终点》出版。

不过,他的小说题材经常重复,比如《村落》和《夫妇们》,比如"兔子系列"和一些短篇小说。从写作技法上讲,他是一个比较保守的作家,如果他能有一些文学实验的勇气就更好了。不过,这也许是他为了获得更多的读者所做的必要妥协吧?另外,从小说叙述风格上讲,他有时候写得太密,太琐碎,一旦奔泻起来,就缺乏节制,减法做得少。像"兔子系列"小说,一部比一部长,但小说内部缺乏更复杂的结构,使我觉得有些遗憾。当然,在这一点上,他比美国作家托马斯·沃尔夫要好很多,托马斯·沃尔夫一旦写起来,根本就刹不住车,最后只得依靠编辑,才勉强将他那些如同大段无比绚丽的锦缎的素材,剪裁成有结构和故事的小说。约翰·厄普代克在这方面的控制力当然很好,不过,也有不太节制的问题。另外,他在政治上也很保守,态度暧昧,不愿意批评美国政府。据说,一次美国作家聚会,很多作家猛烈批评美国政府的内外政策,轮到他发言了,他说:"我觉得美国联邦快递的服务还是非常好的。"他这种温和的政治态度,也许就是他一直被诺贝尔文学奖排斥在外的原因吧?不过,对于这一点，他也是有辩驳的："《马人》写的是杜鲁门执政时期的，《兔子跑吧》是艾森豪威尔时期的，《夫妇们》只有在肯尼迪时代才可以写出来。我总是在描绘那些被政治笼罩的人们。"

约翰·厄普代克的小说还深受绘画艺术的影响，其基调是写实主义风格的，但是，他的写实主义，不是美国的新新闻主义小说那样的所见即所得和对新闻性的强调，他从不忽略对文学与文字的美的追求。他的写实主义广阔地吸纳了大量现代主义文学流派的经验和营养，比如，对意识流手法的运用，对象征主义和心理现实主义的借鉴，对书信体和结构现实主义的借鉴，对电影蒙太奇手法的掌握，对印象派画家风格的文学挪移，对人类神话和史诗资源的挖掘，对神话原型理论的再利用，用精细的文笔描绘微妙复杂的感觉等，都是他小说的特点，这使得他的小说呈现出波澜壮阔的宏大气质和非常复杂的、精细的写作特点。他可以说是少数几个掌握了美国主流社会审美与阅读情趣的作家之一，写作量相当庞大，除了二十三部长篇小说和大量的短篇小说集、散文、游记、评论、诗歌和儿童故事，他还经常编选"美国最佳年度小说选"之类的文选，还写了有关如何打高尔夫球等的随笔集，是经常在《纽约时报书评周刊》发表重量级书评的人物，多才多艺。我想，多少年之后，他那些鞭辟入里的书评和文学评论的生命力都还会很强。他有自己擅长写作的秘密：性爱、宗教、艺术和语言，而且，他想做一个"创作最广义小说"的作家，从某种程度上说，他实现了自己的雄心。

2009年1月27日，约翰·厄普代克因肺癌去世，比较突然。在我的感觉里，约翰·厄普代克如同一片广袤的平原，在这平原上，有着铺展开来的最广义的风景。这是约翰·厄普代克带给我们的未来小说发展的可能性：尽量地开阔写作题材的视野，放大自己的内心体验和心灵感觉，将人类生活着的平原与城市的所有风景，尽数囊括其中。

唐·德里罗：
"另一种类型的巴尔扎克"

复印美国人的生活

写过颇有影响的《西方正典》和《影响的焦虑》的美国当代著名文学理论家、哈佛大学教授哈罗德·布鲁姆曾经说："当代美国最杰出的小说家有四个，他们是菲利普·罗斯、科马克·麦卡锡、托马斯·品钦和唐·德里罗。"这几个人算是美国作家中的"F4"，其中，菲利普·罗斯是一个公认的多面手，后期更是越来越老辣，科马克·麦卡锡则是描绘美国西南部和墨西哥边境接壤地区犯罪事件的行家里手，文风十分坚硬和粗粝。托马斯·品钦的脑袋上顶着一顶"后现代小说大师"的帽子，也不可忽视，唐·德里罗（Don DeLillo, 1936— ）更是后来居

唐·德里罗

上，一度写出了不少风格独特的小说杰作，并多次被推举为诺贝尔文学奖候选人，获奖的可能性甚至比菲利普·罗斯还要大，其不可替代的"复印美国人生活"的特点使他越发显得重要了。

从唐·德里罗的名字就可以猜出来他有意大利血统，1936年，他出生于纽约市意大利移民聚集区，中产阶级家庭出身，中学毕业之后，他到福特汉姆大学学习人文科学，包括文学、哲学、神学和历史学，这为他后来的写作积累了广博的知识，使他的小说呈现出非常开阔的视野。由于自小在纽约长大，这座城市全球化文化混杂的环境带给了他很多滋养，大量实验性和激进的美术、戏剧、音乐、电影的展览与演出，使他耳濡目染，在文学观念上也必定是一个先锋派。

1958年，22岁的唐·德里罗大学毕业之后，先是在一家广告公司工作，业余时间开始文学写作。他的第一篇短篇小说《约旦河》发表于1960年，已呈现出一种孤绝的艺术气质，带有后现代特点的滑稽和破碎感。他的第一部长篇小说《美国逸闻》出版于1971年，这部长篇小说处女作深入美国独特的历史当中，挖掘出美国的特性，书写了一个关于"美国梦"形成的故事。唐·德里罗一出手就呈现出和别的作家不一样的风貌：他关心历史事件所映射出的当代社会问题，再从中结晶出思想。从那时开始，近四十年来，唐·德里罗以平均两年出版一本书的速度，不断地出版新著，已经出版了长篇小说十五部，发表了三本剧作，分别为《月光工程师》（1979）、《娱乐室》（1987）和短剧《允许上天堂的运动员之狂喜》（1990），他还写了一部电影脚本，出版了两部文学随笔集。

1972年，唐·德里罗出版了他的第二部长篇小说《球门区》。所谓球门区，指的就是足球守门员活动和把守的那个方框里的区域，小说的题目暗示了人在世界上的存在，就犹如在球门区等待着被射门时的那种紧张状态。小说带有浓厚的存在主义印记，以小人物的惶惶不安来折射现代人的精神焦虑，是一部对美国人进行精神分析的小说。1973年，他出版了第三部长篇小说《琼斯大街》，这是一部描绘起源于美国的大众音乐——摇滚乐如何受到年轻人喜欢的小说，小说追溯了伍德斯托克音乐节的由来，描绘了一群喜欢摇滚乐的年轻人的复杂生活，也是对20世纪60年代美国那种文化反叛进行回眸的作品，宣示了青年亚文化的多姿多彩和鲜活力量。

1976年，唐·德里罗出版了第四部长篇小说《拉特纳星球》，这是一部带有科幻色彩的作品，他创造了一个叫拉特纳的星球，来影射地球、甚至就是在影射和描绘美国的当代社会现实。在这个星球上，人们为欲望所驱使，并沉溺在物质主义的旋涡中无法找到自己。在这部小说中，唐·德里罗呈现了一种比较冰冷的叙事语调，小说人物的热度和热情很低，他对物质和物体所散发出来的冰冷感进行了细致的描绘，就如同复印机一样复印生活的原貌。这在他后来的作品中更加明显，最终，他创造了一个叙事语调冰冷、描绘画面繁复、如同复印机一样对当代美国各个领域的生活进行精确反映的文学世界。

1977年，唐·德里罗出版了第五部长篇小说《演员们》，描绘纽约上层演艺界人士的生活，探讨了纽约这个名利场和多元文化混杂的世界之都的特性。可以看出，唐·德里罗每部小说的题材都不一样，他喜欢书写他经验之外的任何题材，他视野开阔，但是万变不离其宗——不断地探索美国社会的本质。1978年，唐·德里罗出版了第六部长篇小说《走狗》，这是一部带有讽刺意味的政治小说，描绘了纽约和华盛顿的政客们，如何运作竞选，如何最终操纵这个"民主"的国家，显示了他关心现实政治的激情。

从第一部长篇小说《美国逸闻》到第六部长篇小说《走狗》的出版，这是唐·德里罗创作生涯的第一个阶段，前后持续了十年的时间。在这个阶段里，他以上述六部长篇小说，不断地实验着各种叙事语调，在小说题材的拓展上令人眼花缭乱，在对美国社会特性的挖掘上也很精到深入，在小说的结构形式和对语言摸索方面都有新发现，为他进一步找到一种独到的文学表达方式奠定了基础。

美国的一份文学杂志《新标准》上如此评价唐·德里罗："如果有谁对将美国人变成复印文本这件事情负责的话，那个人，就是唐·德里罗。"我觉得，用"复印"来形容唐·德里罗的小说风格并不完全准确，但是抓住了唐·德里罗小说的一个最大的特点。他创造性地以平面展示的形式概括了美国人的生活和精神面貌。我感觉，如果要比拟的话，他的小说和安迪·沃霍尔的那些丝网印刷的"波普"作品有些异曲同工之妙，但是，唐·德里罗的小说又带有着批判性的犀利锋芒和对人文精神堕落的深刻质疑，他并没有像安迪·沃霍尔那样"复印"，而是以深度和广度呈现复印背后的荒芜。

白噪音覆盖的世界

进入20世纪80年代，唐·德里罗迎来了他写作生涯的第二个阶段。在这个阶段里，他由一个较为传统的小说家，变成了一个后现代色彩非常浓厚的小说家，同时，写出了多部彪炳美国小说史的作品，逐步走向他创作的巅峰状态。1982年，唐·德里罗出版了长篇小说《名字》，标志着这个阶段的开始。因为在希腊居住过一段时间，《名字》这本书的第一、二两章的地理背景是希腊。从书名看，我觉得有些摸不着头脑，不知道这是一部写什么的书。实际上，这是一部关于语言的书，关于名字和命名的书。唐·德里罗试图告诉我们，不同的文化对于现实之所以会产生不同的理解，是因为存在着一个基本的语言现实：语言规定着对世界的命名，这是人类的基本需要和能力，语言不仅表达了人的所思所想，也建构了一种符号化的、可以被认知的现实。

《名字》这部小说提及的地名有一百多个，人物的名字也有许多巧合，说明了名字所代表的人物的虚构性。从结构上来看，这部小说分成四个部分，分别以"岛屿""山脉""沙漠"和"草原"命名。"岛屿"部分是以希腊的库罗斯岛为故事发生地，"山脉"则是伯罗奔尼撒半岛，"沙漠"部分则到了印度，而"草原"是美国的堪萨斯草原。从情节上看，这部小说一共有三条线索,这三条线索互相交叉,但是最主要的主人公都是詹姆斯,他是美国一家跨国公司驻希腊的高级职员。三条线索中,最主要的一条是詹姆斯对某个没有名字的邪教组织的追踪。詹姆斯的妻子是一位考古学家,在希腊一座小岛上进行考古发掘工作,詹姆斯和妻子处于一种分居状态,但是,他常去那座小岛看望妻子和孩子。后来,他发现了一系列的杀人案件:每个被杀的老人都是流浪汉,而且,他们名字开头的字母都和他们被杀的地点名称的开头字母一样。于是,詹姆斯感到迷惑和兴奋,他开始调查这个案件,后来,他和来到希腊的一个美国独立制片人弗兰克先生一起追踪到印度,最终追查到了这个邪教组织的机构和头目。在印度,他们目睹了一次胆战心惊的邪教杀人事件。

在这条主线的叙述之外,另外两条次要的情节线索,也如同伏延千里的草蛇灰线,穿插在小说情节的主干线中。一条是詹姆斯和妻子关系的危机——分居与试图和解的过程,另外一条线索,是詹姆斯作为美国跨国公司的高级职员,同时还有一个隐蔽的身份,他在希腊要搜集当地经济、政治和军事的情报,他的这些活动涉及希腊的日常生活,明显有唐·德里罗在希腊生活过的一些踪迹。我感觉,这部小说并不好理解,它表面上看,有着侦探小说的外壳,其内里,却是对时代症候的一种精神分析和语言语义学分析,是对美国和其他欧洲国家关系的透视,是对商业原则、军事情报、邪教文化在这个世界上隐秘存在的一种揭示。在更深的层次上,小说还将全球化带给人们的复杂现实和世界各地区的不平衡与文化冲突、人和自我的冲突,都放到了一个平面上来呈现。

1985年,唐·德里罗以他的第八部长篇小说《白噪音》获得了美国全国图书奖,这是对他文学成就的一个巨大肯定。今天看来,《白噪音》也是一部不折不扣的杰作。什么是"白噪音"?在给这本书的中文译者朱叶的信件中,唐·德里罗专门做了说明:"有一种可以产生白噪音的设备,能够发出全频率的嗡嗡声,用以保护人不受诸如街头吵嚷和飞机轰鸣等令人分心和讨厌的声音的干扰或伤害。这些声音,如小说人物所说,是'始终如一和白色的'。也许,这是万物处于完美之平衡的一种状态。'白噪音'也泛指一切听不见的(或'白色'的)噪音,以及日常生活中被淹没的其他各种声音——无线电、电视、微波、超声波器具等发出的噪音。"

因此,我们可以把唐·德里罗本人对白噪音的解释,当作进入这部小说的钥匙和理解这本书的不二法门。因为,在高度发达的后现代社会里,白噪音已经成为我们生活中听不见也看不见的背景音,无时无刻不存在于我们的生活中。德里罗曾说过:"如果写作是思考经过提炼浓缩的形式,那么,提炼得最浓缩的写作,也许就会终结为关于死亡的思索。"《白噪音》这部小说,正是他"关于死亡的思索"的产物,德里罗的研究者马克·奥斯蒂恩教授称此书为"美国死亡之书",在书中,"与死亡经验相联系"的白噪音,正是拒绝死亡的"人类的自然语言",它十分均衡地一直存在在我们的身边,彻底覆盖了我们。

《白噪音》这部小说的故事发生在一所大学里,主人公杰克是美国一所私立大学的教授,他专门创立了一门学问——希特勒学,研究纳粹元首希特勒,其实,也无非是找一个名目和课题在美国的大学体系里混饭吃。小说的时间背景跨度是一年,刚好是杰克教学的一个学年。小说按照结构可以分成三个部分,第一个部分为"波与辐射",讲述的是杰克的家人、学校的同事、杰克本人以及他们所居住的美国中西部一个小城市的情况,唐·德里罗的笔触似乎抽空了情感,以小说主人公杰克的第一人称叙事,以漠然和平静的口吻给我们描述了一个了无生气的小世界,这个小世界由家庭、同事、学校和城市构成。杰克是美国典型的中产阶级家庭的主人,表面上看,小城市一切都是祥和的、平静的、安全的,但是,杰克隐约地感到一种莫名的恐惧和不安全感。他通过研究纳粹狂人希特勒,感到在20世纪,人类的文明正在缓慢地、不知不觉地走向毁灭。表面上那种仿佛感情被抽空的对美国社会日常生活经验的描述,反而使读者觉得很不妙,觉得有一种暴力和毁灭的力量在悄然聚集。这个部分最令我发笑的地方是杰克的生活。他是一个结了五次婚的男人,芭比特是他的第四个妻子——他的第四次婚姻是和第一任妻子复婚的。因此,每到学校的假期,他们家就特别热闹,他和芭比特与各自的前后几任妻子或丈夫,都分别生育了孩子,这些孩子连同他们的父亲或者母亲又组建了新的家庭,并且,大家全都来到了杰克家,一时间,他们家里几十口子互相有着复杂的血缘关系的人,构成了一幅特别美国化和后现代的大家庭景象,实在是蔚为大观。这也是这部小说最精彩的情节,如同一种波和辐射,将美国人日常生活和人际关系的奇特光谱，呈现得五彩斑斓。

小说第二部分的题目是"空中毒雾事件"，这个部分似乎是突如其来的一个插曲，是小说的中断和间奏，篇幅很短。这个部分描述了发生在寒假里的一场事故：在杰克所在的小城市里，一家化工厂突然发生了泄漏事故，为了避免巨大伤亡，在政府的号召下，杰克和家人一起开车离开了小城，躲避开飘浮的毒气团的辐射和伤害。这个部分虽然篇幅不大，但描绘了人类遭受威胁的现实，化学品污染和辐射的隐患就在我们的身边，随时伺机发动对人类的致命攻击。后来，经过了九天的躲避和疏散，美国士兵用战斗机将一种可以吞噬毒雾的微生物撒到云团上，这场危机总算是结束了。据说，唐·德里罗描绘这场化学品泄漏事件，是对1979年发生在宾夕法尼亚三里岛上的核工厂爆炸事件的真实写照。

小说的第三个部分，题目是"'戴乐儿'闹剧"，讲的是杰克发现，他的妻子芭比特在吃着一种药片，这种药片叫戴乐儿，它是专门治疗恐惧和抑郁症的。可是，这种药片也控制了芭比特的身心——它是一个叫格雷的不法商人通过传销方式销售的，并以性交易的方式来支付费用，控制和骗取芭比特的肉体，并迷惑她的精神。发现这个秘密之后，杰克感到恼怒和恐惧，他开始追查药片的来历，并且，最终搜寻到了不法商人格雷的踪迹，他决心要杀掉这个控制他妻子身心的坏蛋格雷。杰克拟定了一个周密的复仇计划，他准备下手了，当他到达格雷的公司，却被告知格雷刚刚被医药研究所开除。后来，杰克继续追踪，发现格雷自己也在吃这种抗拒恐惧的药片，因为，他的精神状态失常了。杰克开枪打伤了格雷，却又改变主意，把格雷送往了医院……

我认为，《白噪音》这部小说和传统的现实主义小说、经典的现代主义小说都有着很大的不同，小说在结构上呈现出文本的多样和杂烩性质，电影蒙太奇式的呈现和片段场景是小说结构的主体。它似乎没有中心的故事和人物关系的冲突，没有一般故事的开端、高潮和结尾这三大段起伏，小说的叙述似乎是一种没有感情色彩的平面叙述，塑造的人物也都是扁平的，情节大部分都是无意义的、琐碎的，彼此之间并不呼应。小说以美国中产阶级的日常生活片段和景象来呈现高度发达的美国后现代社会内部的精神问题。可以看到，在消费和图像所主导的现代生活面貌之下，人的精神状态的危机、环境污染的危机、人文精神死亡的危机，都在向我们袭来。美国社会组织结构表面上严密齐整，却有着涣散和瓦解的实质，一种恒定的白噪音一直笼罩在我们的头顶。

来自历史的回声

1988年，唐·德里罗出版了长篇小说《天秤星座》，这部小说获得了"《爱尔兰时报》国际小说奖"。这是一部以1963年肯尼迪总统遇刺事件作为背景的小说，可以说，这是一部带有政治色彩的社会小说，又是一部带有明显的唐·德里罗特征的后现代小说。

小说的主人公是刺杀肯尼迪总统的凶手奥斯瓦尔多，小说精心描述了他的成长经历，最终折射出美国在20世纪50年代开始的特殊的文化氛围、社会大潮和政治环境。奥斯瓦尔多带有传奇色彩，他出身于一个单亲家庭，是母亲抚养他长大，他早年就喜欢阅读马克思的书籍，参军之后，性格孤僻，和环境严重对立，对美国军队中对士兵的严苛惩罚感到不满，借一个机会逃到了苏联。但是，他发现苏联那个集权主义社会也不是他的天堂，于是，三年之后他又回到了美国。由于有在苏联的经历，他回到美国之后，遭到了麦卡锡主义者对他"叛逃"的指控和歧视，他失业了，就更加对社会感到不满。通过报纸上对肯尼迪国际政策的介绍，他发现，肯尼迪总统一直想扼杀古巴革命，暗杀古巴领导人卡斯特罗。具有马克思主义思想的社会底层人奥斯瓦尔多，忽然萌生了刺杀肯尼迪的想法，于是，他就开始精心策划和准备，最终，他刺杀成功，酿成了举世瞩目的一个重大政治事件。

肯尼迪遇刺是美国现当代史上一桩扑朔迷离的案件，到现在还众说纷纭，莫衷一是。在这部小说中，唐·德里罗也给出了一个自己的猜测：两个中央情报局的特工，在奥斯瓦尔多开枪之后的瞬间也开了枪，打死了肯尼迪总统。这样大胆的设想是基于对当时美国政局的研究和观察，不能说没有一点根据。但真相是永远都无法被发现了。刺客奥斯瓦尔多后来又被一个精神病人神秘刺杀，使整个案件完全成为无头公案。这部小说在叙述风格上，带有现实主义底色，又带有印象主义的那种铺陈。在情节上，有大幅度的跳跃，也有省略和对内心的描绘，但是，在形式和语言的探索上，走得并不是很远。小说的叙述在三种人称之间来回转换，获得一些叙述的灵活视角。我觉得，小说中最动人的地方，主要是对奥斯瓦尔多的成长历程和精神状态的描绘，以及对20世纪50年代之后美国社会文化的全方位的呈现，历史的信息量巨大。小说有三个层面的故事：一个是肯尼迪遇刺的真实历史事件，第二个是叙述者本人虚构的故事，第三个层面，是作品中的人物讲的故事。这三层故事相互消解，元虚构和滑稽模仿——小说对历史的模仿、对以往作品的模仿以及对其自身的模仿——将真实人物推入了想象的时空，并在那个空间里演绎出一场荡气回肠的时代悲剧。

这个阶段，唐·德里罗似乎对历史和政治的激情十分充沛，他的几部小说都和历史有关。而历史又是当代现实的回声和影子。1991年，唐·德里罗出版的一部小说获得了当年的美国笔会福克纳小说奖。小说探讨文化分裂日益严重、地缘政治理论异军突起的人类新走向。小说的主人公是一个作家，我想，可以把他看作是唐·德里罗的化身，小说以1989年印度裔英国作家拉什迪因为出版小说《撒旦诗篇》而被霍梅尼下令追杀的事件为背景，深入思考了一个分裂和充满禁忌的世界中严重威胁西方文明的因素，以及西方社会如何接受挑战，应该如何应对等，在这部小说中，唐·德里罗超前地思考了恐怖分子、群众运动、大众和权力、集权和自由的问题，使小说具有了超越时间的魅力。进入21世纪之后，我们就发现很多全球化时代种下的祸患，在这部小说中都有所揭示和呈现。

1992年，唐·德里罗出版了长篇小说《巴夫柯在墙上》，这是一部相对平庸的作品，篇幅不大，它也更像是唐·德里罗准备再次腾空一跃、写一部大部头的准备之作。

"另一种类型的巴尔扎克"

我觉得，唐·德里罗最好的小说，除了《白噪音》和《天秤星座》，另外一部就是1997年出版的长篇小说《地下世界》（一译《地狱》）。这部小说是一部皇皇巨著，英文版厚达八百二十七页，翻译成中文在七十万字左右。在这部小说中，唐·德里罗纵横开阖，书写了从20世纪50年代一直到90年代中期的近半个世纪的美国历史。小说一出版，就轰动了美国社会，并在很长时间里都是畅销书，很快被翻译成各种语言在其他国家流布。我想，如果哪天唐·德里罗获得诺贝尔文学奖，那一定和他写出了这部小说有关。

小说《地下世界》以编年史的形式，分成了几个部分，在时间上是顺序叙述的，将从20世纪50年代兴起的麦卡锡主义、1963年肯尼迪总统被刺杀、阿波罗飞船登月、英国戴安娜王妃的意外死亡、世界职业棒球锦标赛等五十多年来在美国和欧洲发生的标志性历史事件作为线索，连绵推进，又以一些美国当代普通人的生活作为那些壁画一样的历史事件的陪衬，以活人的历史来映衬并没有真正死亡、不断地在人的生活中发生影响的历史事件，旨在探求美国的特性和丰富性，试图以一个美国作家的眼光,来对20世纪做一个总结性的回顾,是一部美国人写的、美国视线下的史诗。小说的题目也表明,在被美国的各种媒体所引导的大众文化之外,还有一个不被大家发现、被遮蔽的五十年的历史。这个历史是由各种地下的潜在事件所引起的、最终成为显像事件而构成的。唐·德里罗雄心勃勃地给我们描绘了一个无比斑驳和复杂的美国。英国著名作家马丁·艾米斯读完德里罗的《地下世界》后说:"它也许是,也许不是一部伟大的小说,然而,毫无疑问,它已使唐·德里罗成了一位伟大的小说家。"有些江郎才尽和望洋兴叹的马丁·艾米斯对唐·德里罗的评价一点都没有夸张。

2001年,唐·德里罗出版了长篇小说《人体艺术家》,这部小说的篇幅不长,英文有一百六十页,翻译成中文在八万字左右。小说的男主人公是一个拍摄实验电影的先锋导演,女主人公则是一个在舞台上表演和展览自己身体的舞者,在夜总会十分受欢迎。她在身体上涂抹油彩,装扮成古代阉人、日本艺伎、埃及女人等各种给男人带来性幻想的形象,去满足男人们的窥视欲,被称为"人体艺术家"。小说的故事情节比较离奇,围绕着这两个人若即若离的关系来展开:女主人公和男主人公一起吃早餐,在唐·德里罗的笔下,这顿早餐占了十八个页码的篇幅。两个人都不喜欢说话,而是在自己想心事。吃完早餐,男主人公就到隔壁的房间里自杀了。后来,当女主人公开始在舞台上表演"人体艺术"的时候,一个男人来到舞台上,他以自杀男人的口气和她说话,将两个人过去的交往细节一一说出,使女主人公觉得,这个男人就是自杀者的附体。读到这里,我想一般的读者很难弄明白,唐·德里罗写这部晦涩难懂的小说是想要干什么。小说的情节非常不符合一般逻辑,而且显得异常古怪。唐·德里罗是在探讨在纽约这样一个使人异化的城市到底是如何改变一个男人和一个女人的生活的,无家可归、无所适从的现代人不安的精神状态促使他们的举止和行为都很疯狂,这是唐·德里罗要呈现的,但他的这个想法太过隐晦了。因此,这部小说在我看来并不成功。

2003年,唐·德里罗出版了他的第十三部长篇小说《大都会》,译成中文有二十万字,虽然篇幅不算大,但他要表现的内容相当复杂。小说的内部叙述时间只有一天二十四小时。小说的主人公是一个亿万富翁,年仅28岁,是美国当代成功的金融界人士,主要做金融产品的买卖和投机,是在华尔街上出没的那种成功人士。小说的时间背景放在了2000年4月的一天,主人公乘坐他自己的加长豪华汽车去理发。就在这个去理发的路途中,他在纽约这座匪夷所思的城市遇到了匪夷所思的事情。

乍一看,我觉得这部小说似乎受到了《尤利西斯》的启发,在非常有限的时间中去表现人无限的可能性,但是这一次,唐·德里罗似乎是在表现纽约这个大都会的难以言表和全球化的某种特性。小说的主人公在车子里通过车载电脑处理着他的金融投机生意。同时,曼哈顿那鳞次栉比的高楼大厦的反光也不断地照射到被车膜所遮挡的车窗玻璃上,使他的思绪缭乱。忽然,前面的街道被封闭了,原来,一场反对全球化的示威游行正在举行,他不得不走出汽车,观察这场游行。很快,骚乱开始了,他赶紧命令司机掉转方向，离开了那条街道，另辟蹊径。接下来，他就如同希腊神话中要返回故乡的奥德赛一样，遇到了各种事件：他遇到了送葬的人群，遇到了一些狂乱的人，他们有着无端的怒气；忽然，他又接到报告，说他过去解雇的一个家伙眼下正在前来刺杀他的路上，要他小心。他感到这真是什么都不顺利的、可怕的一天，于是，为了释放情绪，他决定去找一个老情人做爱，来缓释自己的紧张心情。但是，三次和三个女人的性交都不很顺利。整部小说叙述的都是这个亿万富翁在一天里的遭遇，折射出纽约这个世界大都会的风景。全球化和金融业的关系、恐怖主义和商业化、艺术和市场、大都市对人的威压和异化、性爱和身体意识等，充斥在小说的缝隙里，显示了人类的产物——大都会带给人类的一切附加物。这部作品展示了异化与妄想狂，艺术与商业，现实与想象，性与死亡，全球市场与恐怖主义，仿佛一个后现代话语的万花筒。有书评认为，这虽然并不是唐·德里罗最优秀的作品，但这是近年美国小说家所创作的最优秀的作品之一，评价也不低。

2003年发生的美国"9·11"事件成为震惊世界的大事。以这个事件为背景的小说有不少，我见到美国人、法国人、德国人都写过这个题材的小说。2007年5月，唐·德里罗推出了长篇小说《坠落的人》，也是以纽约"9·11"事件为背景的，是很值得关注的一部小说。这部小说里模仿了当时从纽约双子座大厦上坠落的人的动作，并赋予他"行为艺术家"的符号意义，以一个幸存者、律师的眼光，重新审视那场发生在美国人眼皮底下，并且彻底地改变了美国人心灵的事件,表达了"9·11"之后美国社会现实趋于保守,对穆斯林的不信任和文化分裂的现实。"9·11"这个事件对美国人的心灵震撼是无比巨大的,也使美国人的安全感丧失了,他们开始怀疑那些和他们文化与种族不一样的人。我的一个朋友说,"9·11"之后,他发现美国人看别人的目光充满了怀疑和恐惧,已经和原来的清澈、单纯、热情大不一样了。作为一个密切观察社会走向的作家,唐·德里罗把他的触角延伸到这场事件中,以一个幸存者的体验来折射它对美国人的影响:

在"9·11"事件中,律师基斯大难不死,他惶惶然,感到很无助,来到前妻莲妮家中寻求安慰,而她也在这个特殊的时刻接纳了他,同意他暂时居留。但是很快,基斯就和过去的一个黑人女同事打得火热,而且,还去赌博,借机寻找排遣和刺激。本来前妻莲妮还希望他们可以和好,但是当"9·11"事件的阴影消失之后,他们又回到了原来有裂痕的生活当中,于是,基斯和莲妮再度分开了。基斯过去就很喜欢打牌,是一名有专业水准的扑克牌高手,后来他在世界各地打扑克、赌钱,一边思念着"9·11"事件中殒命的老牌友。小说接着叙述他的前妻莲妮的事情。她为一些老年痴呆患者办了一个写作班,让老人们书写自己的生活感悟,和自己的疾病斗争,而她的父亲恰恰因为对老年痴呆的恐惧而自杀了,这对莲妮的刺激很大。在这两条线索之外,唐·德里罗还描绘了另外两个男人的故事作为映衬,一个是专门表演坠落的行为艺术家,他不断地把自己用绳索悬挂到一些高楼大厦上,头冲下做出坠落的姿势,来表现一种特殊的感受和隐喻,也是对"9·11"事件的纪念性行为。另外一个男人,则是劫机者之一、恐怖分子哈马德,他如何走上了这样一条不归路,他的心理状态、行动原则和道德理念,唐·德里罗都给予了令人信服的想象和刻画,这是这部小说十分出彩的地方,小说因此将三个男人和一个女人的生活围绕着一个巨大的历史事件全面展示了出来,逼真地表现了美国人所处的时代氛围和心理境况。

现在,唐·德里罗被认为是越来越重要的美国作家。1979年,唐·德里罗获得了古根海姆奖,1984年,他获得了美国艺术与文学学院奖,1985年获得了美国全国图书奖,1999年,他又获得了耶路撒冷国际文学奖。2005年美国《纽约时报书评》评选自1980年以来美国最好的小说,德里罗有三部小说入选,它们是《白噪音》《天秤星座》和《地下世界》。2010年2月,他的第十五部长篇小说《指向终点》(一译《欧米伽点》)出版。

唐·德里罗的长篇小说以令人眼花缭乱的笔触,去描摹当代世界的文化冲突和政治事件,以大量的信息和特殊的叙述语调,将美国社会的复杂性和整个美国社会的全息图像"复印"了出来。这是一个十分艰难的、甚至难以完成的工作,因为如今要想全面描绘和表现一个时代,十分困难,但是,唐·德里罗做到了。而他也指明了小说未来发展的一条道路,虽然大众化、商业化、图像化、网络化在不断地侵蚀着小说,小说仍旧有着特殊的优势去描绘时代的全息图景。有人心怀着对小说这种叙事文体成熟和发达的19世纪的怀念,称颂唐·德里罗是"另一种类型的巴尔扎克",我想,这种评价绝对不是空穴来风。

托马斯·品钦：熵的世界观

熵的概念

在当今在世的小说家当中，美国作家托马斯·品钦（Thomas Pynchon, 1937— ）的作品可能是最晦涩难懂的了。他的长篇小说，几乎每一部都是大部头：《V.》（1963）、《拍卖第四十九批》（1966）、《万有引力之虹》（1973）、《葡萄园》（1990）、《梅森和迪克逊》（1997），2006年出版的长篇小说《抵抗白昼》，英文版厚达一千零八十五页，2009年，他又出版了长篇小说《性本恶》。此外，托马斯·品钦在1984年还出版了一部短篇小说集《慢慢学》。就是凭借这几部小说，托马斯·品钦成为20世纪后半叶最复杂和最重要的英语小说家之一。眼下，托马斯·品钦被美国读者甚至像哈罗德·布鲁姆这样挑剔和傲慢刚愎的哈佛大学教授都看作是美国当代最杰出的小说家之一,实在是不容易。托马斯·品钦也是所谓的"后现代派小说"群体的领军人物。

托马斯·品钦 1937 年 3 月出生于纽约长岛,1953 年,他中学毕业之后,进入美国康奈尔大学攻读工程学专业,后来,又根据自己的兴趣,转到了英语文学专业。在大学读书期间,他还到美国海军服役了两年,之后,又回到大学继续自己的学业,最终获得了文学学士学位。托马斯·品钦很早就开始文学创作,他的处女作《小雨》是一个短篇小说,发表于 1959 年的大学内部文学刊物《康奈尔作家》上。这篇小说的笔法很平实,但是略显幼稚,讲述了在美国海军中服役的一个年轻士兵的成长经历,从一些细节呈现了主人公迷茫的内心世界。我猜测这篇小说的素材一定取材于他自己的从军经历。据说,托马斯·品钦大学期间还听过纳博科夫的文学写作课,算是纳博科夫的学生——那个时候,纳博科夫正在康奈尔教授文学写作,他的讲义后来被整理为《文学讲稿》《俄罗斯文学讲稿》和《〈堂吉诃德〉讲稿》出版。本来,他们也许能够成就一段文坛佳话,但是纳博科夫后来说,他对托马斯·品钦没有一点印象,只是他的妻子薇拉说在给他的学生的作业评分时,看到过托马斯·品钦那与众不同的笔迹——同时包含了印刷体和草书的英语书写方式。

从康奈尔大学毕业后,托马斯·品钦不愿意从事固定的工作,他到纽约的自由艺术家们喜欢聚集的格林尼治村住了一年多,当时,正是 20 世纪 60 年代美国即将兴起各种社会反叛运动

托马斯·品钦

和艺术运动的前夜,我想,在那里,托马斯·品钦一定接触了不少活跃的美国先锋派艺术家,尤其是对现代音乐与美术的理解和掌握,都是在这个时期完成的。这些生活的影响,隐约出现在他后来的长篇小说《葡萄园》里。

托马斯·品钦在大学毕业之后发表的一些早期的短篇小说中,《熵》是最重要的一篇。我觉得,这篇小说埋藏了他后来小说的全部主题,是一把进入他的小说世界最好的钥匙。这篇小说将热力学第二定律运用到对人类社会的观察和描述上,其敏感性十分超前。热力学第二定律,就是熵增原理,而熵,指的是物质系统的热力学函数——在整个宇宙当中,当一种物质转化成另外一种物质之后,不仅不可逆转物质形态,而且,会有越来越多的能量不能转化为功了。表面上看熵在增加,但是其功在耗散和消失。这就好比人类大量制造的化工产品和能源产品,一经使用之后,就很难再变成有用的东西——宇宙本身在物质的增殖中反而逐渐走向"热寂",走向一种缓慢的熵值不断增加、功却在消失的死亡之中。你看,眼下,我们的人类社会不正是这个样子吗?大量的产品和能源被转化成不能逆转的东西,电子垃圾、信息垃圾、塑料和建筑垃圾,甚至是太空垃圾,都越来越多,人类本以为生活越来越方便和舒适了,实际上却在逐步地走向一个生存环境越来越恶化的热寂死亡的状态。因此,"熵"的概念是令人触目惊心的,也是托马斯·品钦作品中的核心概念,他的小说大都和这个概念有关,除了那部《梅森和迪克逊》。到2006年他出版长篇小说新作《抵抗白昼》的时候,我发现他仍旧以他的方式在不断地阐发这个核心概念。

1960年2月,托马斯·品钦忽然对在格林尼治村和艺术家们一起浪荡的状态感到厌烦,就去美国的西雅图了。从这一年到1962年的9月这段时间里,他都在著名的飞机制造公司波音公司工作,为公司撰写一些宣传性的稿件,等于被波音公司雇佣为专业写手,这很像现在一些企业内刊的编辑。他还给美国空军专门为波马克导弹基地创办的刊物《波马克军队新闻》撰写军事技术方面的文章。这家杂志很专业,类似我们的《舰船知识》《兵器知识》《国外坦克》一类军事知识杂志。就是这些早年的就学、从军和工作的经历,影响了托马斯·品钦一生的写作。可以说,他在美国海军短暂的服役生涯,在大学中所学的工程学、物理学,在格林尼治村与艺术家的交往经历,在波音公司工作中获取的当代科技新知识尤其是军事科学的知识,成为他后来创作取之不尽的素材。

托马斯·品钦显然是志在文学。1962年9月,为了能尽快完成一部构思了很久的小说,他辞掉在波音公司的工作,去墨西哥待了一段时间,在那里完成了他的第一部长篇小说《V.》,从此走上文学写作道路。

神人与"天书"

托马斯·品钦是一个文坛"神人",他似乎一开始就打算做一个神秘人物,他对自己的身世和经历一直讳莫如深,不像其他作家那样喜欢在作品的封套或者内页上刊登自己的照片。据说,托马斯·品钦在大学的新生登记表上都没有照片,康奈尔大学所保存的他的成绩报告单后来竟然也不翼而飞了(我怀疑是他自己偷偷拿走的);他在部队里的服役记录也因海军一处办公室的离奇爆炸而被焚毁了。因此,对于大众而言他青少年时代的生活基本上就是一片空白。即使他后来暴得大名,也很少接受媒体的采访,在一些报纸上也看不到他的照片。从他开始发表作品的四十多年以来,他始终为读者和文坛所关注,却是一个"神龙见首不见尾"的家伙。平时,他很少与人交往,尤其不怎么和美国文坛的同行来往,特立独行,天马行空,我行我素,自我放逐般地游离于美国"主流社会"之外。他有意地使自己神秘化,但他所写的作品都取材于美国的历史和当下的社会现实,他的作品所关心的,又是人类的基本状况。其实,据说后来他大部分时间都住在纽约这个大都会中,甚至就住在曼哈顿那高楼林立的中央商务区的一间高层公寓里,一边看着这个世界最繁荣的万家灯火,一边勤奋地写作,是真正的"大隐隐于市"。有人曾经碰巧在纽约的餐厅里认出他来了,他也马上逃走,不予承认。

　　托马斯·品钦离开波音公司之后,完成了他的第一部长篇小说《V.》。《V.》于1963年出版之后,很快获得了美国笔会的福克纳小说奖,这给了他很大的鼓励。《V.》虽然是托马斯·品钦的第一部长篇小说,但已呈现出和传统小说迥然不同的面貌,故事情节拉杂,并不好懂。小说一共有十六章,塑造了两个主人公,一个叫普鲁费恩,他似乎是一个一无所有的流浪汉,喜欢过自由的生活,并和一些女人保持着暧昧复杂的关系。他和纽约的一群号称"全病帮"的前卫艺术家混在一起,这些艺术家中有画家、音乐家、演员、舞蹈家,等等。他们主要的活动就是喝酒和搞聚会,虽然艺术家们个个都性格鲜明、十分活跃,但是,他们的生活似乎没有什么意义,以嬉皮士的方式,躲避着时代的平庸和麻木。我想,托马斯·品钦早年在纽约格林尼治村的那一年多的浪荡经历,使他成功地塑造了小说中的"全病帮"这个艺术家群落。而叫他们"全病帮",就在暗指这群家伙实际上都是病人。托马斯·品钦在描述这个艺术家群体的时候,还带有熵的观念——他的这部小说,表面上看没有什么现代主义惯常使用的意识流和内心独白、时空倒错和复调叙述,但是,他很善于描绘一种混乱不堪、没有什么意义的生活状态,来表现人类在一种"后现代"状态下的混乱和无序。

小说中的另外一个主要人物叫斯坦希尔,这是一个对二战期间的历史十分感兴趣的人。他在翻阅当过英国情报局特工的父亲死后留下的日记时,忽然发现,在那些发黄的日记中,父亲经常写到"V."这个符号,可这个"V."到底指的是什么,父亲并没有说明,只是隐约指向一个控制了整个20世纪政治、经济和军事的小集团。于是,斯坦希尔萌发了猜谜的巨大兴趣,他开始根据父亲的日记,寻找"V."在世界上、在历史中的蛛丝马迹。最后,斯坦希尔有些灰心地发现,这个"V.",可能指的是一个不断地乔装打扮的女特务,她在各个历史时期都出现在国际政治危机的现场,改变了政治和历史的走向。在这条线索的结尾,斯坦希尔在马耳他的大海上,被海龙卷风所席卷后神秘地消失了,而那个神秘的女郎到最后也没有被他抓获,谜底也没有被揭开。《V.》可以说是一部带有黑色噩梦性质的小说,两条线索似乎没有什么关系,像两个声调的咏叹曲那样平行发展,最终也没有重合。但是,这两条线索又互相映衬。在小说中,熵的观念隐约透露了出来:"V."这个不断变换身份的符号,导引我们进入20世纪纷乱的人类历史中,并进一步地表现了人类的全部历史其实就是在逐渐地走向缓慢的死亡和热寂的过程——我看这就是托马斯·品钦通过"V."这个神秘符号来曲折表达的中心主题。

1966年,托马斯·品钦出版了他的第二部长篇小说《拍卖第四十九批》。从书名上看,小说就很令人费解,似乎有意让人掉到迷惑的陷阱里。有时候我就觉得,托马斯·品钦喜欢玩花活儿,喜欢故意和读者玩捉迷藏,喜欢逗引读者。什么叫"拍卖第四十九批"?是讲述一个拍卖公司的小说吗?不是的,这是一部从篇幅、情节到结构上都相对短小紧凑的小说,描绘了一个名叫马斯的美国家庭主妇的生活。

马斯和丈夫关系紧张,因为丈夫得了忧郁和自闭症,不和她交流,因此,马斯感到十分孤独,两个人过着形同路人的生活。有一天,马斯忽然收到一个律师的一封信,那个律师在信中告诉她,她原先的一个恋人后来成为腰缠万贯的地产商人,最近去世了,留下遗言让马斯作为他的遗嘱执行人。马斯感到奇怪又兴奋,于是她就去找那个律师询问,两个人在一家酒吧里相见了。但是这个律师似乎没有把问题讲清楚,马斯去洗手间的时候,发现女厕所的墙上画了一个奇怪的图案,图案下面还写了一句话:想要玩的人请和我们的信箱联系——在这句话的上面,画了一个被堵住的喇叭和一辆美国历史上的邮政驿车的号码。马斯迷惑了,她为那个符号感到困扰,从此开始不断地调查和研究那句话,以及那个符号。最终,她搞明白了,原来那个符号是过去和政府部门的邮递系统展开了竞争的美国地下邮政系统的暗号,这有些像北京的快递公司一度要被政府的邮政局叫停一样。于是,马斯开始调查这个隐蔽的邮递系统,她逐渐地进入了迷宫一样的环境中。她发现,在二战期间,美国士兵的尸骨竟然被一些公司用来制造香烟的过滤嘴,她最终揭露了这个可怕的事实,可即使如此,那个古老的邮政系统的秘密也没有被完全揭开,成为小说中的谜。和托马斯·品钦的前一部小说《V.》一样,这部小说也涉及大量20世纪的科学技术知识,并隐藏着对一些重大历史事件的挖掘,包含着对历史的陈述和反思。可能是为了增加读者的阅读趣味,或者纯粹就是为了炫耀自己的音乐知识,《拍卖第四十九批》引用了很多当时的美国通俗歌曲,在看似不经意的叙事中,将时代的大众流行文化、通俗文化,尤其是音乐文化流布其中。《拍卖第四十九批》也呈现了熵的世界观,还包含了几何学中的微积分学、哲学中的芝诺悖论的探讨。

我第一次阅读这部小说,就感觉依据《拍卖第四十九批》的情节,很难描述它要传达的意义和主题。因为,它那迷宫似的情节有着很多岔路，意义是分歧的，是不确定的——小说中有太多的十字路口，每个十字路口的四个方向都是对的，就看你怎么走了，于是，小说就这么不断地推展开来，你就被带到一个匪夷所思的境地里。小说里描述的这个叫"特里斯特罗"的古老邮递组织，像是神秘的黑社会一样，和美国社会对抗，让马斯觉得奇怪，也会使读者感到害怕。小说还有些侦探小说的诡异气氛，有专家说，这部小说从情节上看，是对英国近代一出走红的戏剧《送信者的悲剧》的滑稽戏仿。由此看，托马斯·品钦很喜欢在莫衷一是的情节之间、在一些并不怎么有联系的事件之间，暗示一种本质的思想。因此，有时候，我觉得每个读他的书的读者，都像书中的女主人公马斯一样，必须要自己去面对托马斯·品钦的挑战，去找到他设置的谜语的答案，尽管也许本来就没有答案。

　　托马斯·品钦最著名的长篇小说，当属他的第三部长篇小说《万有引力之虹》，这部小说出版于1973年，是一个大厚本，翻译成中文在七十万字左右。托马斯·品钦在大学所学习到的工程学专业知识和在波音公司担任内部刊物编辑的科技知识积累，给他写《万有引力之虹》提供了许多灵感和背景知识。如今，有一个普遍的看法，认为20世纪有两部奇书，詹姆斯·乔伊斯的《尤利西斯》和托马斯·品钦的这本《万有引力之虹》。《尤利西斯》比较好懂，但是我觉得，《万有引力之虹》和詹姆斯·乔伊斯的另外一部长篇小说《芬尼根守灵夜》都算得上是"天书"，"天书"也许是上帝的造物，无法卒读、更是很难解释。尽管如此，"天书"也有进去的门径，没有一本书是没有"芝麻开门"的暗语的。小说《万有引力之虹》的情节也是拉拉杂杂的，但主干还算清晰，这就是它的"芝麻开门"：小说叙述的是1944年12月到1945年9月之间二战最后时期的故事。"万有引力之虹"所形容的，是一道炮弹和导弹在空中划过的抛物线痕迹，那虽然如彩虹一样美丽，却是死亡的永恒象征，因为炮弹和导弹带来的是死亡。因此，这部小说主要的着眼点，也在战争和死亡带给人类的一切后果的分析上。《万有引力之虹》的故事发生在伦敦和欧洲一些地方，以展现和描述一个个当时的片段场景来展开，形成了小说无尽的、连绵的类似电影的画面。这部小说运用的材料十分庞杂，线索众多，出场的次要人物也很多，既有盟军的，也有德国纳粹的。小说从化学、数学、物理、文学、音乐、美术、历史、宗教和电影等人类知识系统中汲取了大量的信息，这些信息和材料都驳杂地出现在小说的场景中，显示了托马斯·品钦那独特的、简直令人抓狂的博学。

小说的情节叙述是从二战中德国向英国频频进行疯狂的V-2导弹射击开始的。英国的情报部门希望发现这种导弹的秘密，但是，他们根据导弹落地后在地图上显示的结果发现，导弹的落点很奇怪，一般都和美国中尉斯洛索普的行踪有关系：只要中尉在某个地点和一个女人做爱了，那么，几天之后，那个地方肯定要遭到纳粹火箭的袭击。于是，英国的军事情报机构感到困扰，对此开始了密集调查，中尉本人也被派到了法国去搜集这种给英国和盟军带来巨大威胁的火箭的情报，同时，又派遣了一些特务暗中跟踪监视斯洛索普中尉，尤其是要监视他的性生活情况，并随时向情报机关汇报——在这里，小说就显得荒诞不经和有些黑色幽默的味道了。斯洛索普后来发现，敌人打算除掉他，而自己人也在监视他，他感到万分不安和恐惧。而且，尤其令他感到奇怪的是，那些跟踪和监视他的情报人员在身份暴露之后，很快就失踪或死亡了。于是，中尉就更加害怕了，他一鼓作气跑到了中立国瑞士，最终，他发现了事情的原委，原来，他父亲将他从小具有的特异功能卖给了德国的一个火箭专家，现在，纳粹就在利用他的性生活的规律来发射火箭，袭击盟军军队。中尉了解了真相，却感到更加困惑，他继续着在欧洲大陆上对那神秘的火箭的寻找。小说结尾十分离奇：斯洛索普忽然感到自己要解体了，他在追寻那火箭的过程中，慢慢地变成了空气一样不存在的东西了，这等于说，他永远地消失了。

读到这里的时候，我感到有些不满，我觉得托马斯·品钦无法给出一个谜底，最终只好以把中尉以写没了的方式来解决。难道托马斯·品钦故意以这种开放式的结尾，来强调自己要表达的"世界是一片混乱，本来就没有逻辑，因此更没有有逻辑和结尾的故事存在"这样的文学观吗？难道，是在强调他的熵的世界观吗？可以说，这是一部十分复杂的、带有神秘复杂的寓意和象征性的小说，再次阐发了他早期作品的一些主题，包括对战争、物质的增殖、种族主义、帝国主义、熵等主题和概念的探讨。由于这本书的晦涩和复杂，它在问世之后的几十年里，在蓬勃发展的大学体制内，衍生出了大量的分析论文和评论著作，不知道有多少人因为这本书而获得了学位、评上了教授职称、保住了自己的饭碗。

《万有引力之虹》被认为是美国后现代主义小说的典型之一。在小说第一节中有一段描述主人公斯洛索普吸了大麻之后去上厕所,结果口琴掉到了马桶里,引发了他进入马桶后在脏水里遨游的幻觉和想象,多年之后,这个情节被英国电影《猜火车》作为一个场景给拍摄使用了;而美国电影《黑客帝国》中,拯救者尼奥吞吃红色药丸的细节,也是在向《万有引力之虹》致敬,可见这部小说造成的巨大影响。小说中还有纳粹军官喜欢虐恋、吃屎、喝女人的尿的情节展现,这些性虐待、嗜粪癖和嗑药的描写,读起来令人震惊。《万有引力之虹》曾经与美国作家辛格的小说《羽毛的王冠及其他故事》一起分享了1974年的英语小说布克奖。当《万有引力之虹》被提名美国普利策奖之后,在评选中一些评委展开了激烈辩论,最终,有人所说的它的"无法卒读"和"伤风败俗"成为致命理由,使它功亏一篑,大败而归。

托马斯·品钦的第四部长篇小说《葡萄园》出版于1990年,大部分读者和评论家都认为《葡萄园》是他最失败的一部小说。可我觉得,在托马斯·品钦的小说序列里,这是一部至少上了及格线的作品。小说讲述20世纪60年代的嬉皮士索伊德的故事。他有个女儿叫普蕾丽,已经14岁了,父女俩一起住在加州葡萄园县的乡下。女儿为几乎从来都没有见过母亲而暗中难过,正在这个时候,母亲过去的一个情人、检察官冯德得到线报,前往她家里搜查大麻,结果,抄了她的家,父女俩无家可归,在美国到处漂泊。于是，小普蕾丽开始根据各种线索去了解她母亲的情况。最后，她母亲被检察官冯德引诱、操纵和控制，最终又被抛弃的情况逐渐浮出水面。在小说的结尾，疯狂的检察官冯德想要绑架知道了真相的小普蕾丽，但是，他又离奇地落到了别人的圈套里，在一个偏僻的村落，他被一种叫作"类死人"的人给处死了，最后，小普蕾丽和自己养的小狗意外重逢了。

从小说的情节上看，它融合了现代主义、后现代主义和现实主义的很多元素和表现手法，像是一个大杂烩，因此，一些细节的处理上有些逻辑混乱，不过，这恰恰是托马斯·品钦所追求的效果。评论家们诟病这部小说，主要还是它的意义模糊，情节夸张和碎裂，我觉得，它的总体水平确实在《V.》和《万有引力之虹》之下。但是，它依旧保持了托马斯·品钦的一贯风格。

"来路不正"的人

1997年，托马斯·品钦出版了他的第五部长篇小说《梅森和迪克逊》。据说，托马斯·品钦早在1975年就已动笔写这部小说了。小说的主人公是英国的天文学家梅森和土地测量员迪克逊，这两个人接受了美国政府的委托，在马里兰州和宾夕法尼亚州之间开始测量美国的南北分界线，最后，这条线被称为"梅森—迪克逊线"。测定"梅森—迪克逊线"的两个人一边测量分界线，一边通过交谈、自述，把他们的生活和事业都展现了出来，小说的叙述细密、结构多层，构成了一部对美国历史深情回望的历史传奇。《梅森和迪克逊》把美国历史中的科学技术、宗教文化及社会风貌三者结合起来，在不断迂回的叙事中，将这两个真实的历史人物和小说虚构的人物放一起，把18世纪的美国风貌以一种粗犷之美呈现了出来。小说中，托马斯·品钦使用了18世纪美国流行的英语语言来写作，这就相当于一个中国现代派小说家用古文写小说一样令人吃惊。可见，托马斯·品钦有着令人信服的、强大的语言功力，也有着对18世纪美国的全面了解和概括。可以说，小说的主题是对美国失落的伟大历史的重新确认，是对美国这个没有什么历史的国家的光荣历史的一次文学认证，因此，带有鲜明的"美国梦"色彩。小说获得了广泛的好评，出版的当年就被美国《时代周刊》评为"美国最佳小说"之一。

托马斯·品钦的小说往往具有百科全书式的特点，他的第六部长篇小说《抵抗白昼》出版于2006年，英文版就是一个大厚本，厚达一千零八十五页。为了推销这部小说，一向不喜欢抛头露面的托马斯·品钦忽然现身在一家网站，亲自写这部小说的介绍："……世界性的灾难将在几年内迫近，这个时代的上层人士中间充满了普遍的无限制的贪欲、虚伪的虔诚、白痴般的软弱和罪恶的意图……"不过，他的小说介绍写得云里雾里、语焉不详，有着一种暧昧的感觉，使人觉得更想一睹为快了。

《抵抗白昼》继续呈现出他过去的那种大杂烩的叙事风格，时间跨度大，从第一次世界大战一直到1983年在美国芝加哥举办的世界博览会，出场人物众多、事件纷纭，主题丰富，涉及了战争、种族冲突、资本主义的困境和20世纪的宗教。在这部小说中尤其鲜明的是，当代西方通俗文化的符号被广泛地使用：连环画、动画片、漫画、平装小说、商业电影、电视节目、烹调、性产业，这些符号抹平了传统意义上"高雅"和"低俗"文学之间的界线。翻阅这部小说，不知怎么使我想起来意大利作家翁贝托·埃科的那部长篇小说《洛阿娜女王的神秘火焰》，那部小说和托马斯·品钦的这部小说有着异曲同工之妙。埃科的那部小说把二战之后的大量意大利连环画、漫画、电视、电影和报纸版面，作为小说中的符号加以利用，使小说的文本非常庞杂，显示了当代杰出的小说家在把握越来越复杂的当代世界的时候，不得不运用更加复杂和多文本夹杂的手段，去囊括和表现整个时代的努力。《抵抗白昼》还显示出托马斯·品钦对爵士乐和摇滚乐的偏好，从中可以看出他对很多美国和欧洲的乐队及曲目都如数家珍。其实，现在看来，不光在《抵抗白昼》中有大量的音乐元素，在他的其他小说如《V.》《拍卖第四十九批》《万有引力之虹》《葡萄园》和《梅森和迪克逊》中，都有流行音乐的大量信息，显示了托马斯·品钦欣赏音乐的专业水准。他甚至头脑发热地说"摇滚乐是最后硕果仅存的几个值得尊敬的行业之一"，可见他对流行音乐的重视。

2009年，他又出版了长篇小说《性本恶》，这是他的第七部长篇小说，也是他所有作品中最好懂的一部，有一个侦探小说的外壳，讲述了在20世纪70年代的美国洛杉矶，私人侦探多克·斯波戴洛调查前女友所委托的一桩绑架案,结果遭遇了更加扑朔迷离的案情。于是,大量时代的信息和场景,以并置和重叠的方式,在小说中显示出一种走向死亡的寂灭感。

总结起来,可以说"熵"的世界观贯穿着托马斯·品钦的全部小说创作。他总体上是悲观的,认为人类社会正在走向热寂,走向垃圾越来越多,环境越来越糟糕,社会问题越来越多,人与自然、人与人、人与社会、人与自身越来越对抗的年代。托马斯·品钦似乎有些来路不正、来历不明,你不知道他是从哪个石头缝里蹦出来的,也很难确定他所受到的一些作家的影响。比如,他的老师纳博科夫在他的作品中完全找不到痕迹;在小说集《慢慢学》的自序中,他说他欣赏美国的"垮掉的一代"作家群,尤其喜欢杰克·凯鲁亚克的《在路上》。对于这部小说,美国另外一个作家杜鲁门·卡波蒂尖刻地说:"那不是小说,那是打字。"托马斯·品钦对20世纪的美国小说家欧内斯特·海明威、亨利·米勒、索尔·贝娄、菲利普·罗斯和诺曼·梅勒的作品评价很高,同时,他对一些写科幻小说的作家,比如艾萨克·阿西莫夫也很欣赏,对写《冷血》的杜鲁门·卡波蒂和写《名利场大火》的汤姆·沃尔夫等新新闻主义小说家也很喜欢,按说,这几类作家之间的差别很大,但是他们都在托马斯·品钦的庞大的胃口里被消化了。

托马斯·品钦的小说还被定义为后现代小说的模范和样本,被大学教授们反复研究和阐释,一般认为,美国后现代主义小说家包括了托马斯·品钦、约翰·霍克斯、库尔特·冯内古特、约瑟夫·海勒、唐纳德·巴塞尔姆、约翰·巴思、威廉·加迪斯、唐·德里罗等，这等于把"黑色幽默小说"和"后现代主义小说"一锅煮了。但是，到底有没有"后现代主义小说"这么一个东西，实在是众说纷纭。我想，假如真的有"后现代主义小说"这么一种东西，那么，也可以广义地看作"20世纪现代主义小说"。美国评论家詹姆斯·伍德根据托马斯·品钦的小说中出现的古怪人物、狂乱行为、插科打诨和文本混杂，将之归类为"疯狂的现实主义"，把托马斯·品钦的作品和萨尔曼·拉什迪、扎迪·史密斯等多元文化环境中诞生的作家作品相比较，这个评价就很有趣了。

托马斯·品钦肯定是20世纪后半叶最重要的小说家之一。在托马斯·品钦的小说中，包含着当代人类社会的丰富信息，其小说风格混杂、独特，很难模仿，小说的主题广泛，内容极其复杂，涉及美国和欧洲的历史人文，也涉及数学、天文学、机械工程学、军事科学、信息学、人种学、统计学、经济学、化学、空间物理学等不同的知识领域，以全新的视野和莫衷一是的复杂表达，成为当代世界最独特的小说家。

从20世纪90年代早期开始，因为《万有引力之虹》所做的对人类进入新阶段的复杂性的描绘和对20世纪的绝妙观察与理解，一些美国文学教授就提名托马斯·品钦角逐诺贝尔文学奖。但我觉得，在某种程度上说，瑞典文学院的那些评委是很保守的，他们觉得"文学真正的创作中心在欧洲，而不在美国"。虽然20世纪60年代的"拉丁美洲文学爆炸"和80年代兴起的"无国界小说家"群体不断地冲击着瑞典文学院评奖委员们的"欧洲中心"观念，使他们不得不重视世界文坛的新动向，但是最近十五年，他们似乎一直对美国作家不太感冒，原因也很复杂。我想，假如他们为托马斯·品钦颁发了这个奖，只会给他们自己加分。因此，我希望托马斯·品钦不要像约翰·厄普代克那样突然地撒手西去了。哈罗德·布鲁姆把托马斯·品钦与堂·德里罗、菲利普·罗斯和科马克·麦卡锡一起评为20世纪后半叶美国的一流小说家，组成了一个"F4"的阵容，我觉得这个评价十分恰当。

托妮·莫里森：
黑人的哥特式魔幻之书

一

在美国文学史上，黑人文学形成了一个独特的传统，成为有着具有巨大创造活力的20世纪美国文学大树上一条耀眼的枝杈。那些自1640年之后作为奴隶被引进到北美洲大陆上的非洲黑人，经历了漫长的缄默岁月，到19世纪才开始逐渐地以文学的形式发出他们的声音，表现出他们的心灵世界。如今，一些黑人作家的作品已经成为经典名作，想到黑人文学，我的脑海里立刻就涌现出哈里的《根》、理查德·赖特的《土生子》、拉尔夫·艾里森的《看不见的人》、詹姆斯·鲍德温的《另一个国家》、兰斯顿·休斯的自传《大海》、艾丽丝·沃克的《紫色》等黑人

托妮·莫里森

作家、诗人的作品。而托妮·莫里森（Toni Morrison，1931—2019）更是黑人作家中的佼佼者。她将美国的黑人文化混合一种哥特式的魔幻小说风格，将美国黑人文学，甚至将英语新小说引领到一个更加开阔的境地，是对那些有着被侮辱与被损害的记忆的个人、族群、国家的特殊启发。我想，托妮·莫里森开辟了一条道路，即使她没有开辟出一条新路，那么，她至少是一条道路的高大路标。

1931年2月18日，托妮·莫里森出生于美国俄亥俄州钢铁城市洛里恩，父亲是蓝领工人，母亲主要靠在白人家做女佣来养家。1949年，18岁的托妮·莫里森以优异成绩考入了华盛顿特区专为黑人所开设的霍华德大学英文系，1953年获得了文学学士学位，后来，她又进入康奈尔大学继续攻读英美文学，24岁的时候获得了文学硕士学位。毕业之后，她先在得克萨斯州的南方大学担任老师，后来在母校霍华德大学教书。1965年，她开始在美国著名的出版机构兰登书屋担任文学编辑。从20世纪70年代起，她主要在纽约州立大学、耶鲁大学等各个大学讲授美国黑人文学，还在《纽约时报书评周刊》上发表大量书评文章。1987年，她开始担任美国普林斯顿大学的文学教授，讲授文学创作和美国文学研究课，属于典型的学者型作家。在托妮·莫里森近四十年的文学生涯当中，她一共出版了八部长篇小说，一个剧本，两部文论集，还主编了一部三百年来美国黑人为了争取和白人同等地位而奋斗和抗争的史实性文献汇编《黑人之书》（1974），这本带有史料性质的著作影响深远，记叙了美国黑人三百年的历史,被称为美国黑人的百科全书。在兰登书屋当编辑的时候,托妮·莫里森就开始对黑人文化进行了深入思考。她除了研究威廉·福克纳的小说,还为黑人拳王穆罕默德·阿里的自传和一些黑人青年作家作品的出版费了不少心力。

托妮·莫里森的长篇小说处女作是《最蓝的眼睛》,该书出版于1970年,篇幅不算很大,翻译成中文有十万字,但是内容复杂,有着多层次的表达,语言和叙述语调非常独特,已经显示出托妮·莫里森强烈的、很难模仿的文学风格了。《最蓝的眼睛》的主人公是一个黑人女孩子,在社会上,她因为自己的黑人血统而备受白人歧视,因此,她幻想自己能够有一双白人姑娘才有的美丽的蓝眼睛。托妮·莫里森曾经写过一则童话,在那则童话中,一个盼望得到蓝眼睛的女孩子,最后果然得到了一双"最蓝的眼睛"。但是,在长篇小说《最蓝的眼睛》中,黑人女孩子佩科拉对上帝进行祈求,在幻觉中得到了一双蓝色的眼睛,可是实际生活中仍旧四下碰壁,找不到出路,还被同样潦倒、穷困、失意的父亲连续强奸,生下了一个孩子,一家人坠落到更加悲惨的境地,以至完全丧失了生存的希望。

小说《最蓝的眼睛》是一个残酷的童话,小说厉害的地方在于,它不单单控诉了白人社会压制和歧视黑人的现实,它对黑人自身存在的问题也给予了尖锐的清理和批判,这是作者胜于那些控诉型和单纯描述黑人苦难、只将账算在白人头上的黑人作家作品的地方。的确,黑人在美国长期受到压迫和歧视,这当然是白人种族主义在作祟,但是,当美国社会的制度不断发展,能够给美国各民族成员提供相等机会的情况下,黑人的劣根性也就显露出来了。比如小说中,黑人女孩的父亲懒惰、自暴自弃,竟然强奸自己的亲生女儿,还使其生下了一个孩子,令人发指。这些劣根性也影响着黑人自身的发展和完善,这就不光是白人歧视的问题了,是黑人自己不争气。这是以往很多黑人作家所忽略的,而托妮·莫里森一开始就注意到了事物的两面性,她能够描绘出黑人文化的历史渊源、复杂处境和自身的局限性。《最蓝的眼睛》带有童话色彩,还有一些英语哥特小说的诡异气质,以及一种女性主义与文化批判的敏感性,托妮·莫里森将这些元素都放到一个篮子里,显示了她卓越的才能。小说的叙述语言模仿了黑人女孩那种祈愿的语调,有些段落没有标点,显示了主人公思维的连绵、断裂和幼稚,叙述角度在不断的转换中获得了多层次的立体效果。

托妮·莫里森的第二部长篇《秀拉》出版于1973年,篇幅与《最蓝的眼睛》相当。小说的主人公是一个黑人女孩子秀拉,她倒是比那个沉浸在童话世界里、祈求一双"最蓝的眼睛"的佩科拉不一样,秀拉是一个性格坚强、具有反叛精神的女孩,她试图向白人占据主导地位的社会挑战,她不愿意像父母亲那样逆来顺受。小说还塑造了另一个黑人姑娘内尔,内尔更愿意过一种循规蹈矩的生活,和秀拉形成了鲜明对比。最后,秀拉感到无力和社会对抗,她毁了内尔的婚事,遭到大家的谴责,大家认为她是一个坏女孩而厌弃她,导致秀拉通过自杀来抗议社会和黑人部族对她的威压,她自己得到了解脱,也使那些不喜欢她的黑人松了一口气，笃信基督教严格教规的内尔则以传统的生活方式继续生活。小说以两个黑人女孩子不同的人生道路，呈现了美国黑人女性的真实生存处境。小说的叙述节奏跳跃，第一章讲述了1919年的事情，小说的倒数第二章是1941年，最后一章则讲述了1965年的事情，在十万字的篇幅里，跨越了四十多年，有些地方叙述得非常详细，有些地方又忽然加快了步伐，详略得当，把主人公放到美国历史背景的大幕布上进行全面审视，使我们看到了秀拉背后的时代的整体氛围。

《最蓝的眼睛》和《秀拉》算是托妮·莫里森创作第一个阶段的作品，在这个阶段，她还在多方面试验对小说体裁、题材、叙述和思想主题的把握，小说的篇幅也不大，人物也很单纯，两部小说的主人公都是黑人女孩子，都是以她们在美国社会遭受的悲剧命运来呈现时代的气氛，也突出了托妮·莫里森独特的创作视角。这两部小说出版之后，托妮·莫里森不仅在美国文坛一举成名，还被看作是黑人妇女的精神领袖和代言人。

二

迄今为止，托妮·莫里森最好的小说大都出版于她创作生涯的第二个阶段，这个阶段从1977年开始，到1993年结束。在这个阶段中，她出版了《所罗门之歌》《柏油娃娃》《宠儿》和《爵士乐》四部长篇小说，然后，以1993年她获得诺贝尔文学奖而达到了一个巅峰。今天来看,这四部小说也是托妮·莫里森最好的小说,是她能够获得诺贝尔文学奖的根据和砝码,如果没有这几部小说,她的文学成就就大打折扣了。

1977年,托妮·莫里森出版长篇小说《所罗门之歌》,该小说可以看作是她逐渐攀上文学顶峰的标志。小说出版之后,大获好评,获得了当年的美国全国图书奖。为什么说托妮·莫里森通过这部小说逐渐攀上了她的文学巅峰呢?首先,这部小说所描绘的美国黑人的历史和现实处境更加深广,书中出现的人物已经不再是黑人女性了,而是更加复杂和有代表性的黑人群像。小说的故事情节带有一种哥特式的鬼魅气息和魔幻色彩,描述了黑人马孔·戴德和皮拉特里兄妹两家之间的故事。《所罗门之歌》的情节主要分为两个部分,主线和副线互相交织在一起,第一部分主要讲述马孔·戴德在美国北方某个城市的黑人聚集区里的生活,描绘了他的家庭环境、自我困境、社会环境,托妮·莫里森还描绘了黑人聚集区的文化,比如,一些思想激进的黑人秘密社团组织的活动等。小说的第二部分开始,马孔·戴德就向南方去寻找黄金了,而马孔·戴德的自我认识和发展成为小说最重要的情节线索。他离开了自己的家庭,去美国南方寻找父亲和姑姑曾经发现、但又遗失了的黄金,在寻找黄金这个具体的财富的过程中,马孔·戴德逐渐地找到自己作为黑人的根,还听说了他的祖先从非洲来到美洲的传奇经历。这个部分,马孔·戴德是在寻找自我、发现历史,逐渐靠近家族和族群的文化之根。在小说的结尾,马孔·戴德虽然没有在南方找到黄金,但是他找到了比黄金更加宝贵的黑人族群文化的根。祖先作为血液里的力量重新在他的身体里聚集和沸腾,使他获得了在美国继续生活下去的勇气,他也开始确信自己作为一个黑人的生命价值了,他相信,自己的曾祖父当年就是因为不愿意继续在美国当奴隶而独自展翅飞回了非洲。小说在最后的部分点题了,"所罗门之歌",既是关于曾祖父这样的祖先的歌曲,也是对《圣经》传说的一次文本上的呼应。小说里有一个神话原型故事贯穿其间:当年,凡是不甘心在美国做奴隶的黑人,都可以独自展翅飞回非洲去。这个神话传说是美国黑人想要挣脱奴役和枷锁的心理暗示和象征。小说中,戏剧性的场面首先出现在第一章的开头,一家保险公司的一个黑人职员,因为工作压力太大寻短见,从医院的楼顶跳了下来,结果摔死了。

在这里,托妮·莫里森以神话原型的比拟方式,暗示了黑人自我精神安慰的神话的瓦解。这一次,托妮·莫里森似乎扮演了一个神秘的说书人的角色,她在小说中采取的语调很特别,娓娓将黑人文化历史和传说的古老和神秘一一道来。小说也带有黑人民间文学、神话传说的魔幻色彩,在细节和情节上大量显现,具有阅读的新奇魅力。《所罗门之歌》完美地表现了黑人文化的巨大魅力。在对黄金的寻找中,马孔·戴德找到了比黄金更加珍贵的东西,这就是托妮·莫里森想说的。在我看来,这部小说无论是在文学写作技巧上,还是思想所达到的深度、涉及社会和文化问题的广度,都是一部史诗性的作品。它完全可以和威廉·福克纳、加西亚·马尔克斯等人的作品相比较且毫不逊色。《所罗门之歌》也开拓了托妮·莫里森自身创作的疆域,使她的视野扩大到对整个黑人历史文化的探询、总结、发现和再创造。

1981年,托妮·莫里森出版了长篇小说《柏油娃娃》。和《最蓝的眼睛》一样,这是一部根据一则童话故事发展而来的小说。那则童话原型的故事是这样的:一个农夫为了吓唬偷盗庄稼的兔子,就用柏油做了稻草人,野兔不知道柏油稻草人的厉害,靠近它的时候被粘住了,于是,农夫抓获了野兔。聪明的野兔花言巧语地对农夫说,它偷他的庄稼,理应受到惩罚,而最好的惩罚莫过于农夫将它扔到长满了刺的荆棘丛里,这样它就会皮开肉绽,永远记住这次教训。于是,农夫就把野兔扔到了荆棘丛里,结果,农夫中计了,因为荆棘丛正是野兔的天堂和家园,它逃脱了。

《柏油娃娃》这部小说的地理背景是加勒比海的一个海岛,小说描绘的是一户白人家庭中一对黑人帮佣的生活。"柏油娃娃"特指这对黑人夫妇的侄女,后来成为他们养女的嘉甸。小说在白人主人和黑人仆人之间、黑人仆人和他们的养女之间、黑人夫妇之间、养女和她的心上人之间,铺展开了错综复杂的关系,这种关系纠葛了种族与文化、白人与黑人、男人和女人、主人和仆人、老辈和晚辈的矛盾,在这些紧密的人际关系之间,托妮·莫里森可以说是螺蛳壳里做道场,将这些人的心理活动和外部的行为举止描绘得入木三分、淋漓尽致。小说中的"柏油娃娃"嘉甸,曾经由白人主人送到巴黎留学,因此,她受到了很好的教育,有着很好的文化素养,回到美国之后,她很难融合到美国南方落后的黑人文化中去，和父母亲以及周围的其他人不断发生冲突，于是，她和男朋友森私奔到了纽约。森是一个强壮能干的黑人男青年，现在，他成了被粘在"柏油娃娃"身上的野兔，两个人的命运就这样黏合在了一起。森曾经犯过罪，杀过人，但是，他也渴望过一种传统的女人相夫教子、男人挣钱养家的生活。到了纽约，森无法在纽约的白人文化氛围里生存，他们发生了激烈冲突。为了维护关系，两个人不得不互相妥协，一起回到了故乡。回到故乡之后，他们之间的分歧更加严重，又面临着爱情婚姻的解体。小说以嘉甸和森的经历，描述了当代北美洲黑人生存的两种方向：一种是借助白人文化的优势，沿着白人成功的道路发展，去接受良好的教育，然后在白人主导的社会里出人头地；另外一种就是森的道路，渴望回到传统的黑人社会里，以黑人群体的力量去反抗白人的社会，找到一种疏离感，与白人社会格格不入。小说中，托妮·莫里森对这两条道路都做了反省和批判。

《柏油娃娃》在写作技巧上非常精湛，小说采取了大量现代主义小说家在意识流方面的探索，但是没有囿于其限制，而是采取暗示、意象和回忆的方式，来呈现主人公的存在状态，把黑人文化中强调的直觉、神话、象征符号和独特生活元素结合起来，叙述有条不紊、循序渐进，阅读这部小说，就像有一幅渐渐打开的、色彩绚丽的扇面。可以说，《柏油娃娃》是一部情节紧凑、张力巨大、内容精彩的"黑人之书"。

托妮·莫里森的另一部长篇小说杰作是《宠儿》（一译《娇女》）。《宠儿》出版于1987年，受到了评论界的一片赞誉。《纽约时报》评论这部小说"神奇而辉煌,具有神话的气势和韵律",《洛杉矶时报》认为"不读《宠儿》,就无法理解美国文学"。1988年,该小说获得了美国普利策小说奖,还被《纽约时报》评为"二十五年来最佳美国小说"第一名,这是相当大的殊荣了。说起来,《宠儿》的故事情节比较简单,小说是根据一个真实的历史事件、用文学的形式加工再创造后完成的。那个真实的历史事件,是当年托妮·莫里森在编辑《黑人之书》的时候获取的:有一个叫玛格丽特·加纳的黑人女奴,逃脱奴隶主、向自由的北方逃跑的时候,为了免遭白人种植园主的追捕,亲手割断了拖累自己逃跑的孩子的喉咙。这会是一种什么样的心理特征和精神决绝呢?看到那个案例,托妮·莫里森当时就非常震撼,她把这个事件放到了美国南北战争期间,讲述了一个后来过上了稳定安全生活的黑人女人,不得不和女儿的鬼魂一起生活,但在内心,她感到羞愧和罪责并不断谴责自己的故事。女黑奴塞丝向北方逃亡的时候,途中遭到追捕,快要被逮住了的时候,她不愿看到孩子和她重新沦为奴隶,就掐死了亲生女儿。十八年后,奴隶制被废除,被她杀死的女婴还魂归来,开始纠缠在她的日常生活中。小说的叙述结构精巧复杂,分为三个部分,倒叙、顺叙和插叙以及视角的变化精彩纷呈,继承詹姆斯·乔伊斯、普鲁斯特等人开创的现代小说技法,并发扬光大了。

《爵士乐》(1992)是托妮·莫里森的第六部长篇小说,这部小说以一个杀人案件作为小说的叙述核心:1926年,50多岁的黑人推销员乔,在纽约黑人聚集区开枪打死了他18岁的情人朵卡斯，他的妻子出于嫉妒和愤怒，在葬礼上打算毁坏死者的面容，被大家制止，由此，引发了冲突。这是小说的核心人物关系。但小说在叙述的时候，并没有采取顺时的叙述，而是采取了内心独白和回忆的方式，交织了主人公的行为动作，把现实层面和内心层面也交织起，形成了叙述层面、外部社会与内心层面的三层结构。可以说，小说是一部描述美国黑人从乡村来到大城市，寻找新生活并不断遭遇挫折的心灵史诗。通过大量的闪回和类似爵士乐的叙述节奏，小说把我们带到了主人公的内心世界。在主人公内心，交织着无法解决的矛盾和痛苦的回忆。后来，乔和他的妻子明白了，他们必须互相支持才能度过漫漫人生。于是，他们修补了生活和情感的碎片，缓慢地恢复了关系。

这部小说最美妙的是它的叙述语调，那是一种与黑人爵士乐合着节拍的节奏，因此，阅读起来也非常有音乐感。它还使我想起来另一个美国作家多克托罗的小说《拉格泰姆音乐》。那部小说也带有一个时代特有的音乐节奏，将时代的风貌以音乐的节奏叙述出来，并使音乐节奏和人物的命运线索重合。《爵士乐》这部小说宛如给一个黑人家庭演奏的一曲低回婉转、哀伤激越的爵士乐，将美国黑人内心的挣扎和外部的遭遇都呈现了出来。可以说，这是一部关于黑人自身的灵魂之书，是黑人的内省之书，也是黑人的苦难和自我审视之书。依靠这本书，托妮·莫里森完成了她写作的第二个阶段，达到了她小说写作的巅峰。

三

托妮·莫里森创作的第三个阶段，开始于她的第七部小说《天堂》。小说出版于1997年，故事情节依旧以一个刑事案件作为主线索。1976年，一天清晨，鲁比镇的九个黑人男子开始袭击一家修道院中的四个女子。这些黑人男子为什么要攻击这家修道院呢？原来，这里面有深刻的历史渊源。这些黑人男子认为，修道院是一个带有异端和叛逆色彩的地方，修道院中的四个女子是向男权社会挑战的叛逆者。这四个女人，她们各有各的不幸，都是遭到男权社会和家庭的迫害，在婚姻、性方面遭受了失败和痛苦，她们才一个接一个地逃到了这个修道院里。进入修道院之后，她们把这个天主教修道院建成了带有避难所性质和弘扬女人叛逆精神的场所，如同灯塔一样照亮了周围那些被压抑的女性的生活，也使男人们感到害怕。于是，黑人男人们认为，这些女人是危险的、离经叛道的，他们认为，一切罪恶的渊薮都在这个被不洁的女人所占据的修道院。他们精心策划了一场攻击行动，准备除掉她们。但是女人们成功地逃脱了。

小说是复调的叙述，它的另外一条叙述线索，则追溯了鲁比小镇的来由，讲述了从1755年开始，这个鲁比小镇是如何由从非洲被贩卖来的黑人奴隶所建立，并且逐渐地发展、壮大，并形成了当地那种闭塞、顽固、保守的黑人文化氛围。小说在对黑人命运和女人命运这两个重大的美国乃至人类的文学主题上，都做了深入开掘。鲁比小镇和那座修道院，就像两块飞地一样，伫立在美国的国境之内,是美国历史和现实的独特产物,又像天堂一样成为黑人和女人的圣地。因此,小说分别描绘的鲁比小镇和那座修道院,成了天堂的化身。

托妮·莫里森以往的一些小说,要么偏重于女性的命运揭示,比如《最蓝的眼睛》和《秀拉》,要么旨在探讨美国黑人的现实处境,比如《所罗门之歌》和《爵士乐》,《天堂》则技高一筹,不仅将黑人问题和女性问题结合起来,还把神话和历史问题结合起来,提出了一个严肃的、很难回答的问题:黑人的天堂,女人的天堂,到底在哪里?《天堂》的精彩之处就在于,托妮·莫里森并没有给我们一个确切的答案,而是以黑人和女性冲突的方式,将这个十分复杂的世纪性问题呈现给我们,让我们自己去思考,并作出回答。

1999年,托妮·莫里森和儿子合作,写作出版了童话叙事长诗《大箱子》,这是一部写给孩子们的童话长诗,描述几个喜欢惹祸和吵闹的孩子,被父母锁到了一个大箱子里的故事。后来,他们在箱子里演绎了一出有趣的自我发现的童话。2003年11月,托妮·莫里森出版了她的第八部长篇小说《爱》,小说以黑人企业家科赛为主人公,讲述他如何白手起家,逐步地发达起来,兴建了科赛饭店和娱乐场,成为黑人在美国东海岸的度假地。小说的叙述者并不是科赛本人,在小说的开始,他就已经去世了。小说围绕着他的妻子、孙女和一个女护士展开故事,描绘了一个黑人家族在20世纪的兴衰史,以及几个女人之间微妙复杂的关系。在托妮·莫里森的全部小说中,我觉得这部小说是最弱的，主题模糊、人物牵强、关系怪异，而且还描绘了主人公有些异常的性欲，似乎没有找到一个好的着力点。

托妮·莫里森的最新作品是长篇小说《恩惠》，出版于2008年，这是她的第九部小说。小说深入美国历史的现场，描写17世纪种植园中的黑人如何逐步地陷入种族主义的深渊里。在小说中，托妮·莫里森继续她对黑人文化和命运的思考，对黑人在历史中的身影的追寻。1632年，一个白人商人买下了一个黑人女孩，他对待这个黑人女孩很好。小说以商人瓦克的农场和他的家人之间的关系作为核心，把奴隶制和种族主义在美国诞生之前的历史氛围逼真地描述了出来。小说表达了唯有爱和善才可以化解种族矛盾和冲突的主题。

托妮·莫里森是一个能够不断超越自我的小说家。美国另外一位重要的黑人女作家艾丽丝·沃克赞美她说："没有人比托妮·莫里森写得更美，她始终不懈地探索非洲裔美国人的复杂性、恐惧和生活中的爱……我想象着她穿着一条粗布裙子，坐在大炉灶前，一边把火上的大铁壶弄得叮当响，一边讲述一个久远的悲哀故事。她讲述着黑人的故事，殖民地的白人妇女怎样若无其事地背着婴儿去看被私刑处死的黑奴；黑人街区的女孩如何战栗地看着自己的父母兄弟沉溺于兽行和酗酒，渴望自己有一双美丽的蓝色眼眸，从此看不见任何苦难。这不再是'外人'对黑人痛苦生活想当然的揣测；这是用黑人的眼睛看世界，用黑人的脑子想问题。她打开了潘多拉的魔盒，让全世界都体会到一个民族和他们所处的阶层的无奈、屈辱，她讲述着黑人的彻骨之痛，读者为之窒息,她却一如既往地平静,而黑人们模糊的朦胧若雾的艰辛的求生的路径,也在故事中隐隐约约地浮现出来,那些饥寒交迫的灵魂走进我们的脑海深处,久久不散。苦难与挣扎不是某一个民族的专属,它原本是生活在最底层的人们所共有。这些人没日没夜地为了生计而奔忙着,麻木不仁地对待上苍赐给他们的任何不幸,却无处申诉,无由申诉。感谢托妮·莫里森作为弱势群体中的一分子站了出来,代表历史拷问世界:人类的迷茫与堕落是否还将继续下去?有没有力量阻止它?"

托妮·莫里森把神话传说和社会批判结合起来,使小说拥有了独特的气质和锐利的思想。同时,她深受《圣经》文学传统和美国南方文学大师威廉·福克纳的影响,并且将哥特式小说的鬼魅气息混合了黑人文化传统中的神话和魔幻色彩,结合了童话和寓言的元素,把一种新文学带给了我们。这些都是她的精神资源、写作资源和文化资源。同时,她又将美国南方种植园制度的解体以及黑人的遭遇精巧地展现出来,使我们看到了黑人族群那斑驳丰富的内心世界,了解到黑人群体在美国历史中的真实境遇。

托妮·莫里森的九部小说和其他几部诗歌、随笔和非虚构作品,大都以美国黑人生活为主要内容,坚持表现黑人种族的命运和历史文化,小说的笔触细腻,语言生动和富有跳跃性,叙事技巧精巧复杂,塑造的人物性格突出,故事情节带有强烈的戏剧冲突,想象力丰富,创造出了一个非凡的、独特的小说世界。正是托妮·莫里森使美国小说继威廉·福克纳之后,再度呈现出神话般的恢宏和史诗的力量。

杰克·凯鲁亚克：永远在路上

一

杰克·凯鲁亚克（Jack Kerouac，1922—1969）去世的那一年我刚出生。他死在1969年10月，据说是因为长期酗酒，导致腹腔出血而死，而那个时候我已经十个月大了。多年之后的1990年，我在大学里第一次读到了《在路上》，深深地为这部作品所吸引。

那个时候我年轻气盛，体内有着躁动不已的气力，需要通过"在路上"的那种不羁的感觉，来释放青春力比多。于是，利用假期，我跑了很多地方，深深地感觉到中国的复杂和巨大、路途的遥远和没有尽头、人生的苍茫和宽阔。这都是《在路上》带给我的指引。在大学里，我和中文系班上的一些同

杰克·凯鲁亚克

学都很喜欢这部小说,深以为"在路上"是一种年轻人永远的梦想——脱离眼下,脱离庸常的生活,走到旷野、荒野和大路上,去看坐在屋子里永远也想象不出来的那无尽的风景。

在随后的二十多年时间里,在中国,《在路上》不断有新译本问世——我的手里就有五六种,说明一代代读者都很喜欢这部书,而且,《在路上》毫无疑问成了经典,上海译文出版社甚至还出版了英文版的"原稿本",就是不加编辑的最初的原始稿本,可见这部书经典化的过程还在深化。同时,他的其他长篇小说也在陆续出版,我发现他竟然是一个很多产的作家,而不是只有《在路上》这么一部。接着,关于杰克·凯鲁亚克的回忆录和传记也翻译出版了,一个立体的、多侧面的杰克·凯鲁亚克正在我们的心目中建立起来。同时,与杰克·凯鲁亚克被归为"垮掉的一代"——其实,直译是"敲打的一代",就是随着摇滚乐、爵士乐的鼓点敲打的节奏起舞的一代——的很多作家、诗人的作品,如金斯伯格、威廉·巴勒斯等作家的作品被陆续翻译出版,成为一个无法忽视的美国文学现象。

"垮掉的一代"是一种意译,但我觉得很传神地传达出了以金斯伯格、杰克·凯鲁亚克等为代表的美国一批作家诗人的精神特征,就是有着反叛社会、突破传统、放浪形骸、在文学上和生活方式上都离经叛道的形象。我想,杰克·凯鲁亚克是深具美国特色的作家,也只有美国的广阔、狂野、自由和多元,能够诞生杰克·凯鲁亚克。多年以来,"垮掉的一代"属于毁誉参半、争议很大的一个作家群、一种文学现象,主要是因为他们有一种强烈的反社会情绪和崇尚自由、蔑视传统道德的姿态，在生活方式上放浪形骸，酗酒、吸毒、滥交、轻度违法、搞反战游行，等等。不过，仔细观察，我倒觉得，"垮掉的一代"作家们其实有要求进步的一面，他们在令人窒息的美国战后一片追求物质和金钱的社会气氛里，企图找到精神自由的天地和空气，并且通过漫游、药物和皈依佛教禅宗等来寻求升华，这又是一种很积极的人生态度。

杰克·凯鲁亚克1922年出生于美国马萨诸塞州。他父母亲是从加拿大大湖区的法语区来到美国的。这是一个天主教家庭，虽然他的父亲是一个工人，但是天主教的清规戒律在家庭里还是很严的。他父亲一生辛劳，抚养了好几个孩子，是个勤勉的法裔美国人。杰克·凯鲁亚克从小就很想远离小镇，远离家庭，于是，他就来到了纽约读中学。根据同学后来的回忆，杰克·凯鲁亚克除了记忆力超群，这个清瘦的孩子留给他们的印象很淡然。

杰克·凯鲁亚克当时的梦想，不过是想当一个美国橄榄球明星。他身上一点都没有显露出要当作家的迹象。1940年，18岁的杰克·凯鲁亚克进入美国常春藤的名校哥伦比亚大学求学。就是在大学期间，他结识了艾伦·金斯伯格、威廉·巴勒斯等人，是他们将他引向了文学。这些人后来都成为所谓的"垮掉的一代"的核心人物。

在二战爆发前夕，美国大学的那种拘谨和刻板让杰克·凯鲁亚克很不适应，于是，他们这些文学青年就一起体验大麻带来的幻觉、爵士乐的自在和性爱的快感。这些年轻人热衷的，与美国主流社会的清教传统不一样。很快,美国卷入了第二次世界大战,杰克·凯鲁亚克辍学参了军,在美国海军某部从事文职工作,但是,因为他那年轻人的狂放不羁、自由散漫,导致部队对他十分不满,没有多久他就被以"精神异常和分裂倾向"的理由送回了社会。

他回到家乡马萨诸塞州的洛威尔镇,担任了《洛威尔太阳报》的体育记者。这是他文字生涯的开始。由写新闻报道开始,他逐渐体会到了文字和文学的魅力。然后,父亲的去世,也触发了他写一本小说的冲动。几年后的1950年,他完成并出版了他的第一部长篇小说《镇与城》,这部小说翻译成中文有四十二万字,是一部很严整的现实主义小说。小说的开头是这样的:

> 小镇叫作加洛韦。梅里马克河宽广宁静,从新罕布什尔山流向小镇,断于瀑布处,在岩石上制造出泡沫浩劫,在古老的石头上吐出白沫,奔向前方,在广阔安静的盆地上陡然转弯,绕小镇侧翼继续前行,去向劳伦斯与黑弗里尔,穿越草木茂盛的谷地,在李子岛流向大海,汇于无限大水。加洛韦以北遥远某地,靠近加拿大的上游,河流被无数来源与神秘泉水持续供养,充满。(《镇与城》,莫柒译,人民文学出版社)

从这个小说的开头,我们可以体会到杰克·凯鲁亚克的语言和文风,是那种开宗明义的开阔和明朗感。这部完成于他28岁的小说是一部自传体小说,小说以精确的现实主义风格,详细描述了以他父亲为原型所塑造的乔治·马丁的一生。同时,杰克·凯鲁亚克化身为"彼得",把在洛威尔镇度过的美好的童年和少年时光,在这部小说里清晰地展现。我们可以看到杰克·凯鲁亚克成长所经历的一切,那些小镇人物一个个栩栩如生。在他看来,洛威尔就是镇,而纽约就是城,镇和城之间,是杰克·凯鲁亚克成长的足迹。最后,在小说的结尾,引向了他未来的方向:

> 彼得在雨夜,独自一人。他又上路了,漫游大陆,向西而去,去往以后再以后的岁月,一个人在生命的水边,一个人,望向河岬的灯光,望向城里温暖燃烧的细长的蜡烛,沿海岸俯瞰,想起了亲爱的父亲和所有的生命。(《镇与城》,莫柒译,人民文学出版社)

这部处女作没有引起太大的反响,有评论家甚至认为这部小说受到了美国小说家托马斯·沃尔夫的太多的影响,尤其是那种弥漫在小说里的诗意的感伤。这使杰克·凯鲁亚克十分郁闷。但是,几个朋友对他有很大的鼓励,使他对自己有了信心。

为了养活自己,他需要工作。那些年,他干过很多工作:轮船厨工、加油站服务员、记者、信差、汽水供应员、摘棉花工、建筑工人、搬家工、五角大楼金属薄板技工学徒、看林人、水手、火车司闸员等,还为20世纪福克斯公司撰写过电影梗概。这些工作都是临时性质的。

在 20 世纪 40 年代后期，他和几个朋友多次穿越美国大陆，最远还到达了墨西哥。路途中的见闻，使他顿时摆脱了第一部小说出版之后遭到冷遇的挫折感，"在路上"看到的美国的阔大和繁荣、人性的丰富、风景的壮美，让他灵感顿生。

1951 年 4 月初的某一天，他开始写作《在路上》，日夜不停，连续在一卷三十米长的卷筒打字纸上打字，用了三个星期，以自动写作和意识流动的方式，完成了这部小说。其后几年，他又完成了其他多部小说的写作，但都没有出版。一直到 1957 年，杰克·凯鲁亚克的《在路上》才在著名评论家马尔科姆·考利的帮助下，由维京出版社出版，结果一下子就引起了美国文坛的轰动。杰克·凯鲁亚克一炮走红了。

他这一下是真的大红大紫了，《在路上》的发行量很快超过了三百五十万册，他不仅获得了丰厚的版税，彻底改变了经济困窘，还获得了巨大的文学影响。此前，在 1956 年，他的文学同道、"垮掉的一代"的精神领袖艾伦·金斯伯格已经发表了震撼人心的《嚎叫》，而《在路上》的出版，则加深和扩大了"垮掉的一代"的影响。要知道，在 1957 年，美国依旧处于麦卡锡主义的阴影中，美国人普遍沉湎于战后的物质丰富中沾沾自喜，思想的贫乏和冷战的国际气氛让他们刻板、压抑、封闭、保守。也就是在这个时候，美国传统社会也逐渐走向了瓦解，一个解放的、反战的、性解放的爆炸性的 20 世纪 60 年代，正在孕育中，而杰克·凯鲁亚克正是这样的先声夺人的预言者和推动者。

1957 年《在路上》的出版，也由此成为一个历史事件。到如今，美国每年都要印刷《在路上》超过十万册，它已经成了美国人精神的写照和标志性的作品。

2001年5月22日，长达三十米的《在路上》的手稿，在纽约的一场拍卖会上以二百四十三万美元的价格成交，超过了卡夫卡的长篇未竟之作《审判》的手稿拍卖价一百九十万美元的纪录。

二

那么，《在路上》是一本什么样的书？讲了一个什么样的故事？为什么会在美国社会产生这么大的影响？为什么到现在为止，中国读者也将这部作品奉为经典之作？

早在1948年，杰克·凯鲁亚克就写过三万多字，是这个题材的早期版本。但很快进入了死胡同，杰克·凯鲁亚克找不到合适的语调继续写下去，而且，他也无法使用在《镇与城》中的那种略带感伤的语调和现实主义的手法来写这部"路上小说"。1950年的12月，他的好朋友，多次一同"在路上"旅行、据说和他长得非常相像的尼尔·卡萨迪，给他写来了一封没有标点的长信，信中详细描述了卡萨迪和一个叫玛丽的女人的爱情经历。就是这封没有标点的长信，忽然点燃了杰克·凯鲁亚克重写《在路上》的热情，他感觉自己一下子找到了写这部小说的语感。

我们在写作的时候，常常有茅塞顿开的时刻。在文学发生学上，这样的时刻叫作"打开"状态。的确，我都可以想象，杰克·凯鲁亚克一定是一下子就感觉到他前些年和朋友们"在路上"的见闻,全部以语言洪流的方式涌到了跟前,剩下的事情就是打字了。于是,就像我前面说过的,他用了三个星期,在三十米长的卷筒打字纸上一口气完成了这部小说。几年之后,35岁的杰克·凯鲁亚克拿到《在路上》的样书,看到报纸上登载的各种评论,心情十分激动。那些评论大都是褒奖,但批评的声音也有一些,比如著名作家杜鲁门·卡波蒂听说这部小说的写作方式后,就说:"那不是写作,那是打字。"也许更多的人希望杰克·凯鲁亚克是用三个星期"在路上",然后用七年来写这部小说。

《在路上》写了这么一个故事:20世纪40年代的某一天,萨尔、迪安等几个美国人,突然决定从东部的繁华城市出发,驱车前往美国西部。于是,一路上,广袤的美国大陆上的风景、人物、奇遇,就在他们狂放不羁的旅程中次第出现,带给了这几个漫游者以惊喜,使他们自由地、欣喜若狂地重新领悟了生命。杰克·凯鲁亚克写这本书使用的是自发写作的方式。他让所有的东西在他写作的瞬间,以语言喷泻的方式形成。于是,这种写作本身与以往很多作家构思成熟之后再写作,写完了还不断修改的方式完全不一样,杰克·凯鲁亚克的写作追求一种自动、自发和自由的状态,让脑袋去捕捉句子,让思维跟着打字的手游走。于是,《在路上》就获得了自由联想、奔腾万里和一气呵成的风格。

翻开上海译文出版社的《在路上》的王永年译本,扑入我们眼睛的是小说的第一段:

我第一次遇见迪安是在我同妻子分手不久之后。我害了一场大病刚刚恢复,关于那场病我懒得多谈,无非是同那烦得要死的离婚和我万念俱灰的心情多少有点关系。随着迪安·莫里亚蒂的到来,开始了可以称之为我的在路上的生活阶段。在那以前,我常常幻想去西部看看,老是做一些空泛的计划,从来没有付诸实施。迪安是旅伴的最佳人选,因为他确确实实是在路上出生的,那是1926年,他父母开了一辆破汽车途经盐湖区洛杉矶的时候。(《在路上》,王永年译,上海译文出版社)

《在路上》分为五个部分,前面的四个部分详细描写了主人公穿越美国大陆的几次经历。第一部分讲述了1947年,小说主人公萨尔和迪安穿越美国大陆的故事,以萨尔和一个墨西哥姑娘特丽的相遇、相爱到分手而告终。其间穿插了很多迪安和萨尔的谈话,透露了迪安过去的生活。小说的第二部分,讲述1948年萨尔回到了纽约,在自己的姑妈家。这一年的圣诞节,迪安开着汽车带着女朋友突然造访了萨尔,然后他们再次向西部进发,最后又返回了纽约。第三部分则讲述1949年,萨尔再次出发到达了丹佛,他和迪安的友情也达到了一个高点,而迪安与一些女人的来往构成了这个部分的主要情节,投射出美国年轻人在当时的那种渴望解放的心态。第四部分则讲述萨尔和迪安往美国的南部走,最后到达墨西哥的壮举,他们自己也称这次旅行为一次"伟大的旅程"。小说的最后一个部分只有几页,非常短,算是小说的尾声。萨尔回到纽约,回忆与迪安的最后一次见面,并表达了

对"在路上"的无限怀念:

> 于是,在美国太阳下了山,我坐在河边破旧的码头上,望着新泽西上空的长天,心里琢磨那片一直绵延到西海岸的广袤的原始土地,那条没完没了的路,一切怀有梦想的人们,我知道这时候的衣阿华州允许孩子哭喊的地方,一定有孩子在哭喊,我知道今夜可以看到许多星星,你知不知道熊星座就是上帝?今夜金星一定低垂,在祝福大地的黑夜完全降临之前,把它的闪闪光点撒落在草原上,使所有的河流变得暗淡,笼罩了山峰,掩盖了海岸,除了衰老以外,谁都不知道谁的遭遇,这时候我想起了迪安·莫里亚蒂,我甚至想起了我们永远也没有找到的老迪安·莫里亚蒂,我真想迪安·莫里亚蒂。(《在路上》,王永年译,上海译文出版社)

《在路上》这部小说的内部时间跨度有好几年,主人公穿越美国"在路上"也进行了很多次,人员也是多次组合的。每个部分都讲述了不同的经历,最重要的,就是他们不断从东部到西部,还远抵墨西哥,一路上,几个人吸大麻、找女人、谈禅宗、喝大酒、拦火车、宿野地、看月亮、数星星,最后在美国西海岸作鸟兽散。因此,很多次翻阅这本书,我都在想,没有哪本书像这本书这么的"美国"。实际上,杰克·凯鲁亚克写的就是美国的大地风景、美国的风土人情,刻画的就是美国人崇尚自由的灵魂。而且,美国的风景在这几个美国人内心的投射,也非常丰富,变形为多种意识。

《在路上》在中国的命运也是不错的，读者甚众。我就想，为什么我们也需要《在路上》？一本书在社会上的走红总是有着特殊原因和社会基础，答案也很简单，当我们在日益地追求物质和被物质社会所挤压的时候，最需要的就是心灵和行动的自由。可能我们人人都有一个潜在的欲望，那就是逃出城市，去"在路上"，向着那些蛮荒之地而去。因此，很多白领需要这本书，因为他们在城市大楼的间隙里讨生活，成了房奴和工作的奴隶，这样一本解放之书、自由之书，就会成为大家的梦想之书。

可是，像杰克·凯鲁亚克这样的自由漫游，有多少人有那样的胆量、心志和时间来进行呢？就不好说了。看来，"在路上"不过是很多人的向往和无法实现的梦想，是我们内心深处的一种渴望和情结罢了。我就多次计划过和朋友一起开车，从北京出发一路向西，一直到伊犁河谷或者干脆就到新疆南疆的帕米尔高原塔什库尔干，还有一条线路，就是一路向西南方向进发，一直到达西藏的高原上。但到今天也没有实现。我知道，有些人实现了，就是被称为"驴友"的人，很多这样的人正"在路上"，我觉得他们肯定读过、也会十分喜欢《在路上》这本书。

我曾经将上海译文出版社出版的王永年先生译本的《在路上》和漓江出版社1990年出版的中文译本进行比较，王永年先生的译本扎实可信，他是经验丰富的翻译家。但王先生的译文似乎少了一点狂放和自由的气息。而漓江出版社1990年出的版本，陶跃庆和何晓丽的翻译在语言的气质上更接近原作，但那个版本有所删节。

三

《在路上》的问世,可以说是石破天惊、空前绝后的。小说的那种自由喷发的形式和主人公自由漫游的内容,都动摇了20世纪50年代美国保守、僵化、令人窒息的物质化的社会气氛,给了美国人以极大的震撼。美国的资产阶级和中产阶级的价值观,以及美国人的清教徒精神从此产生了松动,美国人似乎重拾了拓荒精神,开始追求物质之外的精神性的释放和自由的表达。这间接促进了60年代美国社会文化的多元、动荡、冲突和繁荣。

杰克·凯鲁亚克还以不菲的价格卖掉了《在路上》的电影版权,由著名导演拍摄成电影,此后,他的生活有了很大的改观,可以专门投身于写作了。于是,他在纽约的长岛上买了好几处房子,还带着母亲四处旅行,到过佛罗里达、加利福尼亚,然后再回来。

对于自己过去的作品,他一部部地修改、重写,他过去写的一些小说,大都是那种即时写作和自动写作方式的成果。《在路上》获得成功之后,他写于20世纪50年代的那些小说,如《萨克斯医生》(1952)、《梦之书》(1952—1960)、《玛吉·卡西迪》(1953)、《地下人》(1953)、《墨西哥城蓝调》(1955)、《特丽丝苔莎》(1956)、《吉拉德的幻象》(1956)、《金色永恒的经书》(1956)、《荒凉天使》(1956—1964),也都纷纷出版。这些早期的作品从各个侧面让我们看到了《在路上》的那种集中爆发的元素。

后来，他又接连出版了长篇小说《达摩流浪者》（1958）、《大瑟尔》（1960）、《孤独旅者》（1960）、《巴黎之悟》（1965）、《杜洛兹的虚荣》（1968）等，由此看，杰克·凯鲁亚克的确可以说是一个多产作家，中长篇小说累计起来，有十八部之多。但是，他后来出版的所有作品，加起来也没有《在路上》的影响大。可见，"一本书主义"在杰克·凯鲁亚克这里是很有效的。人们最终记住的，就是他的《在路上》。

我也是多次阅读了他的其他作品，总觉得不够来劲。我想，其中一个原因，就是他的作品同质化很严重，还有题材的相同、叙述语调的相似。但有些作品，我觉得还是值得分析的。

1958年出版的《达摩流浪者》是《在路上》的姊妹篇，小说讲的是杰克·凯鲁亚克和几个朋友攀爬一座山峰——马特峰的故事。小说的叙述比《在路上》显得平实，作品描述了想离开原来的生活轨道、去寻求人生新境界的男男女女的群像，还混杂了佛教和中国古代诗人寒山对这些美国人的影响，他们的谈话中，不断地说到这些。《达摩流浪者》继承了凯鲁亚克一贯的叙事风格，篇幅小一些，总之，主题就是他们要告别既定的生活，去寻找新的生活可能性。无论是故事还是塑造的人物，《达摩流浪者》都和《在路上》有相似之处，不同的是，这部作品中有印度佛教和中国禅宗的某种影响。

《孤独旅者》出版于1960年，这部作品似乎更像是他的作品的片段精选。就像杰克·凯鲁亚克在自序中所说的那样，《孤独旅者》是一些已出版和未出版的片段的合集，收集在一起，是因为它们有一个共同的主题：旅行。行迹遍及美国，从南部到东部海岸、西部海岸乃至遥远的西北部，甚至远抵墨西哥、摩洛哥、巴黎、伦敦，包括船上所见的大西洋和太平洋，包括那些形形色色的有趣的人和城市。

《巴黎之悟》翻译成中文大概有五万字，算是一部中篇，讲述的是作者重访巴黎的一些经历，精巧、生动，但是显得太轻巧了。比较厚重的是《荒凉天使》，这部长篇小说他一直写到1964年才完成。小说讲述了杰克·凯鲁亚克在华盛顿州某个国家公园的一座山峰——荒凉峰上，当了六十三天的山火观察员的经历。这段经历被杰克·凯鲁亚克铺陈成一部十分饱满的、三十八万字的作品。在那个十分孤寂荒凉的山峰上，他试图像一个禅者那样，参悟生命的真谛，但是下山之后看到的，又是美国的俗世生活和物质世界的滚滚红尘。于是，主人公选择了再度出发，向西部的荒野而去。

杰克·凯鲁亚克还有一部有趣的作品叫作《梦之书》，他写了好多年。这本书记录了他的四百多次梦境，可以看作是他隐秘的、变形的日记。他说，梦必须如实记录下来，顺其自然。因此，《梦之书》可以说是最为逼真的杰克·凯鲁亚克，在梦中，他有多个侧面，甚至更为丰富和复杂，那些梦也有着多重的象征。

我最为感兴趣的，是杰克·凯鲁亚克用什么样的语言去描述自己的这些梦。梦是下意识、无意识、潜意识的各种活动，是非逻辑的、碎片化、蒙太奇和超越时间的呈现，因此，写自己的梦，和杰克·凯鲁亚克的自动写作、即时写作有一定的关系，但是，也有着很大的区别。这本书让我看到了他在文学语言上所做的大胆实验——在梦境消失之前，去捕捉那些迅速融化和消失的梦，难度非常大，但是，阅读《梦之书》，你会感到饶有兴味，会觉得这是一本富有趣味的书，我甚至拿来和意大利导演费里尼的梦境手记《梦书》一起看。《在路上》中的一些人物在这本书中再次出现了，不同的是，他们在诡异的环境中变成了其他的人，也有着别样的故事。

杰克·凯鲁亚克对写作方法一直有自己独到的见解。比如，他反对像传统作家那样反复琢磨、精心润色，他反对修改，只追求作品的一次性、即时性完成，写作的时候要"面对脑海里涌现的一切东西"，这种崇尚自发自由自觉写作的观点，似乎比较极端，因为百分之九十九的作家都是要修改的。他的这个观点，某种程度上，我觉得更像是一种写作的行为艺术：每一次开笔，写到哪里算哪里，写成什么样，就算什么样。

这也真是写作的一大发明和奇观。这使我想起了法国的达达主义和超现实主义者的各类极端的文学写作实验，但他们的那些实验，大都是乌七八糟的，完全失败的。好在杰克·凯鲁亚克有一大堆成型的长篇小说在那里，成为他这种写作方式、写作观点的有力支撑。

在很多人看来，杰克·凯鲁亚克似乎是一个另类的作家，离经叛道，很难归类，他一直到现在也不是完全被人了解和认可。但是，他的影响却在那里，而且从来都没有衰减。

我觉得，杰克·凯鲁亚克是一个被低估了的作家，因为他的小说所表达的，就是美国的自由、进取与拓荒精神。因此，仅仅是"'垮掉的一代'的代表性作家"，肯定是不能概括他的全部价值的。他的作品远远地投射出一种巨大的光芒，照亮了美国大陆，也给其他的国家和族群以巨大启发。1956年出版的金斯伯格的《嚎叫》、1957年出版的《在路上》和1959年出版的威廉·巴勒斯的《裸体午餐》，一起掀开了美国文学的新篇章。

杰克·凯鲁亚克只活了47岁，死的时候还很年轻，留下了一个永远在路上的形象。

杜鲁门·卡波蒂：
冷血与热血，虚构和非虚构，风格的变色龙

一

2014年2月2日，传来了在影片《卡波蒂》中曾扮演杜鲁门·卡波蒂（Truman Capote, 1924—1984）的美国演员菲利普·塞莫尔·霍夫曼因为吸毒过量导致心脏病发作猝死的消息。由于在那部电影里的出色表演，他获得了2005年金球奖的剧情类最佳男主角和随后的第78届奥斯卡金像奖最佳男主角。没想到年仅46岁，就病逝了。

之所以提到这部影片，是因为我一向留心作家、诗人的传记片。我印象很深的一些传记片，主角分别有聂鲁达（他在意大利西西里海岛上和一个邮差的故事）、菲茨杰拉德（影片中他妻子姗尔达的疯狂让人咋舌）、海

明威(在古巴钓鱼的故事)、艾略特(老婆歇斯底里,最后被送到了精神病院)、卡夫卡(他简直成了一个侦探)、布莱希特(在流亡中他脾气暴躁)、普鲁斯特(哮喘让他无法出门,因此,影片主要依靠旁白来完成)。

在《卡波蒂》中,菲利普·塞莫尔·霍夫曼扮演的作家那脸色的苍白、动作的迟疑、取下眼镜的缓慢、面对杀人犯时的镇静和震惊等,都让我记忆犹新。我就是通过《卡波蒂》,感受到杜鲁门·卡波蒂这个人的特点和魅力的。

1924年9月,杜鲁门·卡波蒂出生于美国南方的新奥尔良。恰逢第一次世界大战结束几年,他的幼年、童年是在美国南方乡村的瓦解和凋敝中度过的。4岁的时候,他的律师父亲因为诈骗罪被关进了监狱,父母亲离婚了,母亲前往纽约,嫁给了一个古巴裔商人,将他放到亚拉巴马州娘家的门罗威尔市。因此,是一些远亲近邻的老太婆将杜鲁门·卡波蒂一直照顾到了10岁,他的母亲才把他接到纽约,让他改姓第二任丈夫的姓:卡波蒂。

这段经历必定在他的心里留下了浓重的阴影,使他的作品蒙上了一种淡淡的哀愁和感伤,一种深入骨髓的孤独感。他的母亲是一个十分自私的女人,光想着自己的生活,即使把小杜鲁门·卡波蒂接到了身边,也是常常把他锁在家里。杜鲁门·卡波蒂饱尝孤独和幽闭。后来,他又随母亲全家迁往康涅狄格州,在那里上了中学,但他的性情始终是封闭和孤独的,不喜欢和同学们交流与来往,而是专注于小说的想象世界。

他最开始阅读的,都是一些美国南方作家的作品,因为那些

杜鲁门·卡波蒂

作家无论是地理上还是心理上，都与他很近。17岁，高中还没有毕业，他已经迫不及待地离开了康涅狄格州的中学，离开了没有多少温暖的家庭，只身前往纽约谋生。

在纽约这个大城市，他吃了不少苦头。一开始是干各种零工，但是杜鲁门·卡波蒂脑子里想的，都是文学写作。他闯到了《纽约客》杂志谋职，因为文笔好，被聘用为编辑。但不知道为何，他得罪了大诗人罗伯特·弗罗斯特，很快被杂志社辞退了。

这让他愤愤不平，觉得纽约文坛十分势利。而且，他也感觉到纽约文化圈的水很深，自己初来乍到，真的是不知深浅。但是，中国有句老话，叫作"初生牛犊不怕虎"，他不管别的，只管写自己的。19岁他发表了短篇小说《米丽亚姆》，获得了"欧·亨利优秀短篇小说纪念奖"，引起了一些爱才的纽约文化人的注意，他们给他争取了一些基金的资助，让他得以专心写作，于是，他就到亚拉巴马州专心写作去了。

二

那个阶段，杜鲁门·卡波蒂写的一系列短篇小说和1948年他24岁出版的第一部长篇小说《别的声音，别的房间》，都是那种表述美国南方生活的哥特式小说。我们知道有哥特式教堂，就是那种塔尖高耸的、要无限接近上帝的教堂，那所谓的"哥特式小说"是个什么东西？一句话，就是古怪、怪诞、惊悚、幽暗、奇诡的小说，美国作家爱伦·坡的小说就是个典型。杜鲁门·卡波蒂的长篇小说《别的声音，别的房间》的故事，就发生在美国南方的乡村，他写这部小说，显然是动用了自己的童年经验。这部小说的语言非常轻快，美丽，幽暗，带有着印象主义的文风。由于他本人的敏感，小说里出现的人物都是有点怪里怪气的，形象也都是独臂、侏儒、患白化病、长疣的人等，他们活动在带有象征性的天国教堂镇、颅骨庄园、云中酒店、溺水池塘等地方，互相防备、窥探和靠近。小说的主人公是13岁的哈里森·诺克斯，他到那里去寻找自己的父亲，后来他终于找到了父亲，而父亲已经病入膏肓，卧床不起。

这部风格古怪的小说，是杜鲁门·卡波蒂将童年的那种孤独、恐惧和孤僻感呈现，以变形和夸张的手法写成的自传体小说，可以看作是他的精神自传，甚至是一部"驱魔小说"——杜鲁门·卡波蒂用这部小说在祛除自己那幽暗和幽闭的童年。这部小说还没有出版，20世纪福克斯公司就买下了电影版权。因为当时在《时尚芭莎》杂志上发表的一些短篇小说，给杜鲁门·卡波蒂带来了"文学天才"的好名声。

杜鲁门·卡波蒂的早期短篇小说，比如《米丽亚姆》《关上最后一道门》《无头鹰》《夜树》《灾星》，都是有着某种怪诞、惊悚和超现实的情节。这些短篇小说结集为《夜树》，在1949年出版了。《米丽亚姆》讲述的是一个叫米勒的老太太寡居一隅，但她偶然认识了一个叫米丽亚姆的小女孩，结果老太太不由自主地被米丽亚姆——几乎和她同名——所控制和使唤。老太太发现自己无比孤独,完全没有安全感,最后精神分裂了。

《灾星》讲述女主人公西尔维娅除了卖掉自己的梦,没有任何讨生计的办法,但她卖掉自己的梦之后,成了一个两眼无神、大脑空空的没有灵魂的人,于是丧魂失魄导致精神异常。在小说《关上最后一道门》中,华尔特总是被一个电话跟踪。那个电话非常神秘和奇怪,只说一句话就挂了。华尔特到处逃亡,但无法摆脱那个电话。他整天都惶惶不可终日,忧心忡忡,胆战心惊。

在《夜树》里,杜鲁门·卡波蒂继续使用自己的童年经验,表达的是那种深入骨头的孤独、幽闭和恐惧感。小说中,凯伊被偶然碰到的流浪艺人引发了回忆中的恐惧感,结果这种感觉就像夜晚的树变成了各类妖怪那样,纠缠着凯伊的白昼和夜晚。

小说《无头鹰》更绝:文森特看到一个少女画下的鲜血淋漓、身首分家的无头鹰,竟然觉得那死鹰就是他的化身。而那个跟踪他的少女画家,则是他的另外一个自我,用呓语来表达文森特无法说出的梦魇和抑郁,把文森特弄得精神崩溃了。

上述这些小说看得我也是觉得脑后生风,脊背发凉。

杜鲁门·卡波蒂的小说创作主要以短篇小说和小长篇为主。他似乎特别喜欢写小长篇,就是那种八到十万字的作品。比如《别的声音,别的房间》《草竖琴》《蒂凡尼的早餐》《夏日十字路口》等,都是这一类作品。

在1951年出版的小说《草竖琴》中,杜鲁门·卡波蒂再次动用了童年经验,将自己在亚拉巴马州母亲娘家长大的那些记忆,铺陈成了一个小长篇。小说中的多莉老太太,其人物原型是他的姨婆苏克。苏克是一个性情特别温存的女人，当年对小杜鲁门·卡波蒂的照顾很用心，她擅长做蛋糕、配草药，有各种秘方，在杜鲁门·卡波蒂的眼睛里，她是一个类似巫婆的神奇的老太太。小说以两个老太太为一个草药配方的知识产权的售卖发生争议而展开了叙述，最后，以一场意外的枪击发生而和解，表达了杜鲁门·卡波蒂心目中自己的姨婆给他带来的温暖记忆。

杜鲁门·卡波蒂一生共出版了十三本书。可以说并不多。但其影响却是深远和复杂的。因为他从虚构到非虚构，从纯文学写作到大众媒体的宠儿，从舞台剧到上流社会人物特写，跨度很大，可以说，在杜鲁门·卡波蒂第一个阶段的写作中，他就呈现了变色龙般的风格和文体上的多变。从哥特式的怪诞小说《夜树》《别的声音，别的房间》到温馨舒缓的《草竖琴》，再到1950年出版的第三部书——游记和散文特写《地方特色》，这已经发生了很多的变化。接着，他又开始涉足舞台剧和影视文本创作，将《草竖琴》改编成舞台剧本，1954年又创作了音乐剧《花房姑娘》，同一年，他还为导演约翰·休斯顿写了电影《战胜恶魔》的剧本。1956年杜鲁门·卡波蒂又出版了游记随笔《缪斯入耳》，这是他跟随美国"人人剧团"前往苏联演出歌剧《波姬和贝斯》的记叙。

他还在日本采访了著名影星马龙·白兰度，写了一篇长篇采访记录《个人领地里的公爵》，文章发表后，因为真实、辛辣、生动的不加掩饰的谈话，让马龙·白兰度大怒，他扬言要宰了杜鲁门·卡波蒂。可见，杜鲁门·卡波蒂很早就显露出非虚构写作的才华。

1958年,他出版了中篇或者算小长篇的小说《蒂凡尼的早餐》,将这一阶段的创作推向了一个高潮。《蒂凡尼的早餐》讲述了一个叫赫莉的女子在纽约奋斗的经历,以男主人公"我"作为旁观者的角度来叙述。

我至今还记得电影《蒂凡尼的早餐》里,奥黛丽·赫本扮演的女主角赫莉的那种纯美华贵的外表下,所隐藏的贫贱和辛酸的感觉。当然,奥黛丽·赫本过于甜美了,升华了小说中的赫莉。实际上,杜鲁门·卡波蒂暗示赫莉是一个在纽约名利场奋斗的高级交际花。这也难怪当初美国《时尚芭莎》在签订了发表合同的情况下,却坚决不发表这部小说,让杜鲁门·卡波蒂勃然大怒,将稿子交给了《时尚先生》发表,《时尚先生》立即大卖,不断加印。《时尚芭莎》拒绝发表这部小说的原因,就是小说主人公赫莉被暗示为一个高级妓女,而且小说里面还多次提到了同性恋,这在当时的纽约也是一个禁忌,是以中产和贵妇、淑女为读者群的《时尚芭莎》所不能接受的。

我个人觉得,《蒂凡尼的早餐》是杜鲁门·卡波蒂最好的小说,假如只看他的一部小说,那么你就看这部好了。如果再加上他的非虚构作品《冷血》,其他的作品大可以不看。但就是像《蒂凡尼的早餐》这么一个短短的小说,在美国文学史上的意义,就如同《佩德罗·巴拉莫》在拉丁美洲文学史中的意义是一样的,已成为一个标志。美国大作家诺曼·梅勒号称是"纽约的坏孩子",嫉妒心、好胜心都很强,对同行从来不说好话,但面对杜鲁门·卡波蒂的这部小说，他却说：

  与我同辈的作家当中，卡波蒂是最接近完美的。他遴选一个个词语，节奏之间环环相扣，创造出美妙的句子。《蒂凡尼的早餐》没有一处用词可以替换，它应该会作为一部绝妙的古典作品流传下去。

六十多年后的今天，这样的评价的确变成了现实。

三

  1959年11月15日凌晨，在美国堪萨斯州加登城的霍尔库姆村，发生了一场轰动美国的凶杀案。这一天，当地有一个富裕的农场主叫克拉特，全家四口人——他、妻子、儿子、小女儿被枪杀了。

  两天以后，一个在监狱里听到广播报道的服刑犯人威尔斯，他曾经给克拉特家打过短工，提供了一个重要线索。接着，两名凶手希科克与佩里被捕，承认了杀人的犯罪事实。原来，他们听到监狱里的威尔斯给他们描述过农场主克拉特家很富有之后，就策划了这起案子，打算抢点钱前往墨西哥，但最终只抢了四十美元现金，一怒之下，他们就杀了克拉特全家。

  这个案子在美国一时沸沸扬扬，克拉特一家是有口皆碑的好人家，却遭此厄运。这个时候，虽然第一阶段的小说写作取得了很大的成功，眼下却正处于创作瓶颈期的杜鲁门·卡波蒂，偶然在报纸上看到这条新闻，眼前一亮。他对童年和少年记忆已经挖掘得差不多了，正苦于无法突破自己，这个时候，机会来了。

他立即飞往堪萨斯州的案发地，开始对事件进行调查。从这时起的随后六年时间，他都花在了对这个案件的调查上。杜鲁门·卡波蒂也查阅了大量法庭卷宗和审讯记录，做了很多笔记。他甚至做到了"比克拉特一家对自己的了解还更深入"的地步。他采访了警察以及被害人的邻居、亲友、法官、律师、医生，还到监狱里采访了两个罪犯，他竟然获得了两个罪犯的高度信任。其中一个罪犯希科克，对他产生了一定的心理依赖，很长时间里都主动要求杜鲁门·卡波蒂前来探监。也许这个杀人犯觉得，杜鲁门·卡波蒂这个名作家对他的采访，会让他们有免除死刑的机会。

在电影《卡波蒂》中，两个杀人犯，尤其是首犯希科克与杜鲁门·卡波蒂之间的对话交流，是很精彩的部分。后来，当希科克发现杜鲁门·卡波蒂不过是为了写一部描绘他们的暴行、揭示人性丑恶的小说的时候，情绪爆发了。而杜鲁门·卡波蒂也很担心要写的这部作品拿捏不好分寸，影响案件的最终走向和他自己的声誉，就一直没有动笔。

1965年的7月21日，两个杀人犯，希科克与佩里，最终被施以绞刑。行刑之前，两个罪犯要求杜鲁门·卡波蒂也在场。到这时候，这个轰动一时的案子才最终宣告结束。

案子结束了，杜鲁门·卡波蒂立马加紧了他的写作。1966年，这部作品先在《纽约客》连载了四期，然后某一天，在纽约举行的新书发布记者招待会上，杜鲁门·卡波蒂推出了自己的这部重磅作品《冷血》（又译《残杀》），并且给《冷血》起了一个新的名称："非虚构小说"。单行本的出版更是掀起了阅读此书的狂潮，在很短的时间里就给他带来了几百万美元的收入。在当时，几百万美元绝对是很难想象的一笔巨款。

杜鲁门·卡波蒂从此也为美国文学开创了一种新文体：非虚构小说。有不少美国作家也纷纷投入非虚构小说的写作中，比如，诺曼·梅勒就写了《夜幕下的大军》《白种黑人》和《刽子手之歌》，其中，《刽子手之歌》也采访了一个杀人犯加里，这部分为上下册的非虚构小说长达八十万字。同时，汤姆·沃尔夫出版了《名利场大火》，1973年，汤姆·沃尔夫为了推动非虚构文学写作，还编辑出版了一本《新新闻主义文学写作》，将当时一些写非虚构文学的作家，如诺曼·梅勒、琼·狄迪恩、盖伊·特立斯等人的作品收在这本书里。

在20世纪的美国文学里的新品种非虚构小说或者说新新闻主义文学，就是这么大行其道的。因为，当时的美国作家痛感无法将丰富无比的社会现实以虚构小说的形式表现出来，虚构的文学缺乏尖锐的批判性，因此，非虚构文学就大行其道了。上述几个作家的非虚构文学作品，都是以美国的真人真事作为描写的对象，又广泛地调动了文学的各种技巧，使非虚构文学充满了表现力，在表现美国社会的丰富性和复杂性方面具有独特的优势。

杜鲁门·卡波蒂创造的"非虚构小说"这个词汇，可以说结合了新闻报道的真实准确性与小说虚构的艺术创造的感染力。因此，我觉得，非虚构小说其实就是以写小说的手法将真实事件融汇于一炉，创造出一种富有文学魅力的文体。

当时的杜鲁门·卡波蒂的确是打开了自己写作的瓶颈，创造了他写作的又一个高峰。这个高峰一直到今天还让人叹为观止，要知道，做一个开创者总是最艰难的。杜鲁门·卡波蒂自己说过："我就是要创造一种新闻体的小说形式，能容纳真实事件的真实性、电影场景的直接性、散文的随意性和深度，以及诗歌语言的精确。"杜鲁门·卡波蒂是一个具有创造性的天才作家，他敢于冒险，敢于开创一代文风，他的非虚构小说理念提醒了很多作家，不要拘泥于书斋之中凭借想象力写作，也不要仅仅以准确描写了现实生活而沾沾自喜，应该把这两点结合起来。

我们来看《冷血》中的几个写作特点。第一个是场景的精确和迅速转换。《冷血》中，各类场景出现得非常多，大场景里面还套着小场景，整部作品中，场景的出现就像是一部电影那样，带给我们一个个画面。而对场景的准确描绘，是非虚构小说的"非虚构"部分的要点。在这个方面，我觉得《冷血》也借鉴了电影的一些镜头感，电影的场景切换方式使这部作品获得了生动的感觉。

第二点，就是杜鲁门·卡波蒂在写这部作品的时候，尽管非常冷静、尽量追求客观效果，但是，实际上，无论是他采访到的那些对象，还是监狱里面的罪犯，以及他本人，这些人物的心理活动，都在他的看似不经意的笔触之下，有大量的揭示。这也就从侧面告诉我们，非虚构小说的"小说"部分，是需要心理活动和心理暗示来作为有力支撑的。也就是说，表面的客观书写之下，一定有着主观的潜流在涌动。而这些心理活动尽管在文字的表面很难觉察，但是对话里和场景描述里都带有心理动因。这也是非虚构小说形成自身魅力和深度的一个方法。

第三点，杜鲁门·卡波蒂在《冷血》中的语言是非常精辟的。让我们来看这部小说的开头：

> 霍尔科姆村坐落于堪萨斯州西部高耸的麦田高地上，是一个偏僻的地方，被其他堪萨斯人称为"那边"。这里距科罗拉多州东部边界约七十英里，天空湛蓝，空气清澈而干燥，具有比美国其他中西部地区更加鲜明的西部氛围。当地人操着北美大草原的土语，带有牧场牛仔特有的浓重鼻音；男人大都穿紧腿牛仔裤，戴斯泰森牛仔帽，穿尖头长筒牛仔靴。这里土地非常平坦，视野极其开阔；旅行者远远地就可以看见马匹、牛群以及像希腊神庙一样优雅耸立着的白色谷仓。（《冷血》，夏杪译，南海出版公司）

这个开头多么像一部杰出的长篇小说的开头！哪里有一点新闻报道的影子呢。精确的描述，类似照相写实主义的写景文字，让我们看到了那个地方的风土人情。

而不光是这种场景描述语言非常精彩，《冷血》中的对话也非常生动，这都是经过了杜鲁门·卡波蒂的提炼的。结合这些描述性语言和对话，杜鲁门·卡波蒂的细节描写也非常用心、用力，使这部作品带有一部杰出长篇小说的所有元素。最终，通过和两个罪犯的对话，他分析出了这一案件的原因，那就是：人性的沦丧、精神的异常、金钱的贪婪和社会的腐朽。

第四点，就是采访者和被采访者的角度的转换。在《冷血》中，杜鲁门·卡波蒂采访了大量的人，而这些人在他笔下几乎都栩栩如生。这就是作者的非凡文学功底所造就的。作者秉持的是采访者的角度，这个角度是冷静的、调查的、客观的、不动声色的。可是，面对一场骇人听闻的杀人案件，谁能真正做到不动声色？除非是最冷血的杀手和畜生。杜鲁门·卡波蒂以条分缕析的方式，一点点地将所有相关人士的采访都做扎实、做全面了之后，给我们客观呈现了一个美国图景：罪犯犯罪的动机、克拉特一家的生活状况、美国的贫富分化、街坊邻里的态度和警察办案的方法、法庭、律师、监狱构成的美国体制、新闻媒体对此一事件的消费，等等，将一个活生生的美国端给了我们。所以，我说，杜鲁门·卡波蒂的写作的意义正在于此：他准确地捕捉到了美国人的精神状态。

非虚构小说从此在美国乃至世界上都有所发展，最后扩展成了非虚构文学。我自己的印象里，在去过的很多欧美国家的书店里，都会看到，除了虚构文学——小说、诗歌、散文、戏剧书籍，在相邻的区域摆放的，都是非虚构的作品。而欧美人的观念里，非虚构文学包括了人物传记、历史著作、田野调查、新闻报道、写实文学和报告等，品种很多，是非常重要的出版物。

改革开放这四十多年，中国社会的变化也是无比巨大的，每天发生的社会新闻，有时候完全超越了作家的想象力。因此，非虚构文学在我国也有着生长的环境。

我想，非虚构文学首先来自社会和人们的生活，传达的经验是活生生的，要有人气和地气，要很具体，是发生在历史和现实中的真实事件的文学表述。这几年，我所就职的《人民文学》杂志，专门设立了《非虚构文学》栏目。在这个栏目里发表了非虚构小说、人物自传、历史重述、田野调查、当代社会写真等多种非虚构文学作品，目的就是引领更多的中国作家投身到非虚构写作当中，最大可能地表现复杂、生动、多变的当代生活。

四

《冷血》出版之后获得的巨大成功，彻底改变了杜鲁门·卡波蒂的生活。他不光有钱了，成了一个富人，而且，他还投身于纽约的上层社交界，成为社交界广受欢迎的名流。他对这样的身份和地位十分享受。

在文学史上，各种作家有各种自毁的方式，酗酒，精神疾患，吸毒，等等。还有的被家庭和妻子毁了，比如诗人艾略特和美国小说家菲茨杰拉德，娶了歇斯底里和能折腾的老婆，结果自己也跟着吃了挂落儿。像杜鲁门·卡波蒂这样暴得大名之后，享受名望、声誉和物质财富，本来也无可厚非，因为他前面过的日子太辛苦，总是要报偿一下自己。但是杜鲁门·卡波蒂后来完全沉溺于名利场，成为社交界红人，作为一个作家来讲，又不符合身份和职业特点，因此，大多数人对他后期生活持批判和否定的态度。

杜鲁门·卡波蒂到纽约之后，还暗地里写了一个小长篇或者中篇小说《夏日十字路口》，可这部小说他自己也不满意，到死后才作为遗作出版。这部小说在我看来，也是小儿科之作，完全不像是杜鲁门·卡波蒂这样的天才的手笔。

人的生命是平衡的，你在哪方面用功少，得到的也少。杜鲁门·卡波蒂后来热衷于参加纽约上流社交圈的酒会、聚会，喜欢谈论各种八卦消息，热衷于上电视，去做滚石乐队的代言人，举办假面舞会，还在一部电影里扮演了角色，过了一把瘾。他也是纽约社交圈最喜欢的人之一，因为他谈话有趣，性格温和，又能讨女士的欢喜，并且会赞美任何成功的男士。他的名气太大了，据说，很多不喜欢看书的美国人，知道的20世纪的美国作家只有两个：一个是海明威，另一个就是杜鲁门·卡波蒂。海明威喜欢打猎和钓鱼，他在古巴钓鱼，在非洲打猎，都有报纸疯狂报道。而杜鲁门·卡波蒂的照片经常被刊登在报纸的社交新闻版上，他每天生活在酒精、光彩和流言蜚语之中，表面上看十分风光热闹，实际上，也掩饰不了巨大的空虚。

1973年，他出版了一本小说和随笔的合集《犬吠》，没有任何影响，原先那个才华横溢的杜鲁门·卡波蒂不见了。我猜测杜鲁门·卡波蒂其实暗地里还想写出更好的、能够超越自己过去的作品，却一直没能实现。他后来拿了出版社的预付金，答应写一部长篇小说，叫《应许的祈祷》，题材是写他成名之后在纽约的社交圈的见闻。

人们期待他应许的那部《应许的祈祷》尽快出版，但是，一直到 1975 年，他才在《绅士》杂志上发表了一部分，结果，因为暴露了社交圈某些富贵人士的隐私，加上他辛辣的讽刺与不留情的呈现，得罪了他们。那些"上流人士"就害怕杜鲁门·卡波蒂了，他们担心他把他们的隐私用他那简直可以说是点石成金也点石成粪的笔写下来，那不光是出丑，还被记录在案，永远都无法洗刷了。他们感到自己被出卖了，就回避、躲避乃至排斥杜鲁门·卡波蒂了。

这个时候，杜鲁门·卡波蒂已经吸毒上瘾，并且酗酒，不能自拔。他对那些人对他的冷遇也并不在乎，他回答说："我本来就是一个作家，他们应该知道的。"

1980 年，他出版了后期所写的一些散文、非虚构人物特写集《给变色龙听的音乐》。在这部集子里，个别篇章依然显露了他的才华，比如，里面有些人物特写，如《我爱你，梦露》，简直将玛丽莲·梦露写活了。还有《你好，陌生人》以及《玛丽·桑切斯》，前者讲述了一个叫乔治的男子在游泳池里捡了一个漂流瓶，里面装了一个少女写的一封信。他就和那个少女建立了联系，结果引来了一系列麻烦，少女的父母报警，警察前来调查，夫妻反目导致了分居，最后濒临离婚。后者讲述了一个清洁工,在各个公寓里打扫卫生,善良,勤劳,通过她讲述了那些雇主的古怪、缤纷的生活。这些特写都非常棒,证明了杜鲁门·卡波蒂那种坚实的写作功底。但是,大都是碎片的、短篇的、片段的,无法构成更为宏大的作品。这对于一个大作家来讲,就十分可惜了。尽管如此,由于有《冷血》的存在,他也可以在20世纪后半叶的美国,比肩任何一个文学大师了。

1984年8月25号,距离他60岁生日还有一个月,他因为吸毒和酗酒导致脏器衰竭,死在了纽约一个朋友的家里。这条善于在风格和文体上变化的文学变色龙,停止了呼吸,留下了一个带有悲剧性的传奇。

胡安·鲁尔福：
烈火平原与人鬼之间

一

在20世纪的小说史上，凭借很少的作品获得不可撼动的文学地位的，只有屈指可数的几个人，巴别尔是一个，胡安·鲁尔福（Juan Rulfo，1918—1986）是另一个。在中文版《胡安·鲁尔福全集》里收录了十七个短篇的系列小说《烈火平原》、八万多字的中篇《佩德罗·巴拉莫》，还有一部电影剧本《金鸡》，这些就是他留下来的全部作品了。算下来，凭借二十多万字的作品就可以彪炳20世纪小说史，只有胡安·鲁尔福做到了这一点。这可能是绝无仅有的，因为，连巴别尔的英文版全集也厚达一千多页。那么，胡安·鲁尔福到底对小说做了什么样的贡献，以至凭借区区一个短篇小说集、一部中篇小说,就可以在整个拉丁美洲傲视群雄,还反过来影响了欧洲、非洲和亚洲的很多作家,并成为拉丁美洲魔幻现实主义小说流派的开山者?

胡安·鲁尔福,1918年出生于墨西哥圣卡布列尔市,没落的种植园主家庭出身,6岁的时候,父亲去世了,紧接着就是母亲的去世,于是,胡安·鲁尔福基本上是在孤儿院长大的,并由叔叔出钱抚养成人。他曾供职于墨西哥内政部移民局,去大学旁听过文学课程,在繁忙的工作之余勤奋创作。他的第一个短篇小说《生活本身并不严肃》讲述一个怀孕的母亲和腹内孩子的交流,她在衣柜中取衣服的时候,不慎摔倒了。小说没有告诉我们,她肚子里的孩子是不是流产了,但是其简约的叙述非常有控制力。此后,他陆续地发表了一系列反映他的家乡农村社会状况的短篇小说,这些小说加起来有十七篇,1953年以《烈火平原》为名正式出版。这个短篇小说集以它独特的艺术品质引起了墨西哥文坛的关注。

我觉得,《烈火平原》中的十七个短篇小说,虽然都可以单独成篇,但它们是一个整体和系列。因为它们都有一个共同的主题,那就是,描绘墨西哥20世纪的革命和社会现实。十七篇小说宛如十七个侧面,将墨西哥的历史与现实的复杂面貌一一呈现。像这类以系列短篇小说构成一本书的写法,在20世纪有不少精彩的作品:詹姆斯·乔伊斯的《都柏林人》、舍伍德·安德森的《小城畸人》、巴别尔的《骑兵军》、奈保尔的《米格尔大街》都是这种体裁的佳作和典范。我把这类小说叫作"橘子瓣小

胡安·鲁尔福

说",因为它们每一篇都像一枚橘子瓣一样地紧紧簇拥在一起,形成一个向心的结构。我在一些大学讲授文学课的时候,经常向学生推荐这几个小说集,我觉得,要想学习写作短篇小说,这几本书是最应该认真阅读的。

《烈火平原》中的作品,在叙述技巧上呈现出万花筒一样绚丽和复杂的面貌。仔细阅读这十七篇小说,你会发现,胡安·鲁尔福在小说的结构和叙事上非常讲究,几乎每一篇的叙事角度、结构、事件和细节都是别具匠心设置的,都大为不同,每一篇都非常精彩,可见胡安·鲁尔福在写作它们时的那种刻苦用心。根据我自己的写作经验,我猜测胡安·鲁尔福在写这本书的时候,一定磨砺了很久。

下面,我将逐一简单分析这十七篇小说。在这部集子中,一部分小说是描绘墨西哥革命的。墨西哥是一个历史悠久的文明古国,是拉丁美洲古代印第安文化的中心之一,古玛雅文化、阿兹特克文化和托尔特克文化曾经无比璀璨地闪耀在人类文明的时间深处。1521年,墨西哥沦为西班牙殖民地,经过漫长的殖民统治,1810年,墨西哥人民开始了反抗殖民统治的斗争,并于1821年获得了独立,1917年正式成为墨西哥合众国。墨西哥的20世纪现代史充满了战争和暴力冲突,它走向现代化之路也非常艰难,总是伴随着流血冲突和战争。在小说集中,像《只剩下他孤身一人的夜晚》《我们分到了土地》《烈火平原》等,就以点带面地描绘了1910年至1920年墨西哥农民起义从开始到失败所造成的影响。

《我们分到了土地》的叙述非常简洁精当，留了很多的空白，但是疏而不漏，讲述了一群农民在一个清晨去查看政府分给他们的土地。他们走了一天，才在荒无人烟的地方找到了属于他们自己的土地，可这些土地都是寸草不生的荒地。大部分人都灰心丧气地回去了，剩下的四个人还不甘心，还在继续前行。小说的结尾是这样的："我们继续前进，向村子里走去。然而，当局分给我们的土地却在那上面。"

《烈火平原》的笔法也是简洁有力的，描述了一支人员越来越少的起义军的战斗旅程，他们不断地被追击、被围剿，最终失败了。小说一开始的叙述者是"我们"，第一人称复数，显示人多势众，到了小说的结尾，则由幸存者比乔恩以"我"来叙述了，"我"出狱之后，见到为他生了一个孩子的女人，那个孩子已经成长为少年，名字也叫比乔恩。

《只剩下他孤身一人的夜晚》十分简短，描绘了三个掉队的士兵在追赶自己的部队的过程中，其中两人被抓获了，并被吊起来残酷折磨，第三个人在听到了埋伏的敌人的对话之后，侥幸逃脱了。小说描绘了战争的残酷无情和人生的无常与无奈。

《你没有听到狗叫吗？》大部分以对话构成，十分精彩，讲述一个年老的父亲背着自己生命垂危的儿子返回村庄的故事。一路上，在父子的对话中，他们回顾了过往生活的艰辛和欢悦，可是儿子的生命力越来越弱，最终，他死在了父亲的背上，没有听到家乡村子里传来的狗叫声。

《那个人》的叙述相当精彩，叙述者不断地转换。小说讲述的是一场追击，追踪者根据前面的逃亡者留下来的踪迹，紧紧进行追踪。一开始，小说是追踪者和逃亡者交替叙述，追捕和反追捕不断反切，故事扣人心弦。最终，这个逃亡者死了，到结尾部分，叙述者忽然变成了第一人称"我"，"我"是一个目击逃亡者尸体的牧羊人，"我"向律师讲述自己的见闻，因为"我"作为窝藏者被抓了，而那个背负命案的逃亡者被谁所杀，一直是一个谜。

《马卡利奥》则以一个白痴男孩的自述构成，全文只有三千多字，讲述了白痴马卡利奥眼中混乱的世界。女人、性欲、食欲是他内心真正有所感觉的东西。这个角色使我想起来威廉·福克纳的《喧哗与骚动》中的傻子班吉，一种内心的洪荒感弥漫其间。

《教母坡》的叙述者是第一人称"我"，他和一对亲兄弟是一伙的，但因为农村的贫瘠导致人性恶的爆发，他杀害了他们。在野蛮的时代和野蛮的环境中，生命如此脆弱，死亡是家常便饭。

《请你告诉他们，不要杀我！》以对话和描述交替的方式，讲述了一场延续了三十年的仇杀。一个贫穷的牧民曾经失手打死了牧场主，因为那个牧场主当年不让他的牲口吃牧场的青草。三十年后，牧场主的儿子当上了上校，他派人来抓捕那个牧民，并且处死了他，尽管眼下这个失手杀人的牧民早就垂垂老矣，已经成了行尸走肉，也没有放过他。

《你该记得吧》的篇幅十分短小精悍，中文只有不到两千字的篇幅。小说的叙述语调很独特，每段都以"你该记得吧"来开头，讲述了叙述者看到的墨西哥封闭的农村里，另一个家庭发生的暴力凶杀事件。最后，杀人者甚至"还选了一棵他喜欢的树让人将他吊死"。那种麻木、愚昧、封闭和野蛮所构成的墨西哥农村生活景象令人触目惊心。

《玛蒂尔特·阿尔康赫尔的遗产》中，一对父子由于分别参加了不同的武装组织，结果，他们竟然成了不共戴天的仇敌。最后，父亲被儿子杀死了——"他骑在马屁股上，左手拿着笛子使劲地吹着，右手按着横躺在马鞍上的一具尸体，是他的父亲。"战争使人六亲不认，使人变得野蛮而无情，小说以极其冷静的笔法营造出令人心碎的悲剧效果。

《清晨》中，讲述了一个死亡事件：一个和自己的外甥女乱伦的庄园主，在清晨的时候发现他的一个长工知道了这桩丑闻，就使劲殴打那个长工。后来，庄园主莫名其妙地死了，长工被警察抓获，成了庄园主之死的替罪羊。可到底是不是长工杀的，小说最终也没有说明。小说依旧在描绘和批判墨西哥农村的封闭、愚昧和邪恶环境中所产生的恶行和暴行。

《都是由于我们穷》以一个少年的视角，讲述他整个家庭的贫穷、遭受自然灾害比如洪水时的无助、家庭的分崩离析等，描述了贫穷带给人的毁灭力量，叙述了人性在善恶之间的徘徊。

《天崩地裂的一天》由两个人的对话构成，讲述了发生在某年9月的大地震之后，当地政府的州长在被地震破坏的地区视察和慰问的时候，耍的都是花架子，开的都是空头支票的情景。鞭挞了政客的腐败和无能。

《塔尔巴》讲述了一个身患严重皮肤病的人，听说一个叫塔尔巴的地方有一座圣母塑像，能够治百病，于是，他千辛万苦、千里迢迢地抵达了那里，结果，他所期待的神迹并没有显现，最终客死他乡，尸骨无还。

《北方行》在叙事上很讲究，以一个已经死去的人给父亲讲述去北方谋生路途中的见闻来结构全篇。结果，他在美国和墨西哥边境被打死了。这种叙述手法在胡安·鲁尔福后来的《佩德罗·巴拉莫》中就运用得更加老到和熟练了。

小说《安纳克莱托·蒙罗纳斯》基本上由对话构成，呈现出滑稽和残忍交织的画面，并批判了一些宗教徒的愚昧：安纳克莱托·蒙罗纳斯被一群中老年修女疯狂拥戴，并且请求册封他为圣徒，可实际上，这个安纳克莱托·蒙罗纳斯是一个匪徒、无赖和奸淫妇女的坏蛋，最后，那些修女为他的恶行所震撼，一个个地离开了他。

《卢维那》已经有了后来的《佩德罗·巴拉莫》的雏形，讲述了在不毛之地卢维那活人越来越少，只有年迈的老人不愿意离开那里，因为他所有死去的亲人都埋葬在那儿。讲述人平静而舒缓地描述卢维那糟糕的一切，使我们看到了一片洪荒世界的氤氲苍茫。

以上《烈火平原》中收录的十七篇小说，从篇幅上看，大都短小精悍，短的只有一两千字，长的也就一万多字，但是其冲击力巨大。胡安·鲁尔福非常善于运用减法，他的小说仔细看来，真是字字珠玑，很难从小说中删去一些东西。并且，他的叙述语调大都是低沉舒缓的，可是，每一篇小说中都有耸人听闻的死亡和暴力事件，因此获得了巨大的震撼效果。十七篇小说所构成的《烈火平原》这个整体，其所呈现的墨西哥历史和现实的内容量巨大，其复杂的叙事技巧也让人眼花缭乱、五味杂陈。我十分惊叹胡安·鲁尔福写作短篇小说的精湛手艺，他甚至可以在一篇小说中不断转换视角，并且在行文中留下大量的空白，有的地方就如同白描，有的地方则完全依靠简约的对话去呈现隐藏在场景和对话后面更加复杂的东西。

从总体上说，《烈火平原》给我们描述了一个被贫穷、残暴和原始欲望所俘获的墨西哥的历史和社会现实，带有一种洪荒世界的景象。这还是一个混沌未开的世界，是和现代文明相隔绝的世界，它走向现代化之路自然无比艰难和漫长。胡安·鲁尔福既给我们展示了这样一个可怕的世界，也展示了某种希望，那就是对人性中的美好和善良的确信，对社会公义的呼唤。

二

1955年，胡安·鲁尔福的中篇小说《佩德罗·巴拉莫》出版。这部翻译成中文有八万多字的大中篇，迄今为止，仍旧被很多作家、评论家认为是20世纪拉丁美洲小说的巅峰之作，只有《百年孤独》等少数小说才可与之争锋。

为什么《佩德罗·巴拉莫》的地位如此之高？它写的是什

么？到底给小说史贡献了什么，才显得这么的重要？我想你一定会问这些问题。从小说的故事情节来说，简单地讲，它写的是人与鬼之间的故事，描绘的是一个人鬼不分的世界。佩德罗·巴拉莫是小说中的一个中心人物，但一开始他并没有出场，出场的叙述人，是他的一个私生子，他前往科马拉地区寻找他的父亲佩德罗·巴拉莫："我来科马拉的原因是有人对我说，我父亲住在这儿，他好像名叫佩德罗·巴拉莫。这是家母告诉我的。我向她保证，一旦她仙逝，我立即来看望他……"于是，伴随着叙事者进入科马拉，我们看到的则是一个荒凉的世界。

小说的第一个部分，就是叙述者、佩德罗·巴拉莫的私生子胡安·普雷西亚多的讲述和他看到的一切。而他眼前的科马拉，和他母亲曾经给他描述的完全不一样，二者之间形成了强烈的反差。叙事者开始碰到一个赶驴的人，他就向那个人打听佩德罗·巴拉莫，赶驴人给他指路，并且告诉他，佩德罗·巴拉莫早就死了。虽然自己要找的父亲已经死了，但是他还是继续前行，来到半月庄，在那里碰到了母亲过去的熟人，一个老太太，她开始给他讲述他母亲的故事，以及佩德罗·巴拉莫的故事。就这样，他不断地遇到不同的人，在众人的回忆和讲述中，佩德罗·巴拉莫的形象渐渐地浮现在我们面前。这个时候，佩德罗·巴拉莫的内心独白也开始不断涌现在小说的片段里，作为对其他人讲述的补充参与到小说的叙述当中。此时，加上叙事者胡安·普雷西亚多还和自己的母亲多洛雷斯对话，和眼前的人对话，小说的时间和空间混杂，完全打乱了。这个时候，你要是不注意的话,你会混淆小说内部的时间。到了小说的中间部分,你会发现,小说开头部分的讲述者,佩德罗·巴拉莫的私生子胡安·普雷西亚多原来也已经死了,是他的鬼魂在坟墓里和一个老乞丐的鬼魂在说话。这是小说的第一部分。在这个部分里,胡安·普雷西亚多作为读者的一个向导,带领我们来到了科马拉,来到了半月庄,一起看到了一幅衰败的景象,因为,那里已经没有活人,那里到处都是坟墓和鬼魂在低语。

在小说第二个部分中,主要描绘的是佩德罗·巴拉莫在贫瘠的山村里如何利用自己的凶狠和残暴,巧取豪夺、奋力崛起的故事。其中,穿插了他和苏珊娜的爱情故事,这段爱情导致了一场悲剧,最终,佩德罗·巴拉莫被另外一个私生子,也就是小说开始时胡安·普雷西亚多碰见的那个赶驴人阿文迪奥用刀给砍死了。这个部分的描述非常清晰,讲述的是佩德罗·巴拉莫崛起于草莽之间,却落得一个悲剧下场的过程,以大量的独白、回忆、对话和倒叙构成。第二部分的叙述改变了原来由第一人称"我"讲述的视角,也就是由佩德罗·巴拉莫的私生子胡安·普雷西亚多的视角,改为第三人称的叙述,场景不断地转换,一直到佩德罗·巴拉莫的死亡。

可以说,小说的真正主人公就是佩德罗·巴拉莫,这个如同鬼魂一样存在在那个村庄里的大庄园主佩德罗·巴拉莫,一开始他很穷,做过学徒、小工,后来依靠自己的聪明、霸气和残酷,逐渐成为整个科马拉地区的霸主。他有着无数的田产、马匹和女人,生下了很多私生子,但是他残酷无情,对所有的女人和私生子都不好，他关心的只是自己财富的增加和性欲的满足。他的爱情只迸发了一次，那就是对青梅竹马一起长大的苏珊娜，但是苏珊娜后来嫁到了外地。丈夫死了之后，她才回到半月庄，又嫁给了佩德罗·巴拉莫，之后，却变成了一个精神病人。因为他们的爱情完全不对称，苏珊娜爱的是自己的前夫，从来都没有爱过佩德罗·巴拉莫，她郁郁寡欢，很快就去世了，他们的关系以悲剧结束。这时，你会再度发现，书中所有的人物都已经死去了，他们的所有对话、动作和叹息，都是消失在一片荒芜和贫瘠的土地上的影子，根本就不存在，在你眼前的，只是杂草丛生的荒野，是消失了的半月庄，和在这片土地上生活过的、彼此之间有着爱恨情仇的男人和女人。

《佩德罗·巴拉莫》虽然篇幅不大，却是一部奇书。首先，它完全打破了时间和空间的界限，在叙述上，将过去、现在和未来打通了，将发生在不同时间和空间的事情都放到一个平面上来讲述，现实与梦幻、死亡和生命、过去和现在，好像有一个不断移动的摄像机在将这些镜头以蒙太奇的手法拼贴与杂糅起来进行呈现。如果你集中精力，那么看上去时空倒错的故事，就可以理出一条时间的逻辑线索。因此，这本小说读者的参与是很重要的，你必须要抓住胡安·鲁尔福递给你的每一个线头，然后，去领略他制造的由鬼魂出演的一场人生大戏。在这出戏里，一个人的崛起和他最终的死亡，一场爱情的迸发和等待，一个地区的逐渐衰亡到只剩下杂草和鬼魂，给我们留下了永恒的印象，关于这个世界的印象。小说还隐隐地将墨西哥革命和基督派之间的战争造成的后果投射到环境和人物的命运中，有着复杂的历史信息和时代背景。

从这部小说的叙事技巧上讲，过去传统小说的全知全能的叙事者不见了，代之出现的是有限的视角，而且，很快你会发现，有限的视角还在转换，由第一人称到第三人称，然后又回到了第一人称。当最开始的叙事者、私生子胡安·普雷西亚多也变成了鬼魂作为第一部分的结束，小说忽然开始追寻佩德罗·巴拉莫的生平与崛起的足迹来叙述了。苏珊娜死去的时候，科马拉人不仅没有哀悼，而是在欢庆这个时刻，这导致了佩德罗·巴拉莫内心的怨恨，他发誓科马拉这个地方要完全衰败，直到荒草掩埋了所有人的尸骨和鬼魂。最后，他的愿望达到了，他自己也死亡了。从小说的结构上讲，整部小说浑然天成，不分章节，完全以片段的描写、对话、回忆和内心独白来构成，这些片段实际上是整部小说的零件，需要聪明的读者自己去组装。胡安·鲁尔福创造了一个非凡的小说世界，一个人鬼不分，现实和虚幻不分，过去、现在和未来不分，这里和那里不分的世界。他带给我们的，是一种新小说才有的斑驳陆离的感受，犹如我们第一次看到毕加索立体主义绘画、第一次看到达利的超现实主义绘画作品那样，会感到欣悦和无比震惊。小说中的人物、场景和时间、空间的比例全部变形了，却抵达了叙事艺术的神奇境界。最终，当你读完这部小说之后，浮现在你眼前的，就是一个创世纪般的荒芜世界。

《佩德罗·巴拉莫》对时间的运用和对小说空间的拓展都是空前的，它对拉丁美洲小说的发展影响巨大。而很多作家都从这部小说中汲取了他们想要的东西。比如，墨西哥作家卡洛斯·富恩特斯就从中看到了希腊神话的再现，他认为，小说中的人物关系，如男女关系、父子关系等是希腊神话中的、因为情欲和原罪导致的纷争在墨西哥现代社会中的化身和争斗的延续，这也是一种十分有趣的观点。不过，我觉得天才的胡安·鲁尔福不见得就那么熟悉希腊神话。

此外，《百年孤独》也很明显地受到了这部小说的启发和影响。加西亚·马尔克斯写道："发现胡安·鲁尔福，就像发现卡夫卡一样，无疑是我记忆中的重要一章……我当时32岁，是一个已经写了五本不甚出名的书的作家，我觉得我还有许多书未写，但是我找不到既有说服力又有诗意的写作方式。就在这时，阿尔瓦罗·穆蒂斯带着一包书大步登上七楼到我家，从一堆书里抽出最小最薄的一本，大笑着对我说：'读读这玩意儿，妈的，学学吧！'那就是《佩德罗·巴拉莫》。那天晚上，我把书读了两遍才睡下。自从十年前那个奇妙的夜晚我在学生公寓里第一次读到卡夫卡的《变形记》之后，我再没有这么激动过。第二天，我读了《烈火平原》，它同样令我震撼。那一年余下的时间，我再也没办法读其他作家的作品，因为，我觉得他们都不够分量。"

后来，加西亚·马尔克斯还和富恩特斯一起将《佩德罗·巴拉莫》改编成了电影剧本。在很多人的顶礼膜拜下，《佩德罗·巴拉莫》逐渐成为拉丁美洲魔幻现实主义文学流派最有力的代表性作品。

三

胡安·鲁尔福还出版了一个电影剧本《金鸡》，讲述一个残疾人的故事。他救活了一只雄鸡，他拿它去参加斗鸡比赛，赢了一大笔钱之后，迸发了生活下去的信心。但是，这个人是一个赌徒，最终把赢来的钱又都输了，命运大逆转，他再次进入悲惨境地，不得不自杀身亡。

胡安·鲁尔福后来就基本停笔了。据说，是因为生计，需要养家糊口，他不得不陷身于繁忙的公务生活，再没有时间写作了。但是，我倾向于他已将自己的写作资源用完了，没有动力再继续写了，或者，他干脆认为，再写也很难超越自己，那就不写了吧。类似的情况还有美国作家塞林格，在出版《麦田里的守望者》之后，他出版的几个中短篇集都很一般，让人疑心那甚至不是他的作品，这是因为，塞林格的写作资源就那么一点儿。读者在后来不断地期待胡安·鲁尔福写出新作，他也曾经公开说，他一直在写一部叫作《山脉》的长篇小说，但是，一直到他去世，《山脉》也没有拿出来。也许，这部小说早就胎死腹中了。

从总体上说，胡安·鲁尔福的《烈火平原》和《佩德罗·巴拉莫》的背后有着古代印第安阿兹特克人的神话传说和信仰体系作为支撑，比如，对死亡和生命的看法，就和别的文明模式下的人大为不同。在墨西哥，每年都要过一个"亡灵节"，传说这一天，在大地上游荡的死人都会回到家里来，重新和活着的人相聚，这一天就是一个人鬼不分的日子。因此，我们就很容易搞明白了,为什么《佩德罗·巴拉莫》能够出神入化地描绘一个人鬼不分的世界,因为在墨西哥,这种观念其来有自,绝不是无源之水、无本之木,它深深地根植在墨西哥奇特的古印第安文化、西班牙天主教文化所营造的混血文化的土壤里。因此,《佩德罗·巴拉莫》这本书无论是艺术水准、思想高度还是文化资源,都是技高一筹的。

就这样,胡安·鲁尔福是以少胜多、以少许卓越的小说精品而傲立群雄,成为开启"拉丁美洲文学爆炸"的先行者。

加西亚·马尔克斯：
一个大陆的孤独和奋斗

一

加夫列尔·加西亚·马尔克斯（Gabriel García Márquez, 1927—2014）的名气太大了，谈论他是一件危险的事情。我觉得，在所有形容他的话里面，马里奥·巴尔加斯·略萨的命名最为贴切："拉丁美洲的弑神者"。这个称谓一般是给君王和大祭司的，但是，略萨曾经毫不犹豫地把它戴到了加西亚·马尔克斯的头上。

1927年，加西亚·马尔克斯出生于哥伦比亚马格达莱纳省的一个小镇上。他的父亲曾经在大学的医学系学习过，没有正式毕业，后来做了报务员。他和加西亚·马尔克斯的母亲的爱情经历了很多曲折。后来，加西亚·马尔克斯以父母亲的爱情经历为素材,写出了长篇小说《霍乱时期的爱情》。而影响加西亚·马尔克斯最终走上文学道路的,主要是他的外祖母,这是一个相信万物有灵和鬼怪世界的女人,善于讲故事,加西亚·马尔克斯的童年都是在外祖父母家度过的,因此,从小他就在外祖母的膝盖旁听她讲故事,这给他的想象力增添了最早的动力。他也很早就开始了自己的阅读生涯,据说,7岁的时候,他就读过《一千零一夜》了。上中学的时候,他曾经给喜欢的女同学写过十四行诗。我在这里抄录一首《致一位女生的十四行晨诗》:"她向我致意后随风而去/声音里呼出清晨的哈气/一扇窗户的亮光走进屋里/失去光的不是玻璃而是气息/这早起的姑娘与时钟相似/又像个故事难以置信地消失/当她将这一时刻的线剪断/清晨溢出她那白色的血液/她若身着蓝衣上学去/分不清她是在走还是在飞/似一股微风般轻轻飘拂/在这蓝色清晨里难以知悉/过去的种种事物,哪个是微风/哪个是姑娘,哪个是晨曦"。这样的诗篇,实在是温婉动人。

加西亚·马尔克斯的外祖父曾经是一名自由党军队的上校,多年之后,加西亚·马尔克斯根据自己外祖父的形象和遭遇,写了一部很有名的中篇小说《没有人给他写信的上校》。而他最著名的长篇小说《百年孤独》中也有以两位老人为原型的形象。1947年,20岁的加西亚·马尔克斯进入首都波哥大大学法学系读书,但没过多久,1948年保守党和自由党展开的全国内战导致政局动荡,使加西亚·马尔克斯辍学了,他开始在波哥大的新闻界工作,很快,作为《观察家报》派驻欧洲的记者,他来到了

加西亚·马尔克斯

欧洲,在巴黎、巴塞罗那、罗马、纽约、哈瓦那四处漂泊,一方面作为记者观察、记录、报道和了解世界,另外一个方面,孜孜不倦地开始自己的文学写作。

早在1948年,加西亚·马尔克斯就想写一部家族史小说《家》,这是后来《百年孤独》的雏形,但是下笔之后他就感到有些困难:把握一个大家族的命运,在他当时还有些力所不逮。于是,他就写了一部中篇小说《枯枝败叶》,五易其稿之后,于1955年正式出版。同一年中,他还出版了短篇小说集《蓝狗的眼睛》,但是这两部书都没有获得读者和评论家的注意。在欧洲担任驻外记者期间,他开始写作中篇小说《没有人给他写信的上校》,1957年在九次修改之后最终完成,后来于1961年出版。此时,他身在欧洲,《观察家报》被哥伦比亚当局查封,他没有任何经济来源了,穷困潦倒,朝不保夕。这是他一生中最困难的时候。1959年,他开始为古巴的一家通讯社工作,发表了报告文学《铁幕内的90天》,1961年在墨西哥定居下来。在这一年,他的一部篇幅不长的长篇小说《恶时辰》获得了美国埃索石油公司设立的小说奖,这给了他很大的鼓励,他又鼓起了写作的信心,次年,他出版了短篇小说集《格兰德大妈的葬礼》。

这一个时期,应该算是加西亚·马尔克斯创作的早期阶段。这个阶段的成果我盘点了一下,包括一部十二万字的小长篇《恶时辰》、两部中篇小说《枯枝败叶》和《没有人给他写信的上校》,两部短篇小说集《蓝狗的眼睛》和《格兰德大妈的葬礼》,

还有一部1955年在报纸上连载的长篇报告文学《水兵贝拉斯科历险记》，以及报告文学《铁幕内的90天》等。但是，这些作品都没有给加西亚·马尔克斯带来他想要的文学名声，也没有给他带来金钱回报。不过，我觉得，恰恰是这些作品，给他未来的写作打下了一个坚实的基础，使他找到自己的方向，写出了《百年孤独》等几部伟大的作品。比如《枯枝败叶》，就很像是《百年孤独》的一个草稿，小说采取了多个人物内心独白的方式，描绘了一个叫马孔多的小镇上的生活。村民们被美国的跨国资本企业所控制，人们的生活陷入了精神和物质的双重困境。小说的形式实验为他后来写《百年孤独》积累了有益的经验。中篇小说《没有人给他写信的上校》以加西亚·马尔克斯的外祖父为原型，描绘了一个退役的上校，一直在等待养老金的到来，却不断地落空、不得不去斗鸡，但斗鸡最终也失败了的故事。75岁的上校以"吃屎！"来回答同样为吃饭发愁的妻子的提问，描绘了一个为国家建功立业的老军人晚年贫困潦倒、无人关心救助的悲剧形象。长篇小说《恶时辰》是他早期作品中篇幅最长的，没有章节，一共分三十多个片段，描绘了一座小城市令人窒息的生活。这些没有希望的人制造了一连串揭露别人隐私的匿名帖事件，小说塑造了神甫、镇长等多个后来可以在《百年孤独》等作品中找到蛛丝马迹的人物形象。他在这个时期出版的两个短篇小说集《蓝狗的眼睛》和《格兰德大妈的葬礼》中所收录的小说，还没有形成他个人鲜明的风格，故事带有变形、夸张和魔幻的色彩，可以看出卡夫卡、福克纳与海明威等作家的影响。这些篇章从小说的题目上就可以看出师承：《死亡三叹》《死亡联想曲》《在猫身上转世的爱娃》《三个梦游症患者的痛苦》《与镜子的对话》《有人弄乱了玫瑰花》《超越爱情的永恒之死》《伊莎佩尔在马贡多看雨时的独白》等，死亡、镜子、转世、梦游、爱情等充斥其间，可见他最开始写作的时候就受到了现代主义小说的影响。这其中，《格兰德大妈的葬礼》最有代表性。出版于1962年的这篇小说实际上是一篇象征小说，小说中的格兰特大妈，是拉丁美洲的化身。加西亚·马尔克斯以细致的笔法描绘了这么一个"大妈"的葬礼，间接地表达了他对拉丁美洲的社会现实和经济、政治、文化在美国影响下的担忧。

二

在墨西哥城居住和工作期间，加西亚·马尔克斯读到了胡安·鲁尔福的小说《佩德罗·巴拉莫》，这对他的触动和影响特别大，他仿佛被开了天眼，立即看到了自己写作的一种可能性。胡安·鲁尔福的《佩德罗·巴拉莫》中对时间的掌握、叙述方式的新颖是前无古人的，小说中人鬼不分，没有界限，这给马尔克斯带来了巨大的启发。1963年，他和卡洛斯·富恩特斯合作，一起将《佩德罗·巴拉莫》改编成了电影剧本，还为一家电影公司撰写其他题材的剧本。这个时候，他发现，"电影的艺术容量远远不如小说"，于是，从1965年开始，他茅塞顿开地找到了一种独特的叙述方式，找到了小说《百年孤独》开头的第一句话。十四个月之后，他完成了这部小说，1967年5月，《百年孤独》第一次出版，很快就引起了轰动，到处都是市场售罄、库存告急的消息，于是，《百年孤独》就不断地被加印。四十年来，这本小说的发行量有数千万册，光是2007年的"四十周年纪念版"就发行了一百万册。

关于《百年孤独》的写作和出版，加西亚·马尔克斯经历了一个异常艰难的阶段，在2007年《百年孤独》出版四十周年纪念版发行仪式上，他自己对此有着深情的描绘：

我从二十岁开始出书，三十八岁已经出了四本。当我坐在打字机前，敲出"多年以后，面对行刑队，奥雷里亚诺·布恩迪亚上校将会回想起父亲带他去见识冰块的那个遥远的下午"时……那段日子，我一分钱都不挣，梅塞德斯和我，外加两个孩子是怎么活下来的，这绝对能写本更好看的书。连我也不知道梅塞德斯是如何做到的，总之那几个月，家里天天都还揭得开锅。一开始，我们还不想走借贷这条路，后来心一横，终于头一回去了当铺。

先当了些零头碎脑的玩意儿，以解燃眉之急，后来又去当梅塞德斯多年来从娘家得来的首饰。当铺的专家就像外科医生那样严谨，对耳环上的钻、项链上的祖母绿和戒指上的红宝石一一用秤称、用"魔眼"看，最后，他像见习斗牛士那样立住脚不动，斗篷一甩，将首饰一股脑地抛还给我们，说："全是玻璃的。"

……

终于,一九六六年八月初,梅塞德斯和我去墨西哥城邮局,将《百年孤独》的定稿寄往布宜诺斯艾利斯。书稿打印在普通的稿纸上,双倍行距,共五百九十页,扎了个包裹。收信人是南美出版社的文学总编弗朗西斯科·波鲁阿。

邮局的人称了称包裹,算了算,说:

"八十二比索。"

梅塞德斯数了数钱包里剩的纸币加硬币,实话实说:

"我们只有五十三比索。"

我们拆开包裹,分成两半,先把一半寄去布宜诺斯艾利斯,剩下那一半,要怎么凑钱寄过去,我们心里完全没谱。后来发现,寄走的是后半部,不是前半部。钱还没凑够,南美出版社的帕克·波鲁阿("帕克"是弗朗西斯科的昵称)就迫不及待地想看前半部,给我们预支了稿费。

就这样,我们获得了新生。(《我不是来演讲的》,李静译,南海出版公司)

很久以来,伴随电影的诞生、电视的普及和电脑网络的发展,一些人以为,在20世纪下半叶这个多种媒介逐渐发达的时代,很难再看到那种动人心魄的、描绘历史场面广阔、结构宏大的用文字叙事的作品了。但是,1967年《百年孤独》的问世,改变了这些人的看法。《百年孤独》是20世纪最重要的长篇小说之一，它的出现，使"拉丁美洲文学爆炸"潮流成为世界瞩目的事件，反过来影响了欧洲和美国的一些作家，也极大地影响了最近三四十年的中国当代小说的发展。同时，凭借这部作品，加西亚·马尔克斯将一个神奇、美丽、动荡不安和光怪陆离的拉丁美洲的形象带给了全世界，也将小说创新的潮流推波助澜地引领到拉丁美洲大陆上，成为我所描述的20世纪"小说的大陆漂移"的最重要的一个环节。

《百年孤独》这部小说的篇幅不算很长，翻译成中文才三十万字，但是它的容量巨大。《百年孤独》一共分为二十章，它的开头十分著名："多年以后，奥雷良诺·布恩蒂亚上校面对行刑队，准会想起父亲带他去看冰块的那个遥远的下午。"在这句话中，过去、现在和未来，三种时间全都包括在里面了，因此，《百年孤独》中对时间的运用和处理是它的核心技巧。小说描绘了拉丁美洲一百年的历史，以布恩蒂亚家族六代人的经历和一代代人的独特命运作为叙述的主线，气魄宏大，人物众多，那些不断重复和互相很接近的名字使读者很难分辨清楚。这个家族的最后一代人是个怪胎，被蚂蚁吃掉了。同时，小说还描绘了象征整个拉丁美洲的马孔多小镇的兴衰史。马孔多，原来是一片无人的沼泽地，在迁居而来的人们的辛勤劳作下，这里渐渐变成了繁华的市镇，最后，它又在跨国资本的侵袭下遭到毁灭，飓风席卷了它，它在大地上消失了。在小说的最后，一场持续了四年十一个月零两天的暴风雨将马孔多重新化为了洪荒和虚无，暗示人类将在不断的循环和轮回中永劫往返。因此，这部小说带有创世神话和寓言的性质,在形式上形成了完美的封闭式内部结构。

《百年孤独》还写出了拉丁美洲的山川、河流、动物、植物、人的命运和面孔,光是涉及的动物就有四百多种。加西亚·马尔克斯虚构了一个家族的命运,来代表拉丁美洲整个大陆的命运。小说中描绘了大量神奇和带有魔幻色彩的细节与故事情节:一个被杀的人的血会流好几公里;一个姑娘会坐毯子飞上天空;有人死后能够复活,有的人死了却阴魂不散地继续纠缠着活人。小说中,死亡和生命、时间和历史成了混沌一片。由此,一种被评论家称为魔幻现实主义的文学风格也诞生了。《中国大百科全书·外国文学》对魔幻现实主义是这么解释的:"20世纪60年代拉丁美洲小说创作中出现的一个流派。其特点是在反映现实的叙事和描写中,使用或者插入神奇而怪诞的人物和情节,以及各种超自然的现象。"这个名词最早出现在20世纪30年代的德国,当时,一个德国文艺评论家在评论后期表现主义绘画的时候,用了这个词语。而早在1943年,古巴作家卡彭铁尔也提出了"神奇的现实"的文学观点,和魔幻现实主义有着异曲同工之妙。

但是,在加西亚·马尔克斯看来,也许根本就没有什么魔幻现实主义,他仅仅是把外祖母给他讲的故事和哥伦比亚的日常生活、民间故事和历史事件综合在一起,一股脑地写了出来,于是,就有了这么一个魔幻现实主义。所以,他从来都认为他写的是真正的现实主义小说,因为,拉丁美洲到处都是这样神奇和充满了魔幻色彩的现实:"在拉丁美洲的河流上,可以看到像人一样吃奶的海牛,雨有时候一下就是一个月,在热带雨林中,几天之后，草木就将所有大地上的痕迹覆盖成原始洪荒的状态……"

可以说，《百年孤独》这样一部关于拉丁美洲大陆命运的大书的出现，改变了世界文学的版图，把世界文学创新的增长点转移到了拉丁美洲这个经济并不发达、但是历史文化丰富和社会问题复杂的地区，加西亚·马尔克斯完成了一个巨大的历史使命，功不可没。这部小说也成为 20 世纪影响最大的小说之一，对中国当代小说的影响也很大。

1972 年，加西亚·马尔克斯出版了短篇小说集《纯真的埃伦蒂拉和她残忍的祖母——令人难以置信的悲惨故事》，收录了一些情节魔幻和夸张的、主题美丑兼备的小说。这些小说都是他的早期作品，修改了多年才结集出版的。其中，《纯真的埃伦蒂拉和她残忍的祖母——令人难以置信的悲惨故事》讲述了一个悲惨的故事：14 岁的小孙女埃伦蒂拉竟然被她的祖母卖到了妓院。而《巨翅老人》《世上最美的溺水者》是两则带有童话色彩的幻想故事，营造出一个完美的想象世界。但是其中不少小说，都有一种青涩之感，可以看到加西亚·马尔克斯早年学步阶段的影子。

三

在《百年孤独》之后，长篇小说《族长的秋天》是加西亚·马尔克斯最重要的作品之一，于 1975 年问世。这是一部反对拉丁美洲的独特产品——独裁者的小说。和《百年孤独》一样,《族长的秋天》也是一部奇书,全书不分章节,仅仅分为六个没有标题的部分。在这部小说中,加西亚·马尔克斯也没有使用写实的手法,而是研究了拉美历史上出现的很多独裁者的生平,把他们综合成一个带有象征意味的复杂形象。小说一开始,情节就十分离奇——大独裁者孤独地和成群的奶牛以及兀鹰生活在自己的深宫大院里,因为,他对一切人都不信任,他深深地生活在一种孤独之中:"到周末时,一些兀鹰会抓破了金属窗栅,从窗户和阳台飞进了总统府,拍击着翅膀,使总统府的内室里'停滞时期'的室闷空气震荡起来了……",这个独裁总统的形象,带有鲜明的滑稽和黑色漫画的色彩。总统非常害怕被暗杀,因此,很多年来,他都在不断地消灭自己的政敌,以及政敌的朋友,他采取了一系列残酷的手段清除政敌。他前后砍掉了九百一十八个下属官员的脑袋,为的是清除所有反对他的可能性;他连全国黑色的狗都不放过,因为,他曾经梦见黑色的狗是他的政敌变的;他有五千多个儿子,还有数不清的情妇,他仅仅是为了占有她们而从来都没有获得过爱情;他永远都一个人睡觉,甚至不断地变换睡觉的地点和时间;他母亲去世了,却要全国举哀一百天;他的儿子刚刚出生,就被封为少将军衔;最终,他死了,尸体被兀鹰所啄食,他的儿子也被猎狗吃掉了,人们终于迎来了独裁者倒台的那一天。

在这部小说中,独裁者的孤独是加西亚·马尔克斯刻画的重点,独裁者的孤独带有浓厚的象征意味,就像是拉丁美洲本身的孤独一样。这样的深刻立意，已经超越了这本书所能达到的边界。小说的语言风格狂放不羁、气势如虹、波涛汹涌，在一种荒诞、离奇、魔幻和匪夷所思的想象的氛围里，给我们塑造了一个难忘的独裁者形象。

加西亚·马尔克斯一直很关心拉丁美洲的独立和民族解放事业。1979年，他出版了报告文学《尼加拉瓜之战》，描述了他在尼加拉瓜的见闻。非虚构报告文学一直是加西亚·马尔克斯创作中的重要品种，这是因为，他觉得有时候非虚构作品在对现实问题的发言方面要更加有力。1986年，他出版了反映智利独裁者皮诺切特政权迫害持不同政见知识分子的报告文学《米格尔·在智利的地下行动》，这部作品成为他这类作品的代表作。

加西亚·马尔克斯的中篇小说《一桩事先张扬的凶杀案》发表于1981年，讲述了一桩由拉丁美洲的陈规陋习和愚昧闭塞所导致的悲剧：圣地亚哥·纳赛尔被事先到处张扬要杀他的兄弟俩给无辜地杀害了，而他们杀害他仅仅是因为没有人来阻挡他们的行为。小说的叙述节奏紧凑，在1990年还被中国女导演李少红移花接木地改编成了电影《血色清晨》。

1982年，加西亚·马尔克斯因"他的小说以丰富的想象编织了一个现实与想象交相辉映的世界，反映了一个大陆的生存与命运"而获得了诺贝尔文学奖，这一事情为万众所瞩目。而且，他的获奖似乎是众望所归的事，这么多年来，从来没有遭到质疑。诺贝尔文学奖被称为"死人之吻"，一般的作家在获得这个奖之后，往往再也写不出好作品了。但是，加西亚·马尔克斯是一个例外，1985年，他出版了长篇小说《霍乱时期的爱情》，再度使我们看到一个杰出作家的叙事才能。

在《霍乱时期的爱情》出版之前的几年里，加西亚·马尔克斯参与了电影《预兆》《蒙铁尔的寡妇》《我亲爱的玛丽亚》等的编剧工作，电影《预兆》还获得了西班牙圣塞巴斯蒂安电影节的大奖。长篇小说《霍乱时期的爱情》的出版，再次带给人们以巨大的惊喜，首版就印了一百二十万册，成为一大畅销书。我非常喜欢这部小说，因为，《霍乱时期的爱情》包罗万象地描绘了人间各种各样的爱情——忠贞不移的、举棋不定和首鼠两端的、同性的、转瞬即逝的和生死相依的，人类的各种爱情模式和花样，几乎都被这部小说涵盖了，它对人类情欲的展示和对无望爱情的守候的描述，无出其右者。据说，小说是取材于加西亚·马尔克斯父母亲的真实爱情经历，不过，在小说中，他做了最大程度的想象和美化，进行夸张和抒情性的描写，使父母亲的爱情生活生成为一部传奇。小说的主人公有三个，他们互相之间的关系持续了一生。加西亚·马尔克斯把一个情欲故事描绘成了波澜壮阔的爱情史诗。在小说的最后，男主人公阿里萨终于和他爱了几十年的女人费尔米娜在一条大船上相聚了，后来，这艘挂着标志船上有霍乱的黄旗的船，避开所有的骚扰，在有着人类般乳房的海牛的宽阔河流上，永无休止地来回航行，并不靠岸，只是为了守候主人公最后得到的爱情，这样的结尾荡气回肠，又令人潸然泪下。

《霍乱时期的爱情》是一部小说杰作，但加西亚·马尔克斯也有少许败笔，比如，他出版于1989年的长篇小说《迷宫中的将军》就不算很成功。这是一部以"拉丁美洲的解放者"玻利瓦尔为主人公的历史小说，小说将叙述的时间起点定格在1830年5月8日这一天，当时，他泡在浴缸里一动不动，侍卫误认为他已经死了，但是，这是玻利瓦尔陷入思考的方式之一。小说叙述了玻利瓦尔从这一天开始，一直到12月10日为止的长达半年多的活动，描绘了玻利瓦尔梦想在南美洲建立一个"大哥伦比亚共和国"的计划的失败，以及他失却权力之后的孤独和被病痛逐渐吞噬的绝望感。按说这是一个大题材，本该写得很好，但可能是因为他删得太多——定稿只有原稿的一半，或者，是他内心对拉丁美洲的解放者玻利瓦尔心存太多的敬畏，没有放开来，使小说显得比较单薄和空疏，容量较小，总体上不算成功，艺术成就和获得的影响远不如《百年孤独》和《霍乱时期的爱情》。

不过，加西亚·马尔克斯是一个在写作上精益求精的人，他喜欢反复修改自己的作品，觉得不到应该拿出来的时候，坚决不拿出来。1992年，加西亚·马尔克斯出版了短篇小说集《梦中的欢快葬礼和十二个异乡故事》，就是他从1975到1992年间写的很多旧作中挑选出来，经过不断地修改之后才出版的。这本书讲述了十二个在异国他乡的人的故事，是他在世界各国旅行中得到的灵感，十二个故事大都有些离奇和匪夷所思，依旧带有魔幻的特点。

1994年，他还出版了一部篇幅不大的小长篇《爱情和其他魔鬼》，翻译成中文在十万字左右，叙述了一个带有传奇和魔幻色彩的爱情故事。《爱情和其他魔鬼》把背景放到了17世纪的哥伦比亚，讲述一个侯爵的女儿在12岁的时候被疯狗咬伤，被各种治疗方法弄得奄奄一息，又被送到了修道院里，在驱魔术的折磨下死亡。多年之后，考古人员发现，这个小姑娘的骸骨依然完好，而且头发长到了二十多米长。

四

加西亚·马尔克斯总是一方面对历史充满想象的热情，一方面又对眼前的社会现实充满批判的精神。他对拉丁美洲存在的政治、经济、文化的弊病深恶痛绝，并直接以笔书写之。长篇小说《一起连环绑架案的新闻》就是这样的作品，它出版于1996年，是一部专门描绘哥伦比亚贩毒集团绑架记者的纪实小说。我们知道，哥伦比亚毒品贩卖集团是世界上最强的毒品犯罪集团，是哥伦比亚，甚至是美洲社会的毒瘤，连美国政府也很头痛。因此，怀有忧患意识的加西亚·马尔克斯不可能不对此有所观察。《一起连环绑架案的新闻》的写法比较传统，是加西亚·马尔克斯的非虚构文本系列里比较接近小说的一本书。它讲述了好几个记者接连被贩毒集团绑架的故事，对贩毒集团的所作所为进行了正面抨击。不过，我觉得这部小说因为有着太高的新闻性和纪实性，多少降低了小说的想象力和审美特质，有着巨大现实意义的同时降低了文学性。尽管如此，《一起连环绑架案的新闻》在加西亚·马尔克斯的作品序列里也不能忽视。

此外,加西亚·马尔克斯还出版了他和巴尔加斯·略萨的对话《拉丁美洲小说两人谈》(1966),和作家门多萨的对话集《番石榴飘香》(1982),随笔集《纪事与报道》(1976)、《海边文集》(1981)、《在朋友们中间》(1982),等等。1995年,在阿根廷的布宜诺斯艾利斯,上演了他写的唯一一部戏剧《爱情诅咒一个老成持重的男人》。2002年,他还出版了自传的第一卷《活着为了讲述》,这部自传精彩纷呈,洋洋洒洒,讲述了他的童年、家世,一直到1967年他出版《百年孤独》之前的那段艰难的人生岁月。这部自传他打算写三卷,但是,在1999年他被查出来患了淋巴癌之后,三卷本自传的写作进程就慢了下来。

进入21世纪之后,加西亚·马尔克斯的创作精力有所衰减,创作量开始下降,但是,他依旧存有老骥伏枥、志在千里之心,仍旧想向自己的写作极限进行挑战。2004年,76岁的加西亚·马尔克斯出版了一部小长篇《苦妓回忆录》,小说篇幅不大,只有一百零九页。这是一部向日本作家川端康成致敬的作品。因为,多年之前,他阅读川端康成的小说《睡美人》,觉得那是他读到的最动人的情爱小说。《睡美人》描述了一个老人喜欢和被药所迷的少女进行性爱,表现了老年人那种依旧对青春和生命的依恋。加西亚·马尔克斯的这部小说也涉及老年人的性心理和性状态,但是,有他独特的创造和升华。小说描述了一个即将进入90岁门槛的老男人,在面对一个14岁雏妓沉睡的身体的时候所迸发出的激情、怜悯、悔恨和幸福交织的复杂感情。最终,享用少女贞操的性爱没有成功,但是,老人的内心迸发了对少女的爱情。这可以看成是加西亚·马尔克斯对生命的留恋和对性爱的欢愉的怀想,尤其是当他自己也老年已至的时候。这部小说出版之后大受欢迎,大家都认为,加西亚·马尔克斯依旧活力非凡,宝刀未老。

在谈到这篇小说的缘起的时候,加西亚·马尔克斯说:"我重读的另外一本书是川端康成的《睡美人》,大约三年多来,这本书一直触动着我的心灵,它依然是一部美丽的作品,但是这一次我读了它却毫无作用,因为我要寻找的是关于老年人性行为的踪迹。但是我在书中找到的只是日本老人的性行为,那种性行为似乎和日本的一切东西一样古怪,当然和加勒比海地区老人的性行为毫不相干。当我把我的忧虑在饭桌上讲给家人听的时候,我的一个儿子说:'你再等几年吧,那时你会根据自己的经验弄明白的。'"(加西亚·马尔克斯《如何写一部长篇小说》)。我想,当加西亚·马尔克斯像他儿子所说的那样变得更老一点之后,他果然找到了老年人性行为的感觉,于是,就写出了这本小长篇。该小说获得了 2006 年美国洛杉矶时报设立的美国图书奖。2008 年,又传出他将出版一部修改了多年的爱情小说的消息,书名叫《我们相会在八月》,此书已经预告多年,据说它讲述了一个 52 岁的女人在二十三年婚姻中的生活,但是,后来又因故推迟了该书的出版。2009 年,传说他在写作一部关于古巴革命作品,时间的跨度超过了五十年。2010 年出版《我不是来演讲的》,收录了他从 1944 年到 2007 年的演讲名篇。

自《百年孤独》之后，加西亚·马尔克斯的小说一直畅销全球，雅俗共赏、引人注目，大家总是热切地期待着他的新作问世。他从来不媚俗，既有充沛的想象力和小说艺术创新的能力，又有直面社会现实和对世界热点问题的批判能力，就像挥舞着两把大刀的将军那样，他从不畏惧，所向披靡。他鲜明的批判性来自多年的新闻记者实践，他的独立知识分子的批判精神也是拉丁美洲作家中最有战斗力的。他不断地批判不义和不公的社会，对拉丁美洲、对他的祖国哥伦比亚本地的历史和现实，都做了毫不留情的批判，他还善于描绘像爱情这样的人类美好的基本情感，鞭挞政治独裁者，最终，他被塑造成拉丁美洲魔幻现实主义小说的大师。

据说，在 1990 年，加西亚·马尔克斯就悄然地来到中国上海，短暂的停留里，除了游览名胜古迹、观察当时中国的社会状况，他还收集了一些中文译本，这些译本都是他没有正式授权的"盗版"。对中国在加入国际版权公约之前出版了很多他的书，他一直很有微词，声称绝不将自己的版权卖给"盗版横行"的中国，这也就是中国读者在最近十多年很难读到他的新作的原因。我想，他是做出了一个非常错误的决定，因为受损失的不光是中国的读者，也包括加西亚·马尔克斯自己。

在"拉丁美洲文学爆炸"的整个大潮当中，阿斯图里亚斯、卡彭铁尔、胡安·鲁尔福、博尔赫斯算是第一代开拓者和奠基者，在他们作品的感召和影响下，更多的作家成为新一拨文学的弄潮儿，从而形成了在 20 世纪 60 年代彻底爆发的"拉丁美洲文学爆炸",改变了世界文学的版图,把世界文学创新的中心和焦点从北美洲带到了拉丁美洲。像卡洛斯·富恩特斯、加西亚·马尔克斯、胡里奥·科塔萨尔和巴尔加斯·略萨就是"拉丁美洲文学爆炸"的小说新主将,而围绕在他们周围的,还有数十位具有极大创新精神的作家,一起开创了一个文学的新大陆。因此,加西亚·马尔克斯因为描绘了一个大陆的孤独和奋斗,他的影响和贡献在整个 20 世纪后半叶至今都是巨大的。多年之后,瑞士《周报》评选的"在世最伟大作家"中,加西亚·马尔克斯名列第一。

文学本来没有冠军,但是,加西亚·马尔克斯却一直坐在冠军的位子上。

卡洛斯·富恩特斯：
文学大壁画——"时间的年龄"

一

在墨西哥1910年革命之后，墨西哥绘画领域出现了以奥罗兹科和里维拉为代表的"墨西哥壁画家"群体，他们雄心勃勃地将自己的艺术志向放到了受到欧洲人侵扰前的拉丁美洲古老艺术风格的当代复活上，在一些公共建筑上绘制了巨幅的、主题连续的壁画，创造出美术史上罕见的、强有力的绘画风格，几乎可以和欧洲文艺复兴时期以及任何人类艺术繁盛时期的艺术大师的作品相比拟。而在文学领域，自20世纪50年代开始，卡洛斯·富恩特斯（Carlos Fuentes, 1928—2012）就不自觉地在用西班牙语构筑自己的文学大壁画，以文学的表现形式，呼应了奥罗兹科和里维拉的"墨西哥壁画家"群体所追求的宏大目标。

卡洛斯·富恩特斯是我最喜欢的拉丁美洲作家之一，是20世纪墨西哥最杰出的小说家。他以五十多年的文学创作生涯和超过二十部长篇小说及其他数十种文学评论和随笔集，给我们带来了一个斑驳陆离、复杂而广阔的文学世界。这个文学世界中的长篇小说，被他称为以"时间的年龄"为总标题的小说世界。这个系列的作品，到21世纪，终于构成了还可以叫作"墨西哥的20世纪"的宏大壁画，在这幅壁画上，跃动着无数活灵活现、栩栩如生的墨西哥人，以及他们所创造的历史。

如果从这个角度来考察的话，那么卡洛斯·富恩特斯肯定是20世纪写出了超越墨西哥乃至拉丁美洲地域和历史的非凡作品的大作家，他的作品往往气势宏大、结构复杂、形式新颖、语言神奇，为人类未来小说的新发展提供了可能性。对于这一点，他自己说："时间是把我的文学作品连接起来的关键因素。我想象了它，我用一个总题目《时间的年龄》把它们连接在一起，共包括了二十一个题目，其中十四个我已写完。这是一部《人间喜剧》，这个计划在文学上已有先例（巴尔扎克），毫不新鲜：在我的《人间喜剧》里通行着自由的道路。我考虑的轴心就是时间。我认为，时间是小说主要关心的问题，通过这种关心可以传达它。我想传达我的时间观，这种时间观不是年代学上的概念，而是对时间的连续性结构的反叛。关于这种反叛，有人谈到过，比如捷克斯洛伐克的作家米兰·昆德拉。"这段话是卡洛斯·富恩特斯1994年接受记者的访问时谈到的。到2008年他80高龄的

卡洛斯·富恩特斯

时候,他的《时间的年龄》这部内部有联系的长篇小说群组,已经基本完成了。

由于说到了米兰·昆德拉,我在这里提供一点备忘:他在第一次读到卡洛斯·富恩特斯的长篇小说《我们的土地》之前,还一直以为自己是孤身在对小说中时间运用的复杂性进行探索的人,而很长时间以来,困惑米兰·昆德拉的问题就是如何处理小说中的时间。他始终认为,他是唯一一个把时间互渗的艺术手法运用到小说中的人,他不相信生活在另外一片大陆上、与他的经历完全不同的作家,也有着相同的美学观点。1968年,当苏联的军队驾驶坦克进入捷克首都布拉格之后,三个正在欧洲浪游的拉丁美洲作家胡里奥·科塔萨尔、加西亚·马尔克斯和卡洛斯·富恩特斯,悄悄地来到布拉格,专程看望了包括米兰·昆德拉在内的一些捷克作家,彼此建立了深厚的友谊。卡洛斯·富恩特斯在他的小说中将许多历史时间互相渗透,形成了独特的小说的时间美学和历史学,从此,也带给了米兰·昆德拉"同道不孤"的感觉。

卡洛斯·富恩特斯1928年11月出生在巴拿马城,他的父亲是墨西哥一位出类拔萃的外交官,当时正在巴拿马担任墨西哥驻外的外交官。可以说,卡洛斯·富恩特斯后来之所以成为视野开阔、成就卓著的小说家,和他的家庭出身与成长环境有着密切的关系。作为一个高级外交官的儿子,卡洛斯·富恩特斯从小就受到了很好的家庭熏陶,他可以跟随父亲在世界各地周游:少年时代,他接连到过北美、欧洲、拉丁美洲和亚洲的很多国家,在这些国家或旅游或学习。光是在华盛顿，他就待了九年，能够熟练地掌握英语、法语等多种重要的欧洲语言。1944年，16岁的卡洛斯·富恩特斯回到了墨西哥，不久，他就进入墨西哥国立自治大学学习法律，获得了法律学士学位。但是，法律似乎不是他最终的兴趣所在，他的兴趣在文学。卡洛斯·富恩特斯属于天才的文学少年，早在十二三岁的时候，他就开始在报刊上发表文学作品，这极大地鼓舞了他的文学写作热情。很快，大学毕业之后，他继承了父业，在墨西哥外交部开始了外交官生涯，同时，利用业余时间勤奋写作。

1954年，还不到26岁的卡洛斯·富恩特斯出版了自己的第一部短篇小说集《戴面具的日子》，获得了广泛的瞩目和好评，从此跃上了文坛。《戴面具的日子》一共收录了六个短篇小说，从风格上说，我感觉卡洛斯·富恩特斯受到了福克纳、加缪、胡安·鲁尔福等现代主义作家的巨大影响，所收录的六篇小说从题材上看，都是墨西哥的本土题材，显示了他很善于用现代主义的外壳包裹本土的地域文化特征，并加以想象的能力。比如，其中一篇小说《查克·莫尔》，讲述的是一个墨西哥浪荡子的故事。由于他不务正业，家道凋敝，到了一贫如洗的地步，走投无路，结果，墨西哥古代的阿兹特克文明造就的古印第安神话中的雨神查克·莫尔显形了，这给这个浪荡子以巨大的鼓励和启示，他从此改名为查克·莫尔，成为风雨之神的化身，开始在世间以另外一种面目生存。这个小说集中的其他几个短篇小说，诸如《佛兰德花园的特拉克托卡钦》等，都体现出他将墨西哥古老的神话传说和当代墨西哥生活相联系的努力,并且,他以神奇和幻想的方式,将历史和现实之间的时间打通,这成为他后来很多小说的写法。"时间"在卡洛斯·富恩特斯的笔下是一个核心的词语,他的所有小说都是关于时间的,他可以将时间并置、连通,时间不仅是连绵的,而且还是重叠的效果,创造出叠加的、斑驳的历史感,这为小说无限地扩大内部空间提供了新的可能性。

1958年,年仅30岁的卡洛斯·富恩特斯出版了自己的第一部长篇小说《最明净的地区》,从此一炮走红,确立了自己作为墨西哥一流作家的地位。我常常感叹卡洛斯·富恩特斯写作的宏阔和丰富,俗话说,"从小一看,到老一半",在这部长篇小说处女作中,卡洛斯·富恩特斯就展现了他巨大的文学雄心,那就是,他要去描写全部的墨西哥的文明、历史和现实。如此宏伟的抱负,在他后来的几乎每一部长篇小说中都有出现。《最明净的地区》翻译成中文有三十多万字,它可以说是关于墨西哥和首都墨西哥城的传记,也是一部20世纪现代墨西哥的命运的总结。小说的情节主干设定在1951年,却又不断地回溯到1910年的墨西哥资产阶级革命。小说是全景观的,结构和层次十分复杂,气势恢宏。小说的主要人物叫作罗布莱斯,他原来是一个穷困的佃农,在1910年的墨西哥资产阶级革命中加入起义部队里,经历了可怕的战争和流血岁月,见识了革命的残酷和历史的无情。进入墨西哥城掌权以后,他迅速地将那些破落资产阶级家族的地皮转卖,发财之后,又开始投身于工业和金融业,最后成为一个掌握了经济命脉的大银行家。但在20世纪50年代的股市上最终破产，他绝望地将自己的住宅点燃，把与外人偷情的妻子也烧死了，然后一个人躲到某个双目失明的女人家里隐藏了起来，依靠回忆生活，了此残生。而穿插在小说中的另外一个叙述的声音，是一个幽灵般的、不死的人西恩富戈斯，他是墨西哥20世纪上半叶的见证人，仿佛是古老的墨西哥神话传说中的人物，他半人半神，来往于墨西哥的传说时代和20世纪，不断地现身于墨西哥城的各个场景中，对各色人物发表议论，由此展现出非常复杂的墨西哥历史和现实。小说还塑造了一个诗人萨马科纳来作为知识分子的代表，他的精神苦闷和理想追求受到挫折，内心矛盾而找不到出路。这三个人物构成了小说的人物主骨架，然后，是无数次要人物的陆续登场，你来我往，生死无常，演出了一场跨度半个世纪的、多声部的关于墨西哥命运的大戏。

我觉得，《最明净的地区》这部小说的写作技法还深受乔伊斯的《尤利西斯》和福克纳的小说《我弥留之际》，以及美国作家多斯·帕索斯的"美国三部曲"的影响，不仅结构严谨复杂，在细节上，运用了大量零碎的场景描写、内心独白、意识流手法。他还将报纸拼贴和引文囊括进来，运用了类似摄影机不断移动变化的手法，通过摄影镜头的放大、闪回、切换、全景、定格等手段，将一个声音和形象都无比多样的墨西哥全盘端给了我们。读完全书，我甚至觉得，小说的真正主人公已经不是小说中的那些人物了，而是整个墨西哥城，是墨西哥城在发怒，在哈哈大笑，在战栗，在沉睡中呼吸。墨西哥城在三面环山的环境里，一直被历史的烟云覆盖,并且永恒地存在在那里,在黑暗的夜晚中漂浮。卡洛斯·富恩特斯在30岁的年纪就写出有如此宏大追求,结构、层次、意蕴都非常丰富的小说,因而成为20世纪拉丁美洲最受人瞩目的小说家,也是众望所归。

《最明净的地区》获得成功之后,卡洛斯·富恩特斯被激发出了巨大的创作热情,1959年,他又出版了自己的第二部长篇小说《好良心》,这部小说的题材仍旧是关于墨西哥的,有趣的是它的结构,前半部完全是古典现实主义的手法,结构严谨,描绘精确细腻、叙述扎实生动,可以看到19世纪那些伟大的欧洲现实主义作家狄更斯、托尔斯泰、司汤达等人的影响,描写了一个墨西哥外省青年海姆·塞瓦约斯试图反抗自己的中产阶级家庭,最后却在现实中失败的故事。但是,到了小说的后半部分,手法突然变成了现代主义的,驳杂多样的层次感就出来了,使得小说的后半部分在形式上似乎是对前半部分的戏仿和嘲讽,断裂和对照鲜明的文体共同存在于一本小说里,这说明卡洛斯·富恩特斯在创作这部小说的中途,发生了改变。我自己也有这种经验:一开始确定了某一部小说的叙述语调和结构,在写作的过程中,我可能突然会对已经定下来的小说叙述语调不感兴趣了,于是,我立即改变小说的结构和叙述方式、叙述语调,使小说最终变得和我刚开始的设想完全不一样。

卡洛斯·富恩特斯对自己的写作有着清醒的认识,他说:"过去的墨西哥小说——革命小说、土著主义小说和形形色色的写实小说,犹如中世纪的城垣一样包围着我,但是,我的故乡墨西哥城却像突然夷平了城垣和带吊桥的中世纪古堡在向四周扩张……它建立在姗姗来迟的巴洛克艺术的基础上,本来就缺乏节制。"因此,要描绘复杂的、不断扩张和斑驳陆离的墨西哥城和墨西哥的整个社会,传统的小说形式已经完全不合适了,必须要用新的形式来呈现,这就是《最明净的地区》大量运用现代小说技巧、《好良心》在结构和技法上前后部分不一样的真实原因。卡洛斯·富恩特斯不断地改变小说的轨道,把它引向了现代主义的道路。

二

《阿尔特米奥·克罗斯之死》(1962)是我最喜欢的 20 世纪小说之一,它标志着卡洛斯·富恩特斯的创作进入一个高峰。这部小说也是他最好的小说之一,他另外两部最好的小说,我认为是鸿篇巨制《我们的土地》(1975)和《与劳拉·迪亚斯共度的岁月》(1999),这几部小说构成了他五十多年写作生涯中的几座高大山峰。

《阿尔特米奥·克罗斯之死》是一部雄心勃勃的小说,一部一气呵成的、将小说内部的时间运用到炉火纯青地步的小说。从主题上看,这部小说实际上延续了《最明净的地区》中对墨西哥特性的探讨,对 20 世纪墨西哥历史的批判和挖掘,但是从表现形式和写作技巧上,则显示了卡洛斯·富恩特斯出神入化的艺术手法。《阿尔特米奥·克罗斯之死》是卡洛斯·富恩特斯1960年短期侨居古巴所写下的,这是一部意识流特征相当明显、却又充塞了大量的社会和历史信息的小说。这一次,和《最明净的地区》描绘外部世界的广阔相反,卡洛斯·富恩特斯把摄影机转向了人物的内心,进入人物复杂多变、微妙和如同洪水般流动的意识世界。小说的一开始,就是阿尔特米奥·克罗斯的弥留之际,然后,阿尔特米奥·克罗斯展开了自我回忆的大回溯:阿尔特米奥·克罗斯本来是墨西哥一个大资本家,他控制着新闻传媒业,成为巨头。现在,在病床上弥留的他开始回忆自己的一生。他本来是没有父母的孤儿,参加了革命军队之后成为军官,革命胜利了,他也拥有了土地,开始投身于政界,逐渐成为影响很大的政客和社会活动家,他的人格也越来越复杂,经由他的历史间接描绘了广阔的20世纪墨西哥的历史和变革的历程。仔细地阅读该小说,你会发现时间的运用是跳跃的,一共分了十二个大的段落,这十二个段落的时间顺序完全打乱了,小说的开始是1955年,但是紧接着就是1941年阿尔特米奥·克罗斯和美国人勾结、做生意的事情,然后是1919年主人公继承了一个富家女的财产的情况,接着,跳到了1913年他在部队里参加战斗的情况,以及与一个女人的性爱。然后,突然跳到了1924年,这一年阿尔特米奥·克罗斯当上了议员。就这样,卡洛斯·富恩特斯自由地、技巧娴熟地将主人公的回忆打乱,来模拟病人的思维,最后回到了1889年阿尔特米奥·克罗斯刚出生的时候,等于刚好是主人公从死亡到出生的一次回溯,但是中间却是跳跃叙述,以十二个大的段落，来展现阿尔特米奥·克罗斯一生中最重要的十二个片段，场景和时间不断地变化，带给读者缭乱的印象和丰富的感受。在表现手法上，卡洛斯·富恩特斯继续运用内心独白和电影蒙太奇等手法，不过显得集中而精确，语言如同奔流的河水，以病人的断续记忆带领我们跟随他的情绪流动，去经历他一生的岁月，也将20世纪前50年墨西哥的历史描绘了出来。阿尔特米奥·克罗斯这个人物的塑造非常生动形象，充满了立体感和复杂性，他残暴又温柔、冷酷又多情、忠诚又圆滑、令人尊敬又让人唾骂、既伟大又有些卑鄙。小说的叙述方式是交叉运用第一、第二、第三人称，顺时和倒时叙述不断交叉，三种时态，过去、现在、未来混杂在一起，而又不显得凌乱，让你在眼花缭乱的同时，感受到一个人和一个时代的斑驳陆离的全景观。因此，在这部小说中，卡洛斯·富恩特斯创造性地使用了经过他发展和改造后的现代主义小说技巧，将墨西哥的独特历史囊括其中。

《阿尔特米奥·克罗斯之死》的出版，使卡洛斯·富恩特斯获得了国际声誉，由此，拉丁美洲大陆作为新生的文学领域，被西方所强烈关注。一个墨西哥作家这么称赞这部作品："它写出了墨西哥的伟大，墨西哥的戏剧，以及它的贪婪吝啬，它的纯洁和温柔。"20世纪60年代是"拉丁美洲文学爆炸"的关键年代，正是在这十年里，以卡洛斯·富恩特斯的《阿尔特米奥·克罗斯之死》、科塔萨尔的《跳房子》、加西亚·马尔克斯的《百年孤独》、巴尔加斯·略萨的《绿房子》和《酒吧长谈》为代表的杰作纷纷出笼，世界文学的版图立即发生了变化：世界文学——假如真的有像歌德所希望的那种世界文学，那么，这种世界文学的中心开始转移到了整个美洲大陆，包括美国、加拿大和拉丁美洲地区的大陆。我认为，美国文学也是在20世纪60年代之后才进入更加丰富和多元、更加具有创造力、反过来影响欧洲小说发展的新阶段的。一片文学的新大陆诞生了，或者，像我说的那样，文学创新的新大陆"漂移"到了美洲的土地上，而在这个时期，相比之下，欧洲作家就开始逐渐失色了。

卡洛斯·富恩特斯顽强突进，继续扩大战果。《奥拉》出版于1962年，是卡洛斯·富恩特斯的中篇小说代表作。《奥拉》的灵感来自日本电影导演沟口健二的电影《雨月物语》，而沟口的电影又来源于中国明代的传奇《爱卿传》，讲述了一个时间与爱欲纠缠的耸人听闻的故事。它的主题是"过去在现实中继续，现实是过去的复现"：一个老女人利用古代秘方，继续保持青春少女的模样，一个男人向她靠近，进入她捕捉青春的圈套，但是，他感觉到自己拥抱的，竟然是一具散发死亡气息的衰朽老人的躯体。

《盲人之歌》（1964）是一部短篇小说集，收录了七篇小说，依旧带有卡洛斯·富恩特斯独特的将时间和传说、幻觉和神话、现实和梦境混合的风格，当代故事和历史再现的重叠，也是他一贯的拿手好戏。

对墨西哥特性的挖掘是卡洛斯·富恩特斯一贯的主题。1967年，卡洛斯·富恩特斯出版了两部长篇小说《神圣的地区》和《换皮》，这两部小说在卡洛斯·富恩特斯的小说系列里不算是最好的，似乎是他继续走向高峰的间歇和休息之作，在题材上有了调整。《神圣的地区》将视点缩小，放到了家庭的环境里，描绘了一个墨西哥电影女演员和她精神有问题的儿子的关系。小说不断地在母亲和儿子的视线之间转移，描绘了20世纪60年代墨西哥中产阶级家庭气氛和社会气氛。《换皮》在这一年的晚些时候出版，讲述了一个个人和世界冲突的故事：墨西哥大学一位教授和他的妻子、情妇一起，带着从德国到墨西哥的朋友，去游览墨西哥古老的乔卢拉神庙，结果，在这次游览中，他们之间的关系发生了变化，如同某些动物的换皮一样，四个男女轮流上床做爱。最后，男主人公被古老的金字塔倒塌给砸死了，以死亡结束了他们之间的关系。旅行在小说中是一种象征，象征他们想到达一个理想的地方，和理想与现实之间的冲突。小说也谴责了墨西哥知识分子的非道德化倾向，另一个潜在主题是墨西哥作为讲西班牙语的拉美国家和欧洲国家之间的文化关系，以及二战之后欧洲的政治局势对墨西哥的影响。《换皮》中的叙述角度非常新颖，有一个潜在的叙述者在不断地说话，同时，三种人称的单数和复数的叙述不断转换，显得繁忙和缤纷，但是并不感觉混乱。这就是卡洛斯·富恩特斯的过人之处了。《神圣的地区》和《换皮》这两部小说写得都很紧凑，从人和人之间的紧密关系入手，描绘墨西哥某个独特历史阶段的社会气氛，以及隐约受到遥远古老的美洲文化影响的现实。他的另外一部长篇小说《生日》出版于1969年，题材仍旧是将墨西哥古代印第安人的神话传说和当代墨西哥人的生活融会起来，通过两条并行的线索，将古代文化和当代生活做了一个对比。

卡洛斯·富恩特斯中年时代的长篇小说巨著《我们的土地》（1975）是他的代表作。在此之前，他的小说都和20世纪的墨西哥有关，但是，这部篇幅较大的作品则深入墨西哥遥远的历史中，还将视线扩大到整个拉丁美洲。这是卡洛斯·富恩特斯的小说中结构最宏伟、最复杂的一部，翻译成中文能够有六十万字，可惜一直没有中文译本。小说由三个互相联系的部分组成：古代罗马和墨西哥的比较、基督的故事和墨西哥神话中的羽蛇传说、西班牙帝国和美洲大陆之间的关系，是通过三个私生子来描述的。小说的很多场景在西班牙，作者似乎想把西班牙的历史和社会生活也囊括到这部小说里，故事主要围绕着西班牙君主费利佩二世建造的巨大陵墓展开，因为这幢建筑是16、17世纪西班牙的伟大符号，国王是秩序和威权的象征，他的统治残酷而严密，但是，有三个私生子以民主、自由和爱情的名义领导了持续的反抗，最终，一个古老的世界逐渐崩溃，而一个新的世界秩序建立起来，这个世界，就是欧洲资本主义的世界。小说的内部空间巨大，时间混杂，生死相通，有的人被国王处死了，但几百年之后，这个人又重新复活了，在小说中，死亡和生存不是对立的，而是并存的，正如米兰·昆德拉所极力赞赏的那样，小说中的时间和生死之间是没有界限的。同时，对历史的重现和复原，也是卡洛斯·富恩特斯着力要做的。

卡洛斯·富恩特斯说："每一部小说必须是历史的产物，都必须建立在历史的基础之上，同时又高于历史。"《我们的土地》

是他将时间和历史扭结成一个链条和圆环的尝试，小说将欧洲的西班牙、美洲的墨西哥和作者想象的世界并行放在一起，给我们带来了宏阔的视野和结构。小说最鲜明地呈现了巴洛克时代艺术的特征。针对这一点，卡洛斯·富恩特斯说："巴洛克就是一朵刚刚盛开的鲜花，其茂盛的程度使人感到：盛开之时就是成熟之日，美丽至极就是病变之开始。艺术与大自然相似，它们都憎恶空白，因此就填满一切空白。巴洛克拒绝延长空间。对于巴洛克艺术来说，生就是死，它的出现就是它的固定。因为它整个包括了选中的现实层面，完全填满这一层面，无法延伸或发展。"《我们的土地》以巴洛克艺术的驳杂和丰富，给我们展现了人类的广阔时间线索——古代希腊神话、《圣经》传说、墨西哥古代阿兹特克文化关于宇宙和人类的神话，成为他解释今天人类走向的基础和根源，可以说，这部小说是百科全书式的，以"旧世界""新世界"和"另外一个世界"来结构，把1492年哥伦布发现新大陆、1521年西班牙某地的公社社员起义、1598年西班牙国王腓力二世去世、1968年墨西哥镇压广场学生示威游行、2000年7月14日巴黎塞纳河畔怪象不断的一天这些时间点，都以时间圆环的方式连接了起来，带给我们关于历史和宗教、神话和传说、时间和人物命运的宏大想象。而在小说的结尾部分，2000年的最后一天，在巴黎忽然出现了末世景象：浓烟滚滚，四处都有烤焦了的人肉的味道，小说开头出现的男女主人公又出现了，世界上就剩下了他们两个人，他们生下来一个雌雄同体的怪胎，象征着新世界的诞生。我以为，《我们的土地》实际上在讲述以西方文明为基础的人类故事，卡洛斯·富恩特斯把欧洲、拉丁美洲和未来的时空混杂在一起，把西方文明以及古代美洲印第安人的神话传说交混起来，把现实和历史连通起来，自由地在人类文明中穿梭，告诉我们历史是循环的和永恒的，这就是小说中蕴涵的历史观。

《我们的土地》之后，卡洛斯·富恩特斯继续在各个方向上拓展自己的文学疆界，以艺术创新的勇气和毅力，不断地将墨西哥的历史、现实和古代文化的影响结合起来。

在长篇小说《海蛇头》(1978)和《遥远的家族》(1980)中，卡洛斯·富恩特斯继续对墨西哥特性进行探索，发掘墨西哥民族文化的渊源，所运用的小说技法也越来越成熟和复杂。我发现，卡洛斯·富恩特斯可以做到写每一部小说，都找到和题材相适应的新形式，以新颖的、大胆的形式来讲述他的故事，从而将小说的形式探索和内容完美地结合，也将"拉丁美洲文学爆炸"的成果继续扩大。

和美国的关系是墨西哥在政治、历史和文化上最重要的关系，1985年，卡洛斯·富恩特斯出版了长篇小说《美国老人》，它讲述了一个美国作家去墨西哥旅游，刚好碰上墨西哥的革命事件，在墨西哥他和一个女子相识并且恋爱，而这个女子又和比她年轻的一个墨西哥男青年有着爱情的关系，三个人演绎了一场与地缘政治、革命和性爱结合的关系。小说表面上是一女两男的爱情故事，实际上，卡洛斯·富恩特斯表达了墨西哥和美国复杂的文化和地理、反抗和依赖、抵触和互相需要的微妙关系。

长篇小说《克里斯托瓦·诺纳托》出版于 1987 年，这是一部带有幻想色彩的小说，卡洛斯·富恩特斯虚构了 1992 年即将发生在墨西哥的经济危机和政治动乱，表达了卡洛斯·富恩特斯对祖国的拳拳之心和担忧之情，以及他一贯以文学来关心现实的追求。

历史小说《战役》（1990）讲述了 19 世纪拉丁美洲的一个学习法律的青年，因为受到了法国思想家卢梭的影响，而和其他青年一起参加秘鲁革命军的故事。但是，理想最终不能替代现实，这个青年战死了，他的热情化为了战争中死亡的幽灵的哀怨。

长篇小说《狄安娜：孤寂的女猎手》（1994）风格上有些变化，从题材上说，完全是一部爱情小说，篇幅也不大，比较轻巧，是卡洛斯·富恩特斯对他一次爱情经历的小说化表达。在 20 世纪 60 年代，他曾经爱上了美国著名女演员琼·塞贝格，和她有过激情四射的甜蜜爱情，小说最后这段爱情以琼·塞贝格的神秘死亡而结束。小说还以 60 年代美国"越战"后爆发的示威游行和 1968 年墨西哥镇压学生运动的历史事件作为背景。

除了上述长篇小说，卡洛斯·富恩特斯晚近的小说中，最重要的是长篇小说《与劳拉·迪亚斯共度的岁月》（1999），这是卡洛斯·富恩特斯在世纪之交写出的又一部内容复杂的力作。我觉得，这部书和君特·格拉斯的《我的世纪》以及我国作家莫言的《丰乳肥臀》有着异曲同工之妙，当新千年即将来临时，很多作家都想通过文学来总结 20 世纪，君特·格拉斯、莫言和卡洛斯·富恩特斯就分别用《我的世纪》《丰乳肥臀》和这部《与劳拉·迪亚斯共度的岁月》,来作为他们回望20世纪的深情一瞥。

《与劳拉·迪亚斯共度的岁月》翻译成中文有四十万字,可以说是一部大部头。小说的主人公劳拉·迪亚斯是一位德裔妇女,她来到墨西哥,在岁月流逝中与众多的亲人和朋友生离死别,构成了命运无常的宏大交响。小说叙述的起点是1905年,共分二十六章,以2000年新千年的到来作为结尾,以这个欧洲裔墨西哥妇女近百年的经历,讲述了20世纪风云变幻的历史打在个体生命中的烙印。和小说中塑造的劳拉·迪亚斯这个坚韧的女性形象形成对比的是,小说还描写了一个类似智利独裁将军皮诺切特那样的独裁统治者,也是这部小说中令人难忘的人物形象。不过,在阅读中我体会到,和以往卡洛斯·富恩特斯的那些技巧复杂得令人眼花缭乱的小说不同,这部小说在叙述上非常扎实,似乎有某种向传统小说回归的趋向:小说的叙述时间线索是顺时针的,是沿着时间流逝的方向来叙述的,二十六个章节覆盖了整个20世纪,小说的地理背景也不断地变化,从德国到墨西哥、美国和法国,总之,不断地在欧洲和美洲之间变换场景,而人物的命运和遭遇也随之变化,劳拉·迪亚斯的亲人和朋友不断地出现,又接连消失,在苍茫大地上,他们的生命和死亡成了世纪的见证和脚注。这是卡洛斯·富恩特斯创作生涯中又一部史诗性的作品,小说的总体气质依旧是波澜壮阔的,他将个人的命运与政治、宗教、历史、艺术、哲学结合起来,以劳拉·迪亚斯这个特定人物的经历和存在状态,来见证墨西哥历史的风云变幻。

三

我喜欢那种老而弥坚的多产作家。卡洛斯·富恩特斯就是这样一个作家。进入新千年之后，越过了 70 岁门槛的卡洛斯·富恩特斯老当益壮，创造力丝毫没有衰退，佳作迭出，外界不断地传说他要得诺贝尔文学奖了。他的长篇小说《伊内斯的本能》出版于 2001 年，这是一部带有幻想色彩的爱情小说，讲述的是一个女高音通过一张照片就爱上了一个男子的故事。但是，女主人公不知道他是谁、他在哪里，于是，她通过幻想和想象来寻找他。小说在时间的河流里自由地游动，从遥远的过去到遥远的将来，将一个和爱本能有关的故事讲述得扑朔迷离，有一些早期的中篇小说《奥拉》的那种玄妙和幻想气质。

卡洛斯·富恩特斯想象力丰富异常，思考墨西哥的未来也是他的着力点。2003 年，卡洛斯·富恩特斯推出了一部新的长篇小说《鹰的王座》，这是一部带有幻想色彩的书信体小说，它讲述的是未来的墨西哥社会一些政坛人物的故事，他们互相通过写信来表达他们对当下的看法，由此构成了小说的文本。按照其中一个政客的话说，他们都是"以政治为食，以政治为梦想，为政治快乐和痛苦"的人，议会内政党的轮替，总统竞选以及前总统的影响等，构成了小说的情节和基本框架。小说背景设定在 2020 年，那一年，同 2001 年新千年开始时一样，墨西哥社会动荡不安，腐败现象日趋严重，经济上受到了美国的严重控制。墨西哥总统在新年到来之际，果断地向美国发起挑战，他宣布，如果美国政府不付给合理的价钱,墨西哥参加的石油组织就不向美国出口石油;同时,他还抨击美国政府武力侵占哥伦比亚,和美国决裂了。美国政府恼羞成怒,立即采取报复手段,致使墨西哥的通信卫星神秘地毁坏了,同外界的一切联系手段,包括电话、传真、因特网等全部中断,墨西哥陷入长达数月的与外界的隔绝中,人们只能采用书信、录音等办法和他人进行联系,于是,书信再次回到了人们的生活中。富恩特斯把小说的故事安排在这样一个不远的将来,充分发挥想象力,创作出具有幻想色彩和荒诞情节的小说,来和今天的墨西哥的现实对照,表达了他对墨西哥未来面临的和美国的关系以及石油与能源危机的忧虑。

卡洛斯·富恩特斯的短篇小说在数量上和水准上似乎无法和他的长篇小说相比,但是,仍旧带有他鲜明的艺术个性。在短篇小说集《戴面具的日子》之后,他还出版了多部短篇小说集:《烧焦的水》(1981);《康斯坦西亚和其他几篇处女小说》(1990)——这是包含了四个短篇小说的集子,四篇小说都和女性有关,她们在男人所掌握的世界里无法主宰自己的命运;《甜橙树或时间怪圈》(1993)则包含了五篇短篇小说,以盛产甜橙树的地中海地区为背景,讲述了西班牙对美洲的征服者科尔特斯的故事,五篇小说像五瓣橘子瓣一样互相联系和映衬,将墨西哥混血文化的特质描绘了出来。短篇小说集《水晶边境》(2000),由九篇小说构成,讲述了墨西哥和美国接壤的边境地带的偷渡造成的悲剧性故事。在2006年,他又出版了一部短篇小说集《一切幸福的家庭》,其中收录了十七个短篇小说,将墨西哥一些家庭的不幸和痛苦展示了出来，使我们看到，每个家庭其实都是有自己的秘密的。小说中的家庭里到处都是欺骗、痛苦、虐待、性暴力、冷漠和虚伪。可以说，卡洛斯·富恩特斯的短篇小说善于将细节和场景强调出来，带给人们深刻的印象。而且，他喜欢写一些主题类似的系列短篇小说，你既可以把它们当作一组短章构成的长篇小说来看，也可以把它们看成是系列短篇小说。

卡洛斯·富恩特斯是一个文学大师，一个全才，除了小说创作，他还写了好几个戏剧剧本：《独眼的是国王》（1970）、《所有的猫都是褐色的》（1970）、《想象的王国》（1971）、《月光下的兰花》（1982）、《黎明的庆典》（1991）等，这些戏剧带有现实主义和超现实主义的特征，有的戏剧非常有幽默感，从历史的题材和现实的素材里打捞到一些充满戏剧冲突的材料。2006年，他还出版了回忆录《68年一代》，回忆了他所处的"拉丁美洲文学爆炸"时期和拉丁美洲各国的作家们互相之间建立深厚友谊的过程。

在卡洛斯·富恩特斯的创作中，文学评论和随笔著作有着十分重要的地位，可以看出他雄厚的理论功底和文学批评素养。他主要的评论集有：《巴黎，五月革命》（1968）——这是写1968年法国红五月的社会运动的；《两扇门的房子》（1970）、《墨西哥时代》（1970）、《墨西哥的新契机》（1995）、《被埋葬的镜子》（1992）《墨西哥的五个太阳》（2000）等著作，都是从墨西哥的文化特性和与欧洲的文化联系入手，分析墨西哥的文化现实和前景；《西班牙美洲的新小说》（1969）是对20世纪60年代之前拉丁美洲新小说的介绍和判断；《〈堂吉诃德〉或阅读的批评》（1976）、《勇敢的新大陆》（1990）对拉丁美洲的印第安古文化、非洲文化和西班牙文化的交融进行了梳理，并对拉美大作家卡彭铁尔、加西亚·马尔克斯、科塔萨尔等人的作品进行了深入分析，对"拉丁美洲文学爆炸"的前因后果做了分析；在《小说的地理》（1993）中，他评论了博尔赫斯、写过杰作《人子》的罗亚·巴斯托斯和西班牙重要作家胡安·戈伊蒂索洛（写过《安全通行证》）等很多作家。

在卡洛斯·富恩特斯的著作中，《时间的肖像》（2000）是一本很特别的书。它是卡洛斯·富恩特斯为了纪念自己的儿子写的一本两人合著。到2009年，他已经81岁高龄了，却是白发人送黑发人：他的一个儿子和女儿都先他而去了，这使他觉得生命的脆弱和无常，必须要以回忆来书写离愁。后来，他又出版了一部十分精彩的、融合了回忆录色彩的随笔集《我相信》（2002），全书按英文字母排序列出四十一篇随笔，都是他对自己经历的20世纪中他所遇到的各种问题的思考，大部分是关于信念和哲学的思考。在这个集子里，弥漫的是一个经历了人世沧桑的老人对岁月的依恋、对旧人的怀念、对糟糕时代的批判、对未来的希望，等等。最终，他还是相信，他获得了一些值得他信赖的东西。该书获得了皇家西班牙学院文学奖，奖金可不少，有两万五千欧元。

说起获奖，卡洛斯·富恩特斯几乎是一个得奖专业户：他在1967年获得西班牙"简明丛书"文学奖；1977年获得了委内瑞拉"罗慕洛·加列戈斯国际小说奖",这是拉丁美洲一个非常重要的文学奖;1979年获得了墨西哥"雷耶斯"文学奖;此外,还获得了西班牙塞万提斯文学奖、阿斯图里亚斯王子文学奖等重要奖项,2008年,他还获得了西班牙首届堂吉诃德奖。对于这样一个无可争议的大师来说,我觉得,如果诺贝尔文学奖能颁发给他,只能说是他给诺贝尔文学奖增添光彩和加分了。2008年11月11日,卡洛斯·富恩特斯迎来了他的80岁生日,墨西哥特地举办了一系列的活动,来庆祝他的80华诞。同时,他的一出新歌剧也上演了,他的最新的大部头长篇小说《意志与财富》也预告要出版了。据说,这仍旧是一部雄心勃勃的小说,描绘了跨国资本对信息技术的垄断和人性在全球化时代的扭曲的新现实,说明他仍旧在继续绘制他那个题目为"时间的年龄"的文学大壁画。

卡洛斯·富恩特斯一直对小说的未来抱有信心,他说:"小说将人类重新带进历史。在一本伟大的小说中,主人公的命运被重新展示,而他的命运是其经历的总和。小说也是各种文化的一种介绍信,它们没有被全球化的浪潮窒息,现在敢于以前所未有的活力自我肯定……小说给我们提出了一种文字记载的想象空间的可能性,而它与真实世界的关联一点也不比故事本身要少。小说总是在不断地预示着一个新的世界,一幅即将到来的景象。因为小说家们知道在20世纪可怕的教条主义暴力之后,故事已经变成了一种可能性,而永远不再是一种标准。我们认为已经了解了这个世界。而现在,我们应该去展开想象了。"

卡洛斯·富恩特斯以巨大的勇气和宏大的气魄，以巴尔扎克为师，以不断创新的艺术手段作为武器，以"时间的年龄"为总体构想，创作出二十多部长篇小说、多部短篇系列小说，描绘出 20 世纪拉丁美洲人的生存和历史的境遇图。的确，卡洛斯·富恩特斯具有犀利的社会批判能力，他不断创造出幻想、历史、现实和神话结合起来的作品，以巴洛克艺术风格的多变和复杂，创造出一幅幅繁花似锦、光怪陆离的小说大壁画，在 21 世纪这个大众媒介时代，我很难相信，还会有像卡洛斯·富恩特斯这样有宏大的抱负、企图囊括历史和整个时代的全部面貌，将时间与历史打通，在时间中自由穿梭的作家出现，谁还愿意花这么大的力气，去画这么宏伟的历史和时间的文学壁画？我真的有些悲观，因为，在眼下电子媒介逐渐占上风、到处都是信息垃圾和碎片的后现代与全球化的社会里，卡洛斯·富恩特斯代表那种正在消逝的文化背影和一个伟大的文学传统，这个传统也许不会再回来了。

马里奥·巴尔加斯·略萨：
小说建筑师

马里奥·巴尔加斯·略萨（Mario Vargas Llosa, 1936— ）获得了2010年诺贝尔文学奖，并不像有些媒体所说"爆冷门"，他一直在最可能获奖的核心名单里，只不过他被连续提名二十年了，老是不得，别人就以为不给他了。那一年，我就预测西班牙语作家获奖，我心目中有两个作家，一个是墨西哥的富恩特斯，另外一个就是马里奥·巴尔加斯·略萨。看来我的感觉还比较准。因为前几届都是英语、法语、德语作家获奖，这次肯定要轮到西班牙语等其他语言的作家了。综观诺贝尔文学奖得主，接近七十个人都是英语、法语、德语和西班牙语的使用者，你就明白，诺贝尔文学奖，主要是一个欧洲文学奖。所以，落到中国作家头上的可能性注定很小。

我还看到很多媒体称是"略萨"获奖,这是不对的,"略萨"是他父亲或祖上的名字,应该称呼他"马里奥·巴尔加斯·略萨",或者至少称"巴尔加斯·略萨"才比较准确。距离加西亚·马尔克斯1982年获奖二十八年后,马里奥·巴尔加斯·略萨才再次为拉丁美洲作家赢得了荣誉。加西亚·马尔克斯的表态是"我们一样了"。他们俩过去的关系曾经特别好,巴尔加斯·略萨还写过评论加西亚·马尔克斯的一本书,叫作《加西亚·马尔克斯:一个弑神者的历史》,这是他出版于1971年的博士论文,长达四十万字,对同辈加西亚·马尔克斯的作品,尤其是《百年孤独》进行了深入探讨和分析,并且给予了非常高的评价。有意思的是,后来他们还打了一架,加西亚·马尔克斯被巴尔加斯·略萨打肿了眼睛,因为,加西亚·马尔克斯提醒巴尔加斯·略萨的妻子,当心她丈夫在外面拈花惹草,结果巴尔加斯·略萨怒不可遏,找加西亚·马尔克斯打架。很长的时间里,两个人交恶了。多年以后,巴尔加斯·略萨出版新版全集的时候,才再次收入了《加西亚·马尔克斯:一个弑神者的历史》,这说明两个人到了老年,握手言和,友谊恢复如初了。

巴尔加斯·略萨特别关心政治,他的大多数作品都和政治有关,但又是文学的绝妙表达。他曾在秘鲁竞选总统,和藤森对决,差点就能当上总统。但他代表的是秘鲁的中产和资产阶级,后来败于特别招穷人喜欢的藤森手下,于是再次投身写作。后来,他移居西班牙,还加入了西班牙国籍,可以说,马里奥·巴尔加斯·略萨拥有西班牙和秘鲁双重国籍。他几次来到中国,对

马里奥·巴尔加斯·略萨

中国态度友好，洽谈版权都很大度，因此，光我搜集到的他的各种中文版本就有三十多种。不像加西亚·马尔克斯及其代理人的态度那么严苛。

巴尔加斯·略萨获奖，将使我们重新把注意力放到拉丁美洲文学上，那是一片至今还活力四射的文学热土，并不断地培育着未来的文学大师。

在真实和谎言之间

马里奥·巴尔加斯·略萨认为，小说是谎言中的真实，真实中的谎言——它在谎言和真实之间，与二者只差那么一步："缩短小说和现实之间的距离、在抹去二者界线的同时，努力让读者体验那些谎言，仿佛那些谎言就是永恒的真理，那些谎言就是对现实最严实、最可靠的描写。这就是伟大小说所犯下的最大的欺骗行为：让我们相信世界就如同作品中讲述的那样，仿佛虚构并非虚构，仿佛虚构不是一个被沉重地破坏后又重建的世界，以便平息小说家的那种本能——无论他本人知道与否——的弑神欲望（对现实进行再创造）。"这段话是进入马里奥·巴尔加斯·略萨小说世界的关键性的一把钥匙。

马里奥·巴尔加斯·略萨被认为是当今在世的最伟大的作家之一。1936年，他出生于秘鲁，家庭比较富裕，但他父亲在他还在母亲肚子里的时候，就因为家庭矛盾负气离家出走了，到他11岁的时候,父亲才回来担当起自己的责任。因此,马里奥·巴尔加斯·略萨从小是在自己的母亲家族中长大的,受到的呵护和培养,都是来自母亲家族的亲人们:他的外祖父母、几个舅舅和他的妈妈。父亲的归来使他感受到来自父权的压力——1950年,父亲强迫14岁的他进入一所军事学校学习,认为只有这样才可以培养儿子的男子汉气,摆脱母亲家族带给他的女人气。就是这所军纪严格到可怕的军校的生活,彻底改变了马里奥·巴尔加斯·略萨后来的人生道路。那是一所刻板僵化、没有民主和学习气氛的军校,而且还腐败和军纪涣散。1953年,17岁的马里奥·巴尔加斯·略萨进入了圣马科斯大学,攻读文学和法律专业,并且开始了自己的文学写作。1957年,他上大三下学期的时候,写了一篇短篇小说《挑战》,投寄到法国一家杂志,获得了该杂志举办的征文奖,奖品是他可以免费去法国旅行一趟。他如愿以偿了,这次远赴欧洲的一个月的旅行,开阔了他的视野,使他看到法国文明的绚丽和自己祖国的贫穷与落后。这一年,他出版了一部不为人注意的短篇小说集《首领们》,小说集收录了他最早创作的几个短篇小说,包括《来访者》、《首领们》(这是一篇描绘一群街头混混互相进行暴力斗殴、并争夺街区霸主的故事),以及后来发展成长篇小说的《绿房子》等。1958年他大学毕业,和一些人类学家、地理地质学家一起,前往秘鲁的内陆原始森林地区考察了一次,获得了很多创作素材。很快,他又获得了西班牙马德里大学的奖学金,前往西班牙继续读书,于1960年获得了文学博士学位。毕业之后,他前往法国巴黎,一边在一家新闻机构工作，一边大量阅读法国文学，为自己即将展开的文学写作全面积累学养。这个时期，他在巴黎陆续结识了或侨居或旅行在那里的拉丁美洲小说家阿斯图里亚斯、卡彭铁尔、博尔赫斯、科塔萨尔、富恩特斯和马尔克斯等人，他们互相砥砺，互相支持，后来共同成为"拉丁美洲文学爆炸"的主将。

1962年，巴尔加斯·略萨在西班牙发表了他的第一部长篇小说《城市与狗》，小说单行本于第二年正式出版，获得了西班牙"简明丛书"奖。这部小说以他曾经就读的莱昂西奥·普拉多军校为背景，用现实主义的手法描绘出一个被暴力所统摄的环境：军事学校在社会达尔文主义的法则统领下，对学生严加管教。而学生们则在非人道的环境里，只有像狗一样警觉、好斗和温驯，听从严格纪律的约束和专制训练下的教导，才可以获得生存权。这是马里奥·巴尔加斯·略萨感到非常不适应的地方。他敏感地察觉到，秘鲁的军事当局正是通过这种强行的扭曲式训练，造就着他们需要的那种没有独立人格的军人，来巩固政权。他觉得正是这种学习环境，戕害了秘鲁少年学子们的心灵，使学生们信仰弱肉强食，并且暴露出人性的丑恶。小说在写法上已经露出了后来他擅长的复杂结构的端倪，以多个层次、场景的对话和描述，展开了多条线索。这部小说的批判性非常强，书刚一出版就遭到了秘鲁军方的抗议，那所军校为此专门开了一个声势不小的批判会，批判马里奥·巴尔加斯·略萨的这本书，还在学校的大操场上当众焚烧了一千多册《城市与狗》，来表达对这本书的愤怒。有两个将军在发言中痛斥马里奥·巴尔加斯·略萨是一个白眼狼和大逆不道的混蛋，是一个卖国者和危险的赤色分子。就这样，《城市与狗》惹了祸，但是，马里奥·巴尔加斯·略萨本人却一鸣惊人，影响更大了。其实，从古到今，在文学史上可以看出来，任何当权者只要对一部小说加以批判、禁毁，结果恰恰是使这部小说更加有名，这是一个铁定的规律，但是某些愚蠢的当权者就是不明白这个道理，仍旧在不断地禁书，结果必然就是禁书的更加广泛的流传和更加著名。为什么马里奥·巴尔加斯·略萨会写作《城市与狗》这样的小说呢？他不惹祸不行吗？他说："拉丁美洲的作家必须首先是政治家、鼓动家、改革家、社会评论家和伦理学家，然后才是创作家和艺术家。"这说明，在一开始的时候，他就把自己的写作定位到社会性和批判性的位置上了，相比较而言，文学性和艺术性倒在其次。不过，我们也不能完全相信他说的话，因为，他在小说的叙述艺术上的探讨和别具匠心也是一以贯之的，他从来都没有把文学的艺术性和技巧放到次要的位置。从《城市与狗》开始，马里奥·巴尔加斯·略萨就以小说为武器，不断地对秘鲁的社会现实和历史进行毫不留情的批判，同时，在小说艺术上精益求精、大胆创新，创造出了独树一帜的结构现实主义小说这么一个品种来。

那段时间，马里奥·巴尔加斯·略萨一直在欧洲侨居，他发现远距离观察秘鲁会使他更好地描写秘鲁。1964年，他悄悄地回了一趟秘鲁，专门去秘鲁北部的丛林地区实地考察，看到了一个更为广阔的秘鲁社会丰富的现实生存景象，为他将短篇小说《绿房子》改写成同名长篇小说继续积累着素材，加上1958年的那次对秘鲁内陆原始森林地带的考察,使他觉得自己能够写一部很棒的小说了。

1966年,30岁的巴尔加斯·略萨出版了长篇小说《绿房子》。这是一部雄心勃勃的小说,在小说的结构上,他第一次充分使用了后来被命名为结构现实主义的复杂表现手法,小说如同一座复杂的建筑,一共分了五条线索,讲述秘鲁北部一座叫皮乌拉的城市四十年来的发展和变化。小说的时间跨度和容量都不小,五条线索被巴尔加斯·略萨切成了细碎的小块,然后按照一定的时间,分别镶嵌到小说的叙述经纬里。总体上,小说主题是描绘了皮乌拉城的发展,它原来是一个具有原始气息的小镇,最终发展成了一座现代化的城市。在这个过程中,欧洲老牌的殖民主义者和西班牙冒险家们相继在这里活动,并且对当地的印第安土著进行了掠夺和残杀。小说中的五条线索分别是:一、孤儿鲍尼法西亚的故事,她和一个叫利图马的男人的婚姻以及她后来被迫当妓女的情况;二、妓院"绿房子"的创始人安塞尔莫的一生和这个妓院的兴衰史;三、巴西籍逃犯、冒险家伏屋的一生;四、四个流氓的故事;五、当地的土著琼丘族印第安人首领胡姆对入侵者的反抗与失败。五条线索以平行的方式,铺展开小说叙述的进展,但其主要叙述线索是妓院"绿房子"的兴衰,以此象征秘鲁社会的兴衰。这五条线索互相交织、映衬和反射,能够多个角度、多个侧面地,像万花筒一样来叙述,充满了悬念的设置、精彩的细节和互相映衬的情节与对话,使读者能够清晰地了解故事的发生、发展和人物命运的变化,共同营造出一个由时间的流逝、地点的转换、人物命运的起伏、社会的巨大变迁等构成的秘鲁多姿多彩的现实和历史画卷,在跨越时空之中,获得一种斑驳陆离的关于秘鲁的整体印象。

马里奥·巴尔加斯·略萨的这部小说,可以说广阔地描绘了秘鲁北部地区几十年的历史和现实生活,将秘鲁社会的矛盾、历史的变迁和人性的复杂性反映了出来,是一部结构完美并具有原创性的小说。他也凭借这部小说在20世纪60年代中获得了和加西亚·马尔克斯等几个"拉丁美洲文学爆炸"主将齐名的地位,这部小说好读耐看,雅俗共赏,受到了读者的热烈欢迎,获得了秘鲁全国长篇小说奖、西班牙批评文学奖、委内瑞拉"罗慕洛·加列戈斯国际小说奖"等奖项。

结构的方法

马里奥·巴尔加斯·略萨成名了,他意气风发,成为拉丁美洲西班牙语新小说爆炸的主将。1966年,巴尔加斯·略萨到英国的伦敦大学担任教职,1967年,他和加西亚·马尔克斯一起完成了一部对话录《拉丁美洲小说两人谈》,两个人针对自己的创作和拉丁美洲作家的创作,谈到了很多既广泛又深入的问题,为后来"拉丁美洲文学爆炸"的命名进行了铺垫。与此同时,在《百年孤独》出版之后一年多,1969年,巴尔加斯·略萨也出版了他最好的小说之一:长篇小说《酒吧长谈》。这本书是巴尔加斯·略萨所写的篇幅最大的小说，在结构和叙事技巧的运用上，也达到了炉火纯青的地步。

《酒吧长谈》这部小说翻译成中文有六十万字，是一部巨著了。马里奥·巴尔加斯·略萨雄心勃勃地通过这部小说打算去描绘秘鲁的整个社会生活。他选择了1948年到1956年秘鲁的奥德里亚将军独裁统治时期，作为小说故事发生的时代背景，隐藏着他反对任何军事独裁的政治主张。小说中有两个最主要的人物，一个是绰号叫"小萨特"的记者，他是作者本人的化身，另外一个人物，是给独裁的军政府要员当司机的安部罗修，他们两个人在一个名叫"大教堂"的酒吧里进行的谈话成为贯穿全书的主要叙述线索。而在他们之间的谈话中，其他被他们谈到的场景、人物、矛盾纠葛，纷纷以故事套故事的方式登场，以同步的形式展现出来，这是小说的一大特色，如同一串糖葫芦那样，一个个由故事和场景构成的完整的"小糖葫芦"，在叙述主线的贯穿下，生动和饱满地被组织在一起，构成了一个完美的整体。在这部小说中，巴尔加斯·略萨把结构现实主义的特殊结构和多层次的叙述手法运用到了让人匪夷所思的地步。比如，他创造出一种对话的"通管法"，即在小说中可以让五个场景中的人同时进行对话，而不加以解释和提示，但不会使读者混淆对话者，从而获得了共时性和空间并置的画面感。于是，空间展开了，时间也平面地展开，场面逐渐地宏大、复杂和广阔起来，整个社会的人和事都被囊括进来了。小说塑造了近百个秘鲁社会现实中的人物形象，分别代表了秘鲁特定历史阶段的各个社会阶层的人，大到最高统治者、军事当局的独裁者和一群蝇营狗苟的政客,小到贩夫走卒和鸡鸣狗盗之徒,以及普通的、忙于生存的老百姓,给我们描绘出如同古代罗马帝国斗兽场一样的秘鲁社会的本质——在这个由社会达尔文主义法则所统摄的国家里,到处都在进行着生存权利的竞争,残酷而充满了激情、暴力而充满了欲望的勃勃生机、野蛮但又呈现了五光十色的人性表现,正是这些,构成了小说本身的复杂、多层次,也构造了拉丁美洲的秘鲁神奇的社会现实和历史。

马里奥·巴尔加斯·略萨是一个多才多艺的多面手,不仅会写小说,而且善于从文学理论上加以总结。1971年,他出版了自己的博士论文——长篇文学评论《加西亚·马尔克斯:一个弑神者的历史》。在"拉丁美洲文学爆炸"期间,一些拉美作家互相建立了深厚的友谊,他们毫不保留地溢美同道、赞美同行,比如,在富恩特斯、马尔克斯、科塔萨尔、巴尔加斯·略萨、何塞·多诺索等作家那里,我看到了一种难得的友情和互相的鼓励,这种现象值得关注。正是他们的互相肯定、提携和赞扬,最终,他们作为一个在20世纪后半叶改变了人类文学潮流流向的作家群体,引起了全世界的关注,将小说发展的生长点和爆破点引领到了拉丁美洲,改变了文学的世界版图,给20世纪的小说流变增添了最精彩的一章。

对于马里奥·巴尔加斯·略萨热切关心和批判社会现实这一点,也有评论认为,马里奥·巴尔加斯·略萨是"拉丁美洲的德莱塞",德莱塞是20世纪初期美国著名的批判现实主义小说家，代表作品有"金融三部曲"、《珍妮姑娘》等，他的小说篇幅巨大，激情满溢，充满了对美国资本主义社会的激烈批判。可以说马里奥·巴尔加斯·略萨和他在社会批判的深度和广度上很相似。但是，马里奥·巴尔加斯·略萨在叙述艺术，尤其是小说结构艺术上的探索和发现，是德莱塞所无法比拟的。德莱塞在小说叙述上没有花样，像一个莽撞的粗汉，而巴尔加斯·略萨则像一个精巧地编织叙事艺术的能工巧匠。

1973年，马里奥·巴尔加斯·略萨出版了长篇小说《潘达雷昂上尉与劳军女郎》，这是一部带有黑色幽默和滑稽荒诞色彩的讽刺小说，批判秘鲁军队的丑恶是锋芒毕露的，在结构上继续进行了多个方面的探索。小说讲述一个叫潘达雷昂的秘鲁陆军中尉，因为忠于职守而获得了提拔，但是，上司交给他一个机密任务，要他带领一个劳军军妓团，前往一个强奸案不断发生的秘鲁内地的军队驻扎地，去进行慰劳。当潘达雷昂上尉率领劳军军妓团前往那个强奸案件多发的地方之后，他恪尽职守地、圆满地完成了任务，但这个事情忽然败露了，一时间社会舆论大哗，新闻媒体也热烈鼓噪，社会舆论全部都将矛头指向了军方将领，连潘达雷昂上尉的妻子也生气了，一怒之下离家出走了。最后，是让人同情的潘达雷昂上尉承担了全部责任，他被发配到遥远的高原地区服役，而劳军女郎中的几个妓女则被握有权势的将军和随军的神甫据为己有了。这是小说的主线，小说还安排了一条副线，讲述一个极端的宗教组织"方舟兄弟会"的故事。这个团体认为世界末日即将来临，号召信徒把自己送上十字架，就可以赎罪并且获得拯救，结果却导致了骚乱。这是小说的两条主干线，在每条线索中的每一个章节，巴尔加斯·略萨都使用了他拿手的结构方法——他运用了电影蒙太奇手法、摄影机眼手法、对话通管法，将多个场面发生的事情平行地进行叙述，画面感非常强，营造出一种立体的效果，使小说带有漫画色彩和强烈的讽刺精神，读起来令人忍俊不禁。这部小说触怒了秘鲁军政府当局，被禁止在秘鲁发行。

但是，巴尔加斯·略萨才不管这个呢，他身在欧洲，不会遭到秘鲁军政府的迫害和打击，他的西班牙语小说可以在除了秘鲁的很多国家发行。1975年，他出版了一本扎实的文学评论著作：《永远纵欲：福楼拜与〈包法利夫人〉》，分析了法国大作家福楼拜的小说艺术贡献。他精力充沛，创作力旺盛，声誉日盛，1976，年仅40岁的巴尔加斯·略萨就当选为第四十一届国际笔会的主席，1977年，他又出版了带有自传色彩的长篇小说《胡利娅姨妈与作家》，引起了轰动。《胡利娅姨妈与作家》以一个轻松、诙谐的爱情故事，又穿插了因为欲望导致各种不同命运的十个小故事，一起展现了欲望的魅力、欲望的陷阱、欲望的迷茫和欲望的熄灭的故事。这部小说一共二十章，单数章、也就是第一、三、五、七等章，讲述了作家（实际上就是他自己）和他的姨妈谈恋爱的故事——结果，他的亲戚们坚决反对，他们不得不私奔到外面同居，中间又穿插了一个剧作家的兴衰史。而双数的章节，也就是第二、四、六、八等章，则穿插了十个独立的、耸人听闻的社会性短篇故事，把20世纪50年代发生在秘鲁的各种各样的奇谈怪论和奇怪的事情，以小故事的形式镶嵌在小说中，形成了一个立体的、丰富的画面，广阔地展现了秘鲁社会的多个层面。而和比自己大 14 岁的姨妈恋爱，是在马里奥·巴尔加斯·略萨 18 岁的时候，他和他的姨妈胡利娅有了一次热烈奔放的恋爱。作为拉丁美洲人，巴尔加斯·略萨的性格热情奔放，当时，他还在军校读书，为了摆脱一些鳏夫的纠缠，他姨妈就让小马里奥·巴尔加斯·略萨经常陪她去看电影、外出逛街，没有想到的是，鳏夫倒是都摆脱了，他们两个人之间却产生了忘年恋：一个是少年不识忧愁的滋味，一个是少妇成熟如桃花盛开，干柴烈火无法分开了。两个人在大家的反对声中，跑到外地一所教堂，秘密办理了结婚手续。不过，数年之后，他们还是分开了，但成就了一段爱情佳话。有趣的是，后来，他的胡利娅姨妈看到他写的这部小说，感到十分不满，认为他没有写出事实的真相，她也写了一本长度相当的纪实小说《作家与胡利娅姨妈》，从自己的角度对她和马里奥·巴尔加斯·略萨的"不伦之恋"做了解释，可我觉得她的文笔比巴尔加斯·略萨的那本小说差远了，读起来干巴巴的，只是一些事实的罗列，一点都不生动。不过，这两本书互相对照着读，也很有趣。

马里奥·巴尔加斯·略萨喜欢不断地拓展小说的题材。1981年，他出版了长篇历史小说《世界末日之战》。小说描绘了一场发生在 1896 年巴西腹地的卡奴杜斯农民起义的过程。这个题材，19 世纪的巴西作家达·库尼亚曾经写过一本长篇小说《腹地》，这本书出版于 1902 年，在 1959 年就出版了中文译本。既然有作家根据这个题材写过一本名著了,为什么巴尔加斯·略萨还要写这么一本书?他是想借古讽今。因为,当初这场农民起义所反映的社会矛盾,在20世纪的拉丁美洲依然广泛地存在,大庄园主阶层和广大的种植园农民之间的矛盾一直没有解决好,因此,马里奥·巴尔加斯·略萨说:"卡奴杜斯起义的悲剧,就是拉丁美洲国家现实的总结。"他写这部小说,想的是用当代眼光来重新打量那场意义重大的农民起义。《世界末日之战》的篇幅比较大,翻译成中文在五十万字左右,在写作手法上则回到了现实主义,只是在局部运用了一些内心独白的技法。可以说,马里奥·巴尔加斯·略萨写的这部小说,就像是给我们绘制了一幅关于拉丁美洲历史的宏大壁画。对这部小说,我的评价不高,因为,在写作手法上,巴尔加斯·略萨擅长的复杂的结构方法都不见了,他创新的勇气退缩了,本来,我想他一定是想写得简洁生动,回到讲故事的老路上,回归传统现实主义小说的风格,但是,这部小说在叙述上过于老实了。如果我们对那场起义的历史不感兴趣的话,那么,这本在形式上过于平庸的小说,就很难引起阅读的兴趣了。

整个20世纪80年代里,除了《世界末日之战》,他还出版了四部长篇小说:《狂人玛伊塔》(1984)、《谁是杀人犯?》(1986)、《叙事人》(1987)、《继母颂》(1989),基本上是以两年一部的节奏来出版的。但是,我感觉这几部小说都不是他最好的小说,只是每一部在局部上有一些突破,整体上比较平庸。《狂人玛伊塔》描绘了发生在20世纪50年代秘鲁一座小城市的起义事件，而奇怪的是，起义的人只有两个：一个是印第安人玛伊塔，另外一位是一个陆军少尉，他们的起义"部队"则是六个中学生。就这几个人，进行了一场有些像今天的行为艺术般的滑稽的"起义行动"。但在这部小说中，让我惊喜的是巴尔加斯·略萨又回到了现代主义小说的技巧上，强调了叙事的多重技巧和形式感，以内心独白、意识流的手法，通过摄影机眼般的调度，从很多侧面来描绘这两个带有空想色彩的冒险家的起义行动，最后以失败告终，表明了无政府主义在拉丁美洲很难成功的观念。小说采取的是侧面角度，通过一个后来的叙事者，不断采访当年发动起义的玛伊塔的亲戚、朋友、邻居、同志，将这个狂人的童年、少年、青年，一直到他组织武装起义的过程写出，以其他人的眼光来塑造一个人的成长。在最后一章，狂人玛伊塔本人现身了，叙述人和他进行了对话，却发现这个别人眼里的狂人已经变成了另外一个人，一个平庸而消沉的隐居者。

《谁是杀人犯？》是一部篇幅不长的长篇小说，翻译成中文在十万字左右，巴尔加斯·略萨回到了他一贯喜欢的题材：攻击秘鲁的军政府和军队，因为他一贯反对军人执掌政权。这部小长篇讲述了一桩发生在军队里的乱伦和谋杀的丑闻，当两个警察终于揭开了事件的真相之后，当事人开枪自杀，两个警察却被调到其他地方去了。《谁是杀人犯？》在巴尔加斯·略萨的作品中属于小制作，在技巧上有些侦探小说的形式感，除了对话精彩，没有更多的惊喜。相对于《谁是杀人犯？》的单薄，长篇小说《叙事人》就厚重一些，篇幅在十六万字左右，这部小说的情节有些像《绿房子》的续篇，带有浓厚的人类学味道。小说的题目叫"叙事人"，是因为，在拉丁美洲亚马孙河地区的原始森林深处，一些原始部落中有一种讲故事的人，叫作"叙事人"。逢年过节，这些"叙事人"就到各个村子里给大家讲述神话、故事、习俗和他们自己的生活。因此，在这部小说中，"叙事人"这个角色十分重要，他是双重的，指的既是小说本身的讲述者——一个人类学研究专家，同时，也是那些亚马孙河森林地区原始部落的讲故事的叙事人，两个叙事人统一了。小说依旧是结构现实主义的风格，分两条线索，一条是讲述叙述者如何认识了一位在亚马孙河流域进行调查的人类学家的故事，另外的一条线索，则是叙述人讲述的亚马孙河深处森林里原始部落的那些神话传说、历史、寓言和社会习俗，作为第一条线索的材料和补充，形成了互相映衬、互相举证的关系，显得非常扎实。《叙事人》的成功之处在于，它以大量的拉丁美洲人类文化学的材料作为基础，叙述视点独特，内容繁杂，可以说是一部厚重的文化小说，与他那些猛烈抨击军事独裁政权的社会现实主义小说相比是大异其趣。这部小说还使我想起来阅读卡彭铁尔的《消失了的足迹》的感受，两部小说有着异曲同工之妙。

和现实的缠斗

马里奥·巴尔加斯·略萨和现实的关系紧张而密切，可以说，他一生都和拉丁美洲、和秘鲁的社会现实缠斗在一起。他积极地参与政治活动，作为一个秘鲁出生的影响巨大的名人，他还参加了秘鲁总统的决选。为此，他成立了政党"自由运动组织"，他的竞选纲领是想以私有化、法制化和自由化的方式来改造当代秘鲁社会。但是，在日裔秘鲁人藤森和他之间，秘鲁人最后投票选择了藤森，他失败了，因为他代表的是秘鲁资产阶级和上层中产阶级。这场持续了三年的政治选战，耗费了他大量的时间和心力，也让他体验到了政治在操作层面的困难和复杂。我想，之所以出马竞选总统，一直坚持到和藤森的决选并最终失败，这和他作为作家的理想主义色彩与秘鲁腐败丛生的社会现实之间的巨大落差有关。而秘鲁人民似乎也不喜欢一个长年居住在欧洲的作家来实际领导他们的国家——写小说是一码事儿，当总统又是另外一码事儿。而竞选对手藤森也巧妙地攻击他，说他写过污蔑国家军队的小说《城市与狗》和色情小说《继母颂》，这是犯罪，以至于在竞选过程中他的人身安全都受到了威胁，竞选失败之后，他又重新回到了文学写作当中。

20世纪90年代之后，进入老年之境的马里奥·巴尔加斯·略萨对社会批判的锋芒有所淡化和收敛，性爱成了他的小说的重要主题。早在1988年，他出版了篇幅比较小的长篇小说《继母颂》，小说的性描写和性关系引起了很大的争议。之后，他在1997年又出版了其续篇《情爱笔记》，描述一桩带有乱伦色彩的三角情爱的故事。小说中大胆的性爱探讨和令人惊异的情节，着实让卫道士们害怕和恼怒。不过，我感觉这两部小说的艺术性也有所减弱。1993年,他出版了长篇小说《利图马在安第斯山》,直接将笔锋指向了活跃在秘鲁山林里很多年的左翼游击队"光辉道路",分析了这个左翼运动的成因。小说中出现了一个叫利图马的人,这个人物在小说《绿房子》里就出现过,这一次,是利图马在安第斯山里与"光辉道路"游击队打交道了。以暴力革命为主旨的"光辉道路"游击队制造了不少暴力事件,在小说中被一一描述,显示他的政治关怀的激情从来都没有减退过。他在猛烈抨击与美国跨国资本结合的右翼资本家势力的同时,也批判了国内走暴力革命道路的左翼游击队,因此,这本书两面不讨好,受到了来自左和右两个方向的夹击。但是,作为一个独立思考的作家,他不管这个,他必须要发出自己的声音,认为只有谈判和妥协才是共赢之道。

2000年,马里奥·巴尔加斯·略萨出版了自己的第十三部长篇小说《公羊的节日》,小说取材于多米尼加共和国的独裁统治者特鲁埃略的真实故事,塑造了一个复杂的独裁者形象。特鲁埃略1930年发动了军事政变上台,统治多米尼加三十一年,到1961年5月被刺杀身亡。巴尔加斯·略萨以这个独裁统治者为原型,创造出他更为复杂的文学形象,描绘了诞生独裁者的拉丁美洲特殊的社会土壤和历史条件,也塑造出更多造就了独裁者的普通公众的心理环境。小说在结构上采取了两条线索加散点透视的笔法,继续他在叙述上的立体实验:一条线索描述暗杀独裁者的暗杀小组的成立过程和最终的行动实施,另外一条线索则描绘独裁者特鲁埃略和一个被他占有的少女之间的故事,两条线分别从外部世界的行动和独裁者特鲁埃略的私生活入手，塑造出一个内心多层、形象复杂的独裁者形象，为拉丁美洲的"独裁者小说"这个独特的小说系列增添了一部新的杰作。小说出版之后，获得了很大的成功，不过，特鲁埃略的后人很生气，他们威胁要杀死"污蔑"了他们的先辈的巴尔加斯·略萨。但巴尔加斯·略萨似乎毫无惧色，还谈笑风生地出席了在多米尼加举行的这本书的首发仪式，并没有人真的来暗杀他。

在小说的题材上，马里奥·巴尔加斯·略萨一直不断地开拓着新的创作空间。2002年，他出版了长篇小说《天堂在另外那个街角》，讲述了后期印象派画家高更的故事：高更是一个传奇性人物，有一天，他忽然放弃了自己的舒适生活，一个人跑到遥远的一座海岛塔希提岛上，和当地的土著人毛利人生活在一起。小说分成两部分，交叉叙述高更和他的祖母的故事——高更的祖母是一个社会活动家，也是女权运动的积极活动家。把这两个有亲缘关系的人放到一起来讲述，使我们看到了高更多面的人生，感受到了一种奇特的艺术魅力。

2006年，马里奥·巴尔加斯·略萨出版了一部篇幅不长的小说《坏女孩的恶作剧》；2010年11月，他又推出了一部小说力作《凯特尔人之梦》，小说是根据爱尔兰历史上一个真实的人物罗杰·凯斯门特的经历写成。罗杰·凯斯门特曾经在非洲和拉丁美洲生活，写了不少关于非洲土著和拉丁美洲亚马孙地区的土著在殖民主义统治下的悲惨生活的文章，在欧洲引起了很大反响，他生于1864年，死于1916年，是最早意识到殖民主义的罪恶、最具有人道主义情怀的欧洲人之一。马里奥·巴尔加斯·略萨的这部小说，以他作为人物原型，书写了欧洲和非洲以及拉丁美洲在殖民主义时代里复杂的历史和文化纠葛。

马里奥·巴尔加斯·略萨还写有《达克纳的小姐》（1981）、《凯蒂与河马》（1983）、《琼加》（1986）、《阳台上的疯子》（1993）等多个剧本，出版了随笔集《顶风破浪》（1983）、《水外鱼》（1991），收录了他零散地发表在报刊上的文学评论。他最著名的文学评论集是《谎言中的真实》（1990），这本书收录了他对20世纪很多重要作家的代表作品的评论和分析，显示了他很高的文学理论修养。此外，1997年，他还出版了一部系统地研究小说叙事艺术的书信体著作《中国套盒：致一位青年小说家》，从小说的形式、语言、结构等各个方面探讨了小说技巧方面的探索和未来的可能性。他的回忆录《水中鱼》（1993）则回忆了他从11岁再次见到父亲之后，一直到1990年他竞选秘鲁总统失败的人生经历，回忆了他的家人、写作和社会活动等各个方面的生活。2009年，他出版了纪念乌拉圭小说家胡安·奥内蒂的文学论著《向着虚构旅行：奥内蒂的世界》。

马里奥·巴尔加斯·略萨是当今最受瞩目、最活跃的西班牙语小说家，他获得了西班牙塞万提斯奖、美国海明威文学奖、以色列耶路撒冷文学奖等很多文学大奖，也是诺贝尔文学奖的得主。从生存状态来看，长期以来，他一直在欧洲侨居，主要住在西班牙和英国伦敦。他的书以西班牙文出版，能够在西班牙和拉丁美洲很多国家销售，但是，他本人很少回到祖国秘鲁。他在远离祖国的地方，书写关于祖国的故事，这使他受到了争议和批评，毕竟，这样做很安全，但是失去了和祖国母体的真切联系。为了回应秘鲁对他的批评，后来，他干脆加入了西班牙国籍，成为一个拥有双重国籍的作家。我想，这是拉丁美洲作家的一个独特的优势：他们用西班牙语写作，书也可以卖到拉丁美洲的很多国家，还没有生命危险，就可以获得世界性的影响。

从 20 世纪小说史来考察，马里奥·巴尔加斯·略萨最主要的贡献，就是他对小说的结构和叙述形式的探索成果。在 20 世纪现代主义先驱们所开创的叙述道路上，比如，在詹姆斯·乔伊斯、多斯·帕索斯等人在小说的结构和叙述方式的探索影响下，他又锐意进取，大胆地向前走了一大步，创造出更加丰富和立体的小说结构与叙述方法，以结构和叙述的立体化实验，成功地将拉丁美洲的独特历史和现实的丰富画面描绘了出来。他的小说题材广泛，大都聚焦于拉丁美洲复杂的现实，以无畏的文学写作，加入"拉丁美洲文学爆炸"的潮流中，猛烈地批判当代秘鲁社会的弊端，书写出小说发展史上的一个新传奇。

阿斯图里亚斯:"伟大喉舌"

一

米格尔·安赫尔·阿斯图里亚斯(Miguel Ángel Asturias, 1899—1974)属于"拉丁美洲文学爆炸"潮流的开创者和奠基人那一代,和博尔赫斯、卡彭铁尔、胡安·鲁尔福等人共同掀起了现代主义文学在拉丁美洲的勃兴。正是有了这四位作家,作为一块具有创造活力的、反过来可以影响欧洲、亚洲和北美作家的文学大陆,拉丁美洲才在20世纪小说大陆板块的漂移和碰撞中浮现出来。

阿斯图里亚斯1899年出生在危地马拉城,父亲是当地一位有声望的法律工作者,由于有着法律至上的信念,曾经遭受危地马拉独裁者的迫害。母亲是一位老师,因此,小阿斯图里亚斯的家庭成长环境充满了人文气息。为了躲避当权者的排挤和迫害,父亲离开首都,带领全家来到危地马拉的内陆地区工作,而那里的农村和山地都是穷乡僻壤,交通不便,居住着大量的土著印第安人。于是,阿斯图里亚斯从小和那些印第安人来往,对他们的口头传说、宗教信仰、感情世界和日常生活十分熟悉。1907年,父亲带着一家人重新回到了危地马拉城,感到政治气氛更加压抑,心灰意冷,于是,就把所有的希望都寄托在阿斯图里亚斯的身上。阿斯图里亚斯中学毕业后,按照父亲的愿望,进入危地马拉大学法律系攻读法律,一边刻苦学习,一边利用假期的时间,多次到人口占危地马拉总人口一半的农村印第安人居住区进行实地调查,最终写出了一篇优秀的学士学位论文《印第安人的社会问题》,论文的大量调查数据说明了危地马拉矛盾的根源在于社会不平等。这也说明,阿斯图里亚斯从一开始就是一个关心社会、直面现实的作家。

1923年,24岁的阿斯图里亚斯凭借那篇优秀论文所获得的奖学金,离开了危地马拉,前往英国留学,在伦敦待了一段时间,觉得自己丧失了对法律的兴趣,他又来到法国,在一位考古学家的指导下,开始找到新方向——研究古印第安文化,并且根据法文译本,用西班牙文重新翻译拉丁美洲的古代神话著作《波波尔·乌》,并且从中找到了文学的写作方向。《波波尔·乌》这本书,是拉丁美洲印第安基切族人流传下来的古老的神话传说经典,它讲述的是拉丁美洲人的起源和发展。翻译这部拉丁美洲土

阿斯图里亚斯

著神话传说的经典，使阿斯图里亚斯获得了从外部重新审视拉丁美洲本土文化的视角和眼光。同时，他根据掌握的民间文学材料，开始了自己的文学写作。

1930年，居住在法国的阿斯图里亚斯用西班牙文创作了他的第一部文学作品《危地马拉传说》，在马德里出版。这是一部带有人类学和民间传说特征的故事集，收录了危地马拉人关于火山、财宝、创世的神话故事，展现出一个充满神奇、魔幻、原始和怪异色彩的拉丁美洲。这本书使一些欧洲作家对他刮目相看，他们敏感地觉得，一个大作家诞生了。阿斯图里亚斯还和同一时期流亡在巴黎的古巴作家卡彭铁尔一起创办了文学杂志《磁石》，主要发表一些带有超现实主义特征的实验作品，团结了一批拉美青年作家。

1933年，阿斯图里亚斯回到祖国危地马拉，这期间，他一边从事新闻工作，一边写作诗歌和长篇小说。1937年，他出版诗集《十四行诗集》，收录了他早期创作的一批韵脚独到的诗作。后来，随着危地马拉的政权更迭，政局朝着有利于知识分子的局面发展，也给了他施展才华的机会。他开始从事外交工作，出任危地马拉驻阿根廷和墨西哥使馆的外交官。1946年，在墨西哥，他出版了长篇小说《总统先生》，一鸣惊人。

《总统先生》是20世纪上半叶拉丁美洲出现的很重要的一部作品，是拉丁美洲"反独裁者小说"中最好的一部。阿斯图里亚斯写这部小说用了很多年，一开始定的名字是《政治乞丐》，因为，他看到西班牙作家巴列因克兰的一部描绘独裁者的小说《暴君班德拉斯》，受到很大启发，也想写一部关于拉丁美洲独裁者的政治小说。于是，阿斯图里亚斯以危地马拉的独裁者卡布雷拉为原型，创作了这部名声很大的小说。独裁者卡布雷拉统治危地马拉长达二十二年，在1920年倒台。而阿斯图里亚斯记忆里的少年和青年时光和这个独裁者有关，他后来不得不以流亡者的身份在欧洲居留也和他有关，那些年危地马拉社会的沉闷、恐惧、压抑和黑暗的气氛，也是独裁者卡布雷拉造成的。除了以卡布雷拉为原型，阿斯图里亚斯还综合了拉丁美洲，特别是危地马拉历史上其他的独裁者形象，融会贯通之后，创作出这部小说。

《总统先生》的风格带有明显的漫画色彩，人物多少也有些扁平，小说的情节是虚构的，小说中的国家也是模糊的，看上去，大致像是某个中美洲国家，人们隐约觉得他写的是危地马拉，里面的独裁者是卡布雷拉，但是又不能真正对号入座。整部小说共分为三部分，以时间作为每个部分的题目，比如，第一部分的题目是"四月二十一日，二十二日和二十三日"，第二部分是"四月二十四日，二十五日，二十六日，二十七日"，第三部分的题目则是"几星期，几个月，几年"，叙述时间由前两个部分的一天二十四小时，变成了突然拉长的按照星期、月和年为单位的时间叙述。这样的结构，使小说在叙述时空上显得绵长有力。小说讲述了该国总统的一个亲信、陆军上校被一个乞丐杀死所引发的连环政治动荡。这个案件十分蹊跷，为了调查案件，总统捏造了一些证据，说是自己的政敌干的，并且悄悄设置了一个消灭政敌的陷阱，最后，政敌果然陷入圈套被杀死了，而政敌手下的人也一哄而散,溃不成军。"总统先生"在小说里的形象是残忍、狡诈、诡计多端的,带有黑色漫画的色彩。他就像一个巨大的黑影,笼罩在国家和人民的头顶,利用暴力和国家机器,在人民的心里制造出恐怖的阴影。这么一个暴君和两面派,是拉丁美洲文学中很少出现的形象,其现实意义和文学意义都十分巨大。小说中的独裁者生活在一个荒诞的世界里,他和自己的手下一边制造着恐怖事件,一边又生活在荒诞的幻觉里,害怕被推翻,于是就寻欢作乐。

从这部小说可以看出,阿斯图里亚斯敢于直面拉丁美洲特殊的社会现实,他认为,文学必须要有批判和介入社会现实的能力。因此,《总统先生》的出版,一时震惊了拉丁美洲文学界和大众读者,获得了很高的评价,即使到今天,把很多拉美作家写的关于独裁者的小说放到一起来看,这部小说也是十分独特的,这不光是因为它出版得早,还因为它写出了独裁者诞生的历史、文化和社会的土壤,写出了独裁者的复杂性和内心世界。另外,从文学技巧上来看,《总统先生》很擅长运用口语和对话,十分生动自然。阿斯图里亚斯采取的,还不完全是现实中的对话,他运用大量的内心独白、对话和意识流,将一个人的言语,内心的声音和外部的说话,都呈现出来,将主观的感觉和客观存在,将梦幻手法和对社会现实的摹写结合起来,创造出一种不同于过去现实主义小说的新小说。

当时,评论家还没有想好如何给他的这种写法命名,到他的长篇小说《玉米人》出版之后,他就被戴上了一顶魔幻现实主义的帽子，开始声名远播、响彻拉美了。

二

长篇小说《玉米人》出版于1949年，是阿斯图里亚斯的重要代表作。这部小说是他利用自己对古代美洲印第安人文化和信仰体系的研究、对他们日常生活和现实生存的了解，花了三年时间写出来的。从结构上看，这部小说更像是一部拼贴起来的故事集，以不同的侧面来映射出整个结构，讲述了六个人的故事，每个故事本身是独立的，但主题是统一的。小说有两个层面的叙述，一个层面是描绘印第安人的世界观、生死观和信仰体系，另外一个层面，就是描绘这些印第安人糟糕的现实生存境遇。当代拉丁美洲印第安人，在殖民主义和本土独裁者接连压迫统治之下，过着贫困、压抑、朝不保夕的生活。《玉米人》深受拉丁美洲神话经典《波波尔·乌》的影响，将印第安人的创世传说纳入其中，因为，在古代玛雅人看来，人是不分生死的，万物是有灵魂的，人和动物、植物是可以不断地以转世的方式存在下去的，印第安人还认为，人是玉米做的，人死了，就会变成玉米，玉米被人消耗之后重新变成人。小说的六个片段拼合在一起，形成一幅拉丁美洲历史和传说的壁画长卷，使我们看到了危地马拉广阔的社会现实和神奇魔幻的印第安人的心灵世界。而在印第安土著们的信仰体系背后，是阿斯图里亚斯对他们生存境遇的强烈关注——在20世纪40年代,危地马拉军政府对这些印第安土著采取了掠夺和不信任的政策,使得这些土著的生存环境恶劣,连基本的人权都无法保障。但是,他们仍旧能从自己的神话传说中找到一个安放灵魂的天堂。

在《玉米人》中,最令人惊奇的,我想就是阿斯图里亚斯对印第安人文化习俗、宗教信仰和现实生存几个方面的书写。他以结构现实主义加魔幻现实主义的手法,巧妙地结构了整部小说,使作品看上去就像一块七巧板,互相连接、互相映衬、彼此参照,然后形成一个整体,将拉丁美洲的社会现实和历史文化展现出来。小说中出现了危地马拉的很多社会场景,地点在转换,出场的几十个人物也不断地活动其间,他们在自己特殊的信仰体系下生存,梦幻和现实互相连通,物质世界和精神世界混淆。

这部小说提出了一个很重要的问题,那就是拉丁美洲的印第安人问题。自从西班牙和其他欧洲殖民主义者"发现"美洲之后,拉丁美洲的土著印第安人就遭到了灭顶之灾,文化被毁灭、生命被消灭、生存被压制。他们过去是这块土地的主人,后来竟成了欧洲入侵者的奴隶,成为下层贫民。小说的表现手法非常有感染力,阿斯图里亚斯以他生花的妙笔,描绘出我们过去根本不熟悉,甚至是无视它存在的印第安人的精神世界,他们的信仰令人新奇,然后,你获得的就是新奇之后对印第安土著的同情。

阿斯图里亚斯用《总统先生》和《玉米人》这两部长篇小说,奠定了他在整个拉丁美洲20世纪小说史中的地位,这两部小说也充分体现出他以文学介入现实、以文化映照现实的创作态度,同时,他写的又是一种文化小说,是从更深的层次来把握和理解拉丁美洲现实的现代新小说。

三

《总统先生》和《玉米人》获得很大成功之后,在接下来的岁月里,阿斯图里亚斯又完成了长篇小说"香蕉三部曲":《强风》(1950)、《绿色教皇》(1954)和《被埋葬者的眼睛》。这三部小说在主题上十分统一,都是反对美国资本主义对拉丁美洲的掠夺性开发,写作手法则基本上是现实主义风格。阿斯图里亚斯在这个三部曲中,并没有使用他已经得心应手的魔幻现实主义手法,因此,从小说的艺术性上来看,这三部作品比不上《总统先生》和《玉米人》,但是也不能忽视。因为此时的阿斯图里亚斯扮演的,是时代的喉舌这个角色。

在小说《强风》中,他写的是美国的果品公司对拉丁美洲一些海岸国家的经济入侵,以及一些小的香蕉种植园与美国跨国大公司之间的矛盾和对抗。小说的主人公是一个怀有平等和博爱心的美国人莱斯特,他一个人来到危地马拉,组织当地的农民种植香蕉,成立了一家小公司,准备和有国际财团支持的美国大公司相对抗,企图将经济利益的天平向当地的香蕉农民倾斜。于是,他单枪匹马地组织当地农民和"绿色教皇"——一家控制世界香蕉贸易的美国跨国公司做斗争,但最终是螳臂当车,胳膊扭不过大腿,他们在竞争中失败了,这个叫莱斯特的美国人也在一场突如其来的飓风中和妻子一起丧生了。一个心肠好、能吃苦的美国人,在帮助危地马拉香蕉农民的斗争中,就这么失败了。小说描述了一个美国人在拉丁美洲的悲剧结局,以此来映照拉丁美洲香蕉贸易的受控现实。

小说《绿色教皇》则将叙述转向了另一个视角,讲述另一个美国人汤姆森的故事。和莱斯特的理想主义相反,汤姆森是一个唯利是图的现实主义者。他在危地马拉利用各种手段,不断地扩大地盘,侵占香蕉农民的土地,最后,因为拥有大片的香蕉园而被称为"绿色教皇"。但是,他的巧取豪夺最终导致了当地农民的反抗和暴力起义,而他爱着的一个混血姑娘,也在准备和他结婚的前夕投河自尽了,这导致他在个人生活和香蕉生意上的全面失败,代表美国跨国资本主义势力的"绿色教皇",不得不收敛自己的行为,后来被起义的农民杀死。

小说《被埋葬者的眼睛》以一则印第安传说作为故事情节的出发点:如果一个印第安人在下葬的时候眼睛是睁着的,那么,他只有等到复仇之后、正义得到伸张,才可以最终合眼。这一次,阿斯图里亚斯将小说的视点转向了面对美国香蕉果品公司的大举入侵而全面觉醒的农民,着力塑造了一个乡村女教师的形象,她和另外一个平民一起,组织农民反抗,最后,他们杀死了"绿色教皇",在罢工浪潮中成为一股巨大的力量,将美国香蕉果品公司赶走,而和美国公司勾结的拉丁美洲独裁政权,也垮掉了。

"香蕉三部曲"分别从旁观者、征服者、被征服者的角度，展开了围绕拉丁美洲最重要的经济作物香蕉的叙述，有着强烈的现实意义、政治意义和社会意义，如同匕首和投枪一样，直接扎向了拉美国家和美国之间的经济关系所导致的社会问题。但是，我感觉"香蕉三部曲"在质量上有些参差不齐。在那个特定的历史阶段里，香蕉问题成为困扰拉丁美洲社会的主要矛盾，阿斯图里亚斯就以直接的方式，表达他对美国跨国资本对拉美农民掠夺的愤怒，但是，一旦小说家的政治情怀涨破了文学标准，作品的价值将大打折扣。在今天，重新审视这个小说三部曲，我就觉得，小说的概念化很严重，比如其中一些关于美国资本家的描绘就显得扁平和漫画化，并不真实和立体，加上弥漫的愤怒情绪，使小说显得简单和平面了。而且，一旦美国和拉美国家的香蕉贸易问题得到解决，这些小说的价值就将降低。但是，在特定的历史阶段，文学的抗议功能也很强大，这又是矛盾的，因为作家根本就不能回避时代的重大矛盾。对此，阿斯图里亚斯本人有着清醒的认识，他说："拉丁美洲文学绝非廉价的文学，它是战斗的文学，并且一贯如此。"这说明他把文学对现实政治的介入提高到了很高的认识水平上。他还说："对于我来说，作家就是代沉默者疾呼的人。危地马拉的土著玛雅-基切人部落中间，有一种被称为'伟大喉舌'的人，他的地位在部落里非常重要，因为他是负责表达本村或者本乡全体居民的愿望、不满和合法要求的人。'喉舌'是部落的代言人，从某种程度上讲，我也是这样的人：我部落的代言人。因此，我以为真正的美洲小说就是为他们争取权利发出的呐喊,就是散布在成千上万张纸页上的发自世纪深处的呼声。地地道道的美洲小说屹立在纸页上,忠实地表达这种精神,忠实地描写工人的拳头、农民的汗水,忠实地反映人们为营养不良的儿童表露出来的沉痛心情。"(《拉丁美洲的小说——时代的见证》)

所以,我们仍旧不能低估"香蕉三部曲"的价值。因为,作家作为"喉舌",在一个特定的历史时期,必须要为人民呐喊,为人民发出声音。

四

1956年,阿斯图里亚斯出版了中篇小说《危地马拉的周末》。1954年,在美国的干涉下,危地马拉的民主政府被推翻,这使阿斯图里亚斯义愤填膺地写了这部小说。小说采取了从较小的角度入手去写具体的人的手法,来呈现历史大事件,将一个改变了国家命运的周末刻画得十分生动。拉美国家和美国的关系一直是拉丁美洲国家思考的一个问题,在这部小说中也是如此。1961年,他又出版了带有结构主义色彩的中篇小说《小马拉哈多》。小说分成三个部分,以三个侧面构成一个故事,描绘了孤儿马拉哈多把一个打鱼人讲述的故事当成现实生活真实发生过的,然后,他进入一个奇特的想象世界里。这是一部带有童话色彩的儿童小说。此外,阿斯图里亚斯还写有长篇小说《这样的混血女人》(1963)，讲述一个人为了发财，把灵魂出卖给魔鬼的故事：男人尤米把他的老伴出卖给魔鬼，而魔鬼正是美国玉米叶魔鬼。混血姑娘在小说里是个恶人，她把尤米的灵魂引向了魔鬼。小说情节充满魔幻色彩，同时，还探讨了美国对拉丁美洲无处不在的影响。

阿斯图里亚斯后期的作品还有短篇小说集《里达·莎尔的镜子》(1967)，收录了阿斯图里亚斯描绘那有几百年历史的危地马拉城市的作品。小说集中随处可见他对危地马拉的风景、山川和人物充满感情的描绘。他后期的作品，还有历史小说《马拉德龙》(1969)和长篇小说《多洛雷斯的星期五》(1972)。

阿斯图里亚斯还是一位诗人和剧作家。除了最早出版的诗集《十四行诗集》，他还出版有诗集《云雀的鬓角》(1949)、《贺拉斯主题的习作》(1951)、《玻利瓦尔》(1955)等。他的诗歌将超现实主义元素和拉丁美洲的印第安文化结合起来，描绘了拉丁美洲的美丽风光、温情美好的家庭生活、古代神话的再生等，带有浓厚的抒情诗特征，平实感人，充满了赞美大地的激情。他的剧本有取材于印第安神话传说的《索鲁娜》(1955)，还有现实题材的《讹诈》《干堤》《国境线法庭》等，这些剧作都收录在他1964年出版的《剧作全集》里，显示了阿斯图里亚斯比较广阔的视野。

1967年，阿斯图里亚斯因为"作品深深植根于拉丁美洲的气质和印第安人的传统之中"而获得了诺贝尔文学奖。1974年，他病逝于西班牙首都马德里。

作为 20 世纪拉丁美洲最早尝试使用现代主义手法并结合本土文化资源的作家，阿斯图里亚斯如同一个在荒野上走路的人，他最终顽强地走出了一条新路。他说："拉丁美洲的小说是我们自己的小说，想要名副其实，就不能背离我们全部伟大文学的过去和现在一直保持的伟大精神。假如你写小说仅仅是为了消遣，那就请你把它们付之一炬吧！退一步说，即使你自己不烧掉，随着时间的流逝，这种小说也会和你一起，从人民大众的记忆里被抹掉。"阿斯图里亚斯再次强调了小说家的"喉舌"功能。

阿斯图里亚斯在小说上的最大贡献，就是把现代主义小说的火种带到了拉丁美洲，根据本土印第安人的精神世界和意识，在小说中加入大量魔幻、神奇、荒诞的情节，以及一些匪夷所思的、超越现代物理学知识的东西，曲折地、艺术地反映拉丁美洲的社会现实，成为时代的伟大"喉舌"。最终，阿斯图里亚斯完美地做到了这一点。

阿莱霍·卡彭铁尔：
神奇的文学王国

一

和博尔赫斯、胡安·鲁尔福、阿斯图里亚斯一样，阿莱霍·卡彭铁尔（Alejo Carpentier, 1904—1980）也是"拉丁美洲文学爆炸"潮流最重要的奠基人和开拓者之一。

阿莱霍·卡彭铁尔1904年出生于古巴的哈瓦那，父亲是法国建筑师，母亲有俄罗斯族血统，曾经在瑞士攻读医学学位。因此，阿莱霍·卡彭铁尔是一个标准的混血儿，而他又出生在欧洲文化、西班牙文化和古印安文化混血的拉丁美洲，历史的机缘和巧合，使他在文学史上成为一个写出了文化混杂风格的"神奇现实小说"的开创者。

阿莱霍·卡彭铁尔在父母亲的熏陶下，

从小就对文学、建筑和音乐有兴趣。8岁的时候,他就被父母带着在欧洲一些国家旅行,还长期居住在巴黎。中学毕业之后,才回到古巴的哈瓦那。受父亲的影响,他17岁就进入哈瓦那大学建筑系学习,古巴当时在马查多独裁政权的统治之下,社会表面上平稳,但隐藏了很多矛盾,因此,阿莱霍·卡彭铁尔对现实政治也萌发了批判意识。1924年他大学毕业之后,没有从事建筑业,而是投身新闻业,当了一名报社记者,借机广泛地了解古巴社会的各个层面。1928年,因为起草了反对马查多的宣言,他被逮捕入狱。就是在监狱的牢房里,他开始写作第一部长篇小说《埃古—扬巴—奥》。出狱之后,感到在古巴没有办法待了,阿莱霍·卡彭铁尔就流亡到了法国。

1933年,《埃古—扬巴—奥》这部小说在西班牙马德里出版,立即获得了很高的评价。这部小说的题目是古巴黑人的土语,意思是"耶稣,救救我们!"通过这部小说,阿莱霍·卡彭铁尔一开始就把眼光投放到神奇的拉丁美洲大陆,他认为,整个拉丁美洲从地域文化的特性上,大致可以分成三大块,大陆最南端的阿根廷、乌拉圭等深受欧洲文化影响:阿根廷的首都布宜诺斯艾利斯就像是一座欧洲城市的翻版;而拉丁美洲的中南部整个地区,包括墨西哥,是古代印第安文化区;加勒比海地区和巴西(讲葡萄牙语)则是黑人文化地区。这三个地区的划分,从历史沿袭、文化传承、地域特征和文化特质上,基本上概括了拉丁美洲各个国家和地区的文化特性。正是清醒地看到了这一点,阿莱霍·卡彭铁尔才能够在文学创作中自觉地表现自身的文化优势,

阿莱霍·卡彭铁尔

并且将欧洲现代主义小说的新形式和拉丁美洲独特的现实和历史文化相结合,写出了"神奇现实主义"小说。

长篇小说《埃古—扬巴—奥》有着独特的文化气质。小说讲述了一个带有白人血统的黑人姆拉托梅内希尔多·埃古的生活和遭遇,小说不仅对加勒比海地区黑人群落的生活和现实状态做了深刻描述,而且,还大量使用当地黑人的民间传说和神秘的宗教信仰体系,创造出独特而神奇的小说氛围。不过,后来他对这部小说评价一般,觉得自己当时的眼光还是狭隘了。小说出版的时候,他正在欧洲各国周游,结识了当时欧洲、特别是法国很多作家和诗人。

对于自己最终放弃建筑和音乐,投身文学事业中,阿莱霍·卡彭铁尔解释说:"虽然我的音乐的底子比文学好,但是我还是选择了文学,因为对于我而言后者更需要、更迫切。当我学习对位法并脱离客观形式的时候,文学正以其特殊的理由使我着迷。我从小就有一种感觉:拉丁美洲向我们展示了全新的内容、全新的现实(矛盾、问题、价值观念),正期待小说家的到来。今天我可以说我没有错。我继续坚信,在拉丁美洲,小说是一种需要:展现一个世界。"(阿莱霍·卡彭铁尔采访谈话录《小说是一种需要》)

1939年,第二次世界大战爆发,阿莱霍·卡彭铁尔在马德里停留了一段时间后,就回到哈瓦那,在哈瓦那大学担任音乐系教授,教授音乐史课程。此时,他对18世纪海地爆发的一场革命特别感兴趣,1943年专门到海地去进行实地考察,并且搜集了大量的资料，花了几年的时间，写出长篇小说《人间王国》，于 1949 年出版。

这部小说第一次呈现出阿莱霍·卡彭铁尔的多角度、多层次叙述的能力。小说描绘了 18 世纪的海地革命，但是，在结构上运用的完全是现代小说的手法，由四个部分组成，每个部分都是由主人公的内心独白和意识流的方式呈现人物的内心世界和他所看到的外部世界。海地在拉丁美洲是一个历史沿革与归属比较复杂的国家，它深受欧洲殖民主义国家的损害，1697 年，西班牙和法国签署了协议，将海地瓜分，很多黑人因此被卖作奴隶。黑人们不堪忍受，于 1757 年对欧洲殖民主义者发起了第一次起义，最后以失败告终。到 1790 年，黑人们发动了第二次武装起义，被法国殖民主义统治者残酷镇压。1791 年，黑人们接连发动了第三次和第四次武装起义，使整个拉丁美洲反对欧洲殖民主义者的斗争达到高潮，引发了很多拉美国家的起义和暴动。到 1801 年，被起义军打败的法国、英国、西班牙军队不得不退却，起义军召开了制宪会议，正式宣布海地独立，于是，海地成为拉丁美洲第一个独立的国家。1803 年，法国政府不得不宣布放弃对海地的统治权。但是，海地独立之后，接连出现了独裁者，社会继续动荡，独裁者不断地被反对派刺杀，海地人民继续生活在水深火热之中……

根据这些史实，阿莱霍·卡彭铁尔在《人间王国》里描绘了带领黑人起义的领袖马康达尔的生活和他最终的死亡，以及他在白人眼中的印象和在黑人后来创造的神奇传说中的形象——在黑人的传说中，他是一个永生不死的人，可以挣脱枷锁，在火焰中逃脱并且升腾成为巨大的飞鸟。实际上，他已经被殖民主义者的军队处以火刑，烧死了，创立一个平等自由的人间王国的努力失败了。小说由真实的历史和拉美黑人文化特殊的信仰世界构成，将一种神奇的历史现实带给了我们，在真实的历史和扭曲变形的传说混杂的叙述中，将一个特定年代、特定国家的特定历史描绘了出来，写出了拉丁美洲的命运。

二

1953年，阿莱霍·卡彭铁尔出版了长篇小说《消失了的足迹》，这部小说是他在1941年去委内瑞拉采访和搜集资料之后，用了好几年时间写成的。这部小说因其独特的风格和品质，成为他的小说代表作。

《消失了的足迹》描绘了一个音乐系教授，因为厌倦城市文明，带着自己的情妇，深入委内瑞拉的原始森林里去寻找一套原始民间乐器的旅程。在他前往原始森林的过程中，小说波澜壮阔地描绘了委内瑞拉那宽阔而波浪翻滚的大河、逶迤连绵的群山、苍莽神秘的森林，以及森林中至今存在着的原始文明和土著人的生活。在寻找那套原始乐器的过程中，这个音乐系教授还爱上了当地的一个印第安姑娘，她那没有受到城市文明污染的淳朴和美丽，使音乐教授很快坠入了情网。于是，教授带着的那个轻浮肤浅的城市情妇与这个野性而淳朴的印第安姑娘之间形成了有趣的对比，使他们之间的关系发生了变化。音乐系教授在不断地深入原始森林和波涛汹涌的大河深处、在感受原始粗犷的风景、被不断打动的同时，他也在重新审视西方工业文明带来的对大自然的破坏，对人性的异化和扭曲。最后，音乐系教授到达大河和森林的源头，在那里，竟然是一片洪荒的世界，是"创世纪"开始之后不久的世界，那里有印第安人所建立的一个伊甸园。印第安人相信万物有灵，相信鬼魂的世界，他们崇拜祖先，满足于最简单质朴的生活，有着独特的信仰体系，这使得教授非常震撼。不过，小说在这两种文明的对比中，也表现出这个音乐教授的矛盾心态，写出了他内心的复杂性，这无疑是非常真实的。毕竟，我们再痛恨城市，也不得不生活在城市文明当中，谁也不可能继续生活在深山老林里了。但是这部小说所提出的问题，描绘出的景象，依旧发人深省。

《消失了的足迹》中，主人公沿着河流不断上溯的情节，使我想起波兰裔英国作家康拉德的小说《黑暗的心脏》，这两部小说可以对照着看。《黑暗的心脏》风格阴郁，描述欧洲殖民主义者沿着刚果河上溯的过程，展现了现代人和原始社会的冲突，也展现了不同文明之间对话的困难和隔阂。美国电影导演科波拉在1978年执导的电影《现代启示录》，虽然描绘的是那场越南战争，但是，主人公沿着越南的大河上溯的旅程，是和《消失了的足迹》与《黑暗的心脏》相映成趣的，主干情节肯定是来源于这两部小说。《消失了的足迹》的叙述具有很强的形式感，采用第一人称叙述，同时夹杂着日记体，在叙述上显得很紧密，在一些地方能展开更为驳杂的场景,还能够制造叙述停顿。阿莱霍·卡彭铁尔写这部小说,目的在于呈现拉丁美洲那美好、丰富的景色和原始文化,发现拉丁美洲独特的地理特征和文化特征。他勇敢地将法国超现实主义的技法和传统现实主义手法相结合,给我们描绘出一个充满神奇景色、动物和人群的世界。

阿莱霍·卡彭铁尔有着深厚的建筑学和音乐修养,在他的一生中,这两大艺术领域和门类对他的小说写作有巨大的影响。1946年,他出版了《古巴音乐史》一书。在结构上,他的小说带有巴洛克风格的繁复性,螺旋状的叙述和层次多样的结构,使小说的内部有着建筑上的美观。而音乐对他的影响,则体现在他的小说语言、叙述语调和文字描绘的感觉、听觉和肌理上。比如,他的中篇小说《追击》(1956)结构上采取的就是贝多芬的《英雄交响曲》的结构,小说的语速和语调则和整个贝多芬的交响乐作品在节奏上完全暗合。小说的故事情节很简单,一个古巴哈瓦那的大学生在背叛了他曾经笃信的革命之后,在一家剧院里被追杀者杀死。小说的内部空间是封闭的,就是在一座剧院里,但是,小说营造出一种十分紧张的气氛,很抓读者的心。那种与贝多芬的《英雄交响曲》相对位的叙述节奏,使小说不断营造出高潮迭起的旋律。小说分为三个部分十八个小节,与贝多芬著名的《英雄交响乐》在结构上完全对应,音乐的演奏引发了主人公的联想,剧场的演出、主人公和追击者之间的逃跑与抓捕,四十六分钟的音乐演奏时间,也是主人公最终被杀死的时间,同时,也是主人公心理流动和内心独白的时间,也大致是你阅读完这部中篇小说所需要的时间。

这种在时间上的技法运用，使我想起美国的一部西部片《正午》，讲述的就是美国西部某个小镇上的一个警长，因为要面对扬言要杀死他的一帮出狱匪徒，在众叛亲离的情况下，不得不单枪匹马地迎战，最后，在正午十二点那个确定的时间里，智勇双全的他将所有的匪徒全部击毙。而《正午》的片长，和电影中主人公与匪徒作战的时间也是一致的，都是一个半小时，从而成为电影史上很受重视的一部电影。所以，《追击》尽管是一部中篇小说，但它在阿莱霍·卡彭铁尔的整个小说创作中占据着非常重要的地位，显示了他作为一个懂得建筑和音乐的小说家，从这两个艺术门类所吸取的丰富营养。他说："《追击》的形式建立在音乐结构之上：具有奏鸣曲的特点，分为三个主题，十七个变奏和两个和声，一个男声，另一个女声。为此，这篇小说的结构形式试图严格建立在音乐的结构之上。"《追击》是最能够代表阿莱霍·卡彭铁尔对小说的探索和追求的作品，也是拉丁美洲心理现实主义小说流派的代表作品。

1958年，阿莱霍·卡彭铁尔的短篇小说集《时间之战》出版，这个小说集收录了他多年来创作的七个短篇小说，包括《圣雅各之路》《回归种子》《仿佛是在黑夜》《逃亡者》《先知》《可怕的祭奠》《避难权》等，题材非常广泛，阿莱霍·卡彭铁尔是从各种文化典籍和历史传说中撷取素材，创作出这部杰作的。在对时间的运用上，也是别出心裁，独树一帜。其中，写得最好的，我看当属《回归种子》和《仿佛是在黑夜》。

《回归种子》这篇小说，以时间倒流的形式，回溯了大庄园主马尔西亚尔的一生，从他的死到最后的出生，倒叙得十分细致生动，篇幅短小，但是容量巨大。我猜测，卡洛斯·富恩特斯出版于1962年的长篇小说《阿尔特米奥·克罗斯之死》，有可能就受到了这个短篇小说的影响，《阿尔特米奥·克罗斯之死》有些像是《回归种子》的放大版，由此可见拉丁美洲作家互相之间的学习、影响和借鉴。但是，也并没有证据表明这两篇小说有着借鉴和被借鉴的关系。

在短篇小说《仿佛是在黑夜》中，阿莱霍·卡彭铁尔描述了古代希腊的一个士兵参加特洛伊战争时的情况，但是，这个士兵和美国独立战争时期一个士兵的出征，竟然是平行的，阿莱霍·卡彭铁尔巧妙地将历史重复的画面叠加在一起，创造出时间重叠的效果。其他的一些篇章，诸如《先知》《圣雅各之路》《避难权》《逃亡者》等，有的是从《圣经》传说中取材并改写了原来的故事，有的则取材于古巴黑人文化传说和现实生活，各有千秋。我觉得，这部阿莱霍·卡彭铁尔一生中唯一的短篇小说集很值得重视，因为，从这些小说里，我们可以看到孕育他其他长篇小说巨著的种子和苗头、渊源和影响。

三

1959年，卡斯特罗领导的古巴革命胜利了，推翻了原来的大资产阶级政权，建立了社会主义新政权。阿莱霍·卡彭铁尔满怀期待，带着刚刚完成的长篇小说《光明世纪》（一译《启蒙世纪》）回到古巴，并先后出任古巴全国文化委员会副主席、古巴作家艺术家协会副主席、国家出版局局长、驻法大使等职，这个阶段，就是他的后期创作阶段。

长篇小说《光明世纪》出版于1962年，小说波澜壮阔，气势宏大，叙述语言十分密集，讲述了1789年法国大革命之后，一个叫维克托·雨格的人来到西印度群岛，在那里进行一些政治活动，将法国大革命对拉丁美洲的影响做了非常详尽的描述。由于阿莱霍·卡彭铁尔的父亲是法国人，他自己的少年和青年时代又都在法国度过，因此，对法国大革命的题材他一直很留心。在小说《光明世纪》中，主人公维克托·雨格本来是一个投机的商人，但是，他善于伪装，投身革命，像变色龙一样迎合各个时期的政治派别，只要这个政治派别是当权者。最后，维克托·雨格跑到法属西印度群岛的一个岛上，爬上了总督的宝座。小说还塑造了和维克托·雨格迥然不同的一对恋人，埃斯特万和索菲亚。后来，这对恋人死于一次街头的武装冲突。在小说中，可以看到，阿莱霍·卡彭铁尔的叙述风格非常紧密扎实，对话特别少，都是大段大段的描述，具有严密的气质，又有着暴风骤雨的气势，这是他独特的风格。对此，拉丁美洲文学评论家路易斯·哈斯说过："阿莱霍·卡彭铁尔是一个描写静物的大师，通过外部事物的描写，使人联想起某个时代来。然而，有时他却不过是个被自己栽种的繁花所包围和窒息的考究的花匠，在他的后期几部作品中逐渐地愈发突出。由于过于雕琢和修饰,那些作品的生命力越来越经常地被压制,句子变得僵化。几乎没有什么对话,即使有的话,也是刻板的,甚至是呆滞的。"(《阿莱霍·卡彭铁尔——永恒的回归》)。

对于这个评价,我不以为然,我觉得这恰恰是阿莱霍·卡彭铁尔小说语言和叙述的长处,他不擅长写对话,但是他特别擅长去描述事物。在这里,我引用一段小说《光明世纪》的开头,大家就可以看出阿莱霍·卡彭铁尔小说的叙述风格了:"今晚我看到断头机重新架设起来了。那是在船头上,断头机像向寥廓天空敞开的大门。在如此平静而有节奏地晃动着的洋面上,风给我们送来了泥土的气息;船载着我们,朝着它的方向缓缓前进,宛如陷入了昏睡,不知有昨日和明日。时间停滞在北极星、大熊星座和南十字星座之间,我不知道是否有这些星座,因为这不是我的本行。"小说开宗明义地描述出主人公所处的环境、位置和方向,将一部小说即将迈向远方的叙述经纬呈现给我们。我觉得,一部长篇小说的长度、难度和密度,是衡量一个作家重量级别的重要指标,而长篇小说中大量的对话则会减弱小说的难度和密度。在这个方面,阿莱霍·卡彭铁尔做的恰恰是成功的。《光明世纪》气势恢宏,场面开阔,在很多情节和细节描写上,显示了他的巴洛克艺术手法的运用,就是那种螺旋上升的繁复和复杂,斑驳陆离、信息量巨大,以细碎的万物,来衬托时代的宏大。

古巴革命胜利之后,阿莱霍·卡彭铁尔担任了新政府多项文化界的领导职务,但并没有减弱自己的创作力,依旧激情饱满。

1974年，他出版了长篇小说《方法的根源》，这是一部反对拉丁美洲独裁者的长篇小说。

拉丁美洲的独裁者现象，是一个非常特殊的政治和文化现象，19世纪之后，尤其是第一次世界大战和第二次世界大战之后，伴随着欧洲老牌殖民主义者在拉丁美洲、亚洲和非洲的撤退，亚非拉很多民族国家纷纷独立。但是，出现在人们眼前的，不是期待中民主、自由、和平和政治局面的安稳，而是独裁者把持政权，贪污腐化，导致社会动荡、民不聊生，国家陷入更加深重的灾难当中。在拉丁美洲，在所有的民族国家，独立之后都出现了独裁者，因此，很多拉丁美洲杰出的作家都写过独裁者题材的小说，多达几十部，最著名的有阿斯图里亚斯的《总统先生》、加西亚·马尔克斯的《族长的秋天》、罗亚·巴斯托斯《我，至高无上者》、巴尔加斯·略萨的《公羊的节日》等。阿莱霍·卡彭铁尔的《方法的根源》也是其中一部杰作。这部小说的主人公没有姓名，只有"第一官员"或者"老大"的称呼，这又让我想起乔治·奥威尔的小说《1984》里面的老大哥形象来。"第一官员"住在巴黎奢华的住宅里，讲法语，享受奢华生活，通过遥控指挥远在拉丁美洲的国家，任用走狗和亲信控制整个国家。当自己国家的人民组织了起义军，开始反抗之后，"第一官员"赶忙回到祖国，进行残酷镇压，但是，最终因为他的愚蠢和残暴而被人民推翻了。"第一官员"不得不逃到巴黎，最终死在住所的一张吊床上。《方法的根源》以多少带些漫画色彩的笔法，塑造了拉丁美洲某一类的独裁者，他们表面上喜欢西方文明，教养良好,知识渊博,可实际上却是残忍的、愚蠢的、贪恋金钱和权力的、蔑视人类普遍价值的。《方法的根源》作为一部拉丁美洲反独裁者小说,很有特色。

四

70岁之后,阿莱霍·卡彭铁尔还出版有长篇小说《巴洛克音乐会》(1974),这是一部把音乐家和拉丁美洲被征服的历史拉上关系的小说,十分奇特。意大利作曲家安东尼奥·维瓦尔第曾经写过一部关于西班牙远征军征服美洲的歌剧,于是,这部小说就从1733年那出歌剧在威尼斯首演说起,一直写到20世纪的拉丁美洲,描绘的主要是墨西哥的现实生活。其中,一些古代和现代音乐家出场,进行跨越时空的对话,呈现出阿莱霍·卡彭铁尔丰富的音乐知识,以及欧洲音乐、欧洲文化和拉丁美洲文明之间的复杂关系。

他的长篇小说《春天的献祭》出版于1978年,这是一部现代题材的小说,小说的题目来自作曲家斯特拉文斯基的曲子《春之祭》,讲述了由亚伯拉罕·林肯率领的拉丁美洲志愿军部队参加1937年西班牙内战的故事。这支部队主要由古巴人组成,还有墨西哥人、委内瑞拉人等,近千人的队伍在西班牙参加反法西斯战斗,最终失败了。不过,小说叙述则延伸到了1959年的古巴革命的胜利,将西班牙内战、西班牙著名诗人洛尔加之死以及1959年卡斯特罗领导的古巴革命联系在一起,将古巴的神奇现实和西班牙文化的特点融会起来,创造出神奇的地域文化和历史叙事。

在75岁那一年,阿莱霍·卡彭铁尔还出版了长篇小说《竖琴与影子》(1979),这是一部描绘美洲的"发现者"哥伦布的生活和历史的小说,以哥伦布的一些书信作为原始材料,以充满激情的想象力,描绘出这个"发现"美洲新大陆的人物扑朔迷离的一生,小说的叙述风格继续带有语言密实、叙述紧密的特点,在结构上,则非常严谨地采用了时间顺序叙述的传统手法。

阿莱霍·卡彭铁尔后来一直想写一部暂时命名为《1959年》的小说,这部小说是按照史诗的结构来构想的,他的想法是,要描绘1959年古巴革命前后的整体社会和历史状况,带有一定的总结性,但最终,他没有完成它。

除了《古巴音乐史》,阿莱霍·卡彭铁尔还写有建筑学著作《柱子之城》、文学评论集《探索与差别》(1964)、《作家的理由》(1976)、《新世纪前的拉丁美洲小说》(1981)等,在这些著作中,阿莱霍·卡彭铁尔提出了自己的文学观。他最有名的观点,就是要写拉丁美洲的"神奇现实主义",而这个"神奇现实主义"最终演变成了拉丁美洲最著名的文学流派魔幻现实主义。他说:"一种活生生地存在着的神奇现实是整个美洲的财富,这是因为美洲神话的源头远未枯竭,而这是由美洲的原始风光、它的构成和本源,恰似浮士德世界中的印第安人和黑人在这块大陆上的存在,新大陆给人的启示以及各个人种在这块土地上的大量混杂所决定的。"因此,为了捕捉这种美洲新大陆的特性,为了探索拉丁美洲人的独特文化和情感世界,他就不断地寻找自己的写作方法,寻找一种和神奇的美洲现实相符合的小说技法,把音乐和建筑的结构作为他的小说结构,把黑人和印第安人的神话和传说作为他小说的文化背景,把现实批判和关怀作为他小说的着眼点。这造就了阿莱霍·卡彭铁尔独特的文学贡献,创造出一个神奇的文学王国。

他还说:"当小说不再像小说的时候,它就可能成为伟大的作品了——如同普鲁斯特、乔伊斯、卡夫卡的作品,我们时代任何一部伟大的小说都是以让读者惊诧:'这不是小说!'作为开始的。"

阿莱霍·卡彭铁尔于1975年获得墨西哥阿方斯·雷耶斯国际文学奖,1977年获得西班牙塞万提斯文学奖,1979年获得法国梅迪西文学奖等。1980年4月24日,阿莱霍·卡彭铁尔病逝于巴黎。

阿莱霍·卡彭铁尔是20世纪拉丁美洲现代主义文学的先驱和开拓者之一,在他写小说的年代里,整个拉丁美洲的小说还没有受到现代主义小说的真正洗礼。正是像阿莱霍·卡彭铁尔这样的拉丁美洲新一代作家,由于自身的混血文化,同时受到欧洲超现实主义和意识流文学流派的影响,才有可能站在更高的角度,去审视和利用拉丁美洲的现实和历史文化材料,写出一种新小说,完全不同于过去作家的作品,结合本民族文化和历史传说,引领了拉丁美洲文学的新方向,并促成了20世纪60年代"拉丁美洲文学爆炸"现象的最终诞生。

胡里奥·科塔萨尔：
意义与游戏

一

"拉丁美洲文学爆炸"中最有代表性的文学主将，公认的有四位——卡洛斯·富恩特斯、马里奥·巴尔加斯·略萨、胡里奥·科塔萨尔和加夫列尔·加西亚·马尔克斯，他们全面崛起于20世纪60年代，分别在那短短的十年里写出了他们的代表作。其中，卡洛斯·富恩特斯1962年出版了长篇小说《阿尔特米奥·克罗斯之死》；马里奥·巴尔加斯·略萨1963年出版了小说《城市与狗》，1969年又出版了长篇小说代表作《酒吧长谈》；胡里奥·科塔萨尔1963年出版了小说《跳房子》；而加夫列尔·加西亚·马尔克斯在1967年出版的《百年孤独》，将这个"拉丁美洲文学爆炸"的潮流推向了顶峰。尽管这几个作家都有在欧洲旅居的经验，但阿根廷作家胡里奥·科塔萨尔（Julio Cortázar, 1914—1984）更加特殊一些，他很早就离开了阿根廷，长年在法国居住，最后还死在了巴黎。不过，他用来写作的语言却是西班牙语，他的小说题材也大都是关于拉丁美洲、特别是他的祖国阿根廷的。

胡里奥·科塔萨尔注定和欧洲有着千丝万缕的联系，1914年，他出生在比利时的首都布鲁塞尔，父亲是阿根廷驻比利时的外交官，有阿根廷和比利时的双重国籍，这构成了胡里奥·科塔萨尔终生的一个象征——在欧洲和南美之间寻找文化落脚点。1919年，在胡里奥·科塔萨尔4岁的时候，他跟随父母亲回到了阿根廷。由于家庭文化条件比较好，母亲精通法语，喜欢文学，教导他很小就开始阅读和写作，现在还可以找到他12岁的时候写给喜欢的一个女孩子的一组情诗。那是他最早的作品了。1932年，胡里奥·科塔萨尔在一所师范学校担任教师，不久，他就进入布宜诺斯艾利斯大学学习哲学和文学。此时，父亲已经离家出走，抛弃了他和妈妈。由于家境越来越困难，他便去中部地区的乡村当了整整五年的中学老师。

1938年，胡里奥·科塔萨尔将他早期的诗歌结集为《仪表》出版，其中大部分是十四行诗，明显受到了欧洲象征主义和唯美主义诗歌流派的影响，诗风华丽、优美，但是有些轻飘飘的。1944年，30岁的胡里奥·科塔萨尔应聘到门多萨省的一所大学任教，讲授法国文学。在大学期间，因为参与反对当时的阿根廷

胡里奥·科塔萨尔

总统庇隆的政治活动,被盯梢和压制并上了黑名单,他愤而辞职,跑到首都布宜诺斯艾利斯,在图书总署找了一份工作,此后,他的生活状况很不好,一直想离开阿根廷,终于在1951年独自前往法国巴黎,从此侨居在那里,担任联合国教科文组织的翻译,同时进行文学写作,一直到1984年在巴黎去世。这就是他最简单的生平。

胡里奥·科塔萨尔一生的主要成就在长篇小说和短篇小说。虽然他最早开始写作的文体是诗歌,那些诗主要是在阿根廷生活的时候写下来的。1941年,他还出版了一部短诗集,仍旧带有内容空泛的唯美主义遗风。1949年,他出版了一部神话诗剧《国王们》,诗剧取材于希腊神话,但是将弥诺陶洛斯的死改成他受到了保护,改变了原来神话故事的结尾,具有悲剧美和唯美主义风格。正是在这个时期,他精心研读了博尔赫斯的作品,受到博尔赫斯的巨大启发,发现自己也许应该走一条创造幻想世界的文学道路。

1951年,胡里奥·科塔萨尔出版了西班牙语创作的小说集《动物寓言集》,包括八篇小说,其中最有名的短篇小说是《被占的宅子》,讲述了一对不愿意结婚的兄妹本来住在很好的宅子里,但是房屋不断地被别人蚕食,他们不得不离开那所住宅的故事。似乎有着卡夫卡的某种影响。这个集子里收录的所有小说都带有幻想色彩,故事都是非逻辑的,显示了他非凡的想象力和对现实社会的恐惧与对抗心理。这部小说集因为风格的突出而获得了拉丁美洲文学界的好评。紧接着,他又出版了短篇小说集《游戏的终结》(1956),这个小说集收录了九篇小说,小说的风格仍旧带有着浓厚的幻想色彩，也可以看到美国作家爱伦·坡的影响。爱伦·坡是侦探小说的创始人，他的一些短篇小说带有惊悚和幻想风格，虽然比较朴素，但是能够击中人内心的恐惧和迷茫。不过，需要说明的是，胡里奥·科塔萨尔的这些幻想小说和一般人所说的魔幻现实主义风格的作品完全不一样。在一些文学评论家看来，以博尔赫斯为先锋，以比奥伊·卡萨雷斯和胡里奥·科塔萨尔为两翼的特殊一派的小说，从风格上来讲，可以单独地归为"幻想派"。被归入魔幻现实主义流派的作家和作品大都有着强烈的社会、历史和政治批判意识，表面上情节、细节和人物命运带有强烈的魔幻色彩，可是其内里是现实政治和历史的折射，带有作家鲜明的历史批判和政治批判观点。"幻想派"则天马行空地沉浸于纯粹的幻想之中，小说的情节是非逻辑性的，有的非常晦涩，带有暗示、荒诞和离奇的色彩，在政治态度上很暧昧，对待历史也是语焉不详，对社会现实的批判比较薄弱，因此，是单独的一个文学流派。也正因为如此，博尔赫斯后来受到关心拉丁美洲政治、有着强烈社会责任感的一些作家，诸如马尔克斯等人的批评。不过，从文学美学上来说，"幻想派"的小说创作，实际上是一条非凡的道路，它打开了小说创作的另一面天窗，让我们看到小说发展的更多可能性。

胡里奥·科塔萨尔的短篇小说最能够体现他的幻想性。他的第三部短篇小说集《秘密武器》出版于1959年，小说大都取材于日常生活经验，却如同变形的镜子一样，折射出人的精神世界的幽暗和迷离。其中还收录了中篇小说《追寻者》，讲述的是一个萨克斯管乐手的故事，这个乐手对自己的生活失去了信心，沉溺在吸毒和渴望自杀的想象里。虽然很多小说呈现了他关心和批判拉丁美洲、特别是阿根廷社会现实的努力，但是作品的底色还是一种幻想的色彩，在一种非现实的逻辑中展开。

二

我觉得，在胡里奥·科塔萨尔出版第一部长篇小说《中奖彩票》之前的这段时间，他都处于自己写作的第一个阶段，那就是练习和寻找自我的阶段。在这个阶段里，他做了很多的文学准备，出版了诗集两本、诗剧一册、短篇小说集三本，完成了最早的写作练习。胡里奥·科塔萨尔是一个对自己要求特别严的作家，作品不满意或者没有达到他觉得成熟的地步是不拿出去发表的，他亲手烧掉了两部长篇小说、两部中篇、一些诗歌和不少短篇小说的手稿，其中一部长篇小说手稿竟达六百页！后来，连他自己都有些后悔了，觉得对待自己过于苛刻。而这种对待写作的严肃态度贯穿了他的一生。

长篇小说《中奖彩票》出版于1960年，这一年，胡里奥·科塔萨尔已经46岁，并不年轻了。这部小说翻译成中文有三十五万字左右，叙述非常扎实紧密，表面上看，所有的情节和细节描写都是现实主义风格的，但是，小说的大情节却带有浓厚的荒诞和滑稽色彩。小说讲述的是一群中奖的彩票购买者坐上了一艘名叫"马尔科姆号"的轮船，打算出海旅行的故事。这些彩票中奖者大都是阿根廷的中产阶层，有商人、教师、大学生、公司职员、老贵族等，但古怪的是，船长告诉大家，这艘船的航向不明，不知道要去哪里，而航行的时间竟然长达几个月。起锚之后，轮船航行了整整一个晚上，第二天，大家跑到甲板上，却发现轮船还停靠在布宜诺斯艾利斯附近的海岸边，并没有怎么移动。而且，古怪的禁令出现了，"所有的人都不许到船尾"，大家才开始觉得自己上了一艘可怕的船。于是，一些人把大家组织起来发动了反抗，还死了人，最终，幸存者到达船尾，却发现那里什么也没有，他们付出的生命代价因此更加昂贵。此时，政府的文化部门派来了水上飞机，要求大家离开游船，因为船上发生了瘟疫——这实际上是托词，大家最终陆续离开了那艘古怪的游船，中奖彩票被证明是一场捉弄人的游戏。

我在读这本书的时候就想，胡里奥·科塔萨尔为什么要写这样一本书？他想表达什么意思呢？从小说的情节看，他是在描绘一个封闭的空间——一艘航向不明、最终几乎没有航行的游轮，似乎在象征和指代阿根廷社会。这可能是最好的解释了，接着，一切都好办了，小说中的各色人等，就可以看作阿根廷社会的各个阶层的人物代表，是典型人物，他们在这么一个封闭的空间里演绎了一出人性大暴露的故事，人们暴露出自私、贪婪、丑恶、虚伪、媚俗的面目来。在船上的这些人是特选的子民，他们代表阿根廷的各个阶层，而看上去在航行的游船实际上根本就没有动，象征着20世纪50年代阿根廷社会的停滞不前，政客们的发展社会的诺言完全是谎言，小说塑造的几个知识分子也带有悲观色彩，不过，也暗示希望还存在。这些中了彩票的家伙本以为得了奖赏，可实际上是受到政府的欺骗，除了离开这艘船，他们没有其他的选择。胡里奥·科塔萨尔就用非常隐晦的情节，曲折地表达了自己的政治态度，他最终也离开了阿根廷。这使我想起库切的小说《耻》结尾的一个细节，当白人主人公参与到消灭那些已经没有了主人的流浪狗的行动中时，便暗示南非已经非白人的理想居所，他要离开那里了。《中奖彩票》显然带有讽刺的意图和幻想的色彩。他描绘了一艘没有怎么前行的游船和一群以为轮船在前进的人群，以及他们后来的觉醒和内斗，影射了阿根廷当时的社会气氛。整艘游船仿佛是一座漂浮的监狱，在这座监狱里监禁的是阿根廷的当代人和他们的生活，他们在中奖彩票的招引下，从来都没有真正出海航行。有趣的是，后来有读者问胡里奥·科塔萨尔，在他的心目中，船尾到底发生了什么事，他回答："我同书中主要的人物处于同样的境地，直到如今，我仍然不知道船尾发生了什么事。"

胡里奥·科塔萨尔表达了他对拉丁美洲、阿根廷或者说是对人生未来的迷茫和不确定感，这是确定无疑的。

三

胡里奥·科塔萨尔还使小说具有了游戏性质，使阅读变得像玩游戏一样轻松愉快，这在整个小说史上都比较少见。因为语言作为带有声音的表意符号系统，承载了太多人类文化的信息，语言天生就是复杂的、沉重的，而运用语言，通过虚构营造一个内部自足的、有稳定结构的小说世界，自然从来都不能卸下沉重的文化包袱。但是，在20世纪，有些作家，比如胡里奥·科塔萨尔就勇敢地尝试了小说的游戏性质，使小说的意义和游戏之间有了一座坚固的桥梁。

1963年，胡里奥·科塔萨尔出版的长篇小说《跳房子》，就是一部以"跳房子"游戏作为小说内部结构的作品。类似的小说作品还有意大利作家伊塔洛·卡尔维诺在1969年出版的《命运交叉的城堡》，那是根据塔罗扑克牌上的人物画像来虚构故事的一部小说，扑克牌的符号表意功能和小说对故事情节的虚构完美结合在一起，使小说具有了随机性和游戏性质。但是我发现，《命运交叉的城堡》的情节太过局限在扑克牌所固定指示的信息里，很难超越扑克牌的符号限制，卡尔维诺虽然做了很好的尝试，但是没有真正收获实验的成功。因此，他后来没有再继续写《命运交叉的汽车旅馆》——《命运交叉的城堡》和《命运交叉的饭馆》之后的第三部分。而胡里奥·科塔萨尔的《跳房子》，则实现了小说的将游戏性、内部结构和小说本身承载的社会批判内容完美地结合在一起的目标，从而成为20世纪的一部天书和奇书，20世纪最有特点的一部实验小说。

《跳房子》当然是一部奇书，仅仅从阅读上来说，它就有很多读法。而绝大多数小说只有一种读法。这部小说，你可以沿着固定的章节顺序阅读,也可以按照作者给定的一个阅读线索跳跃性地阅读,就是一种"跳房子"游戏式的读法。我们小的时候都玩过"跳房子"游戏,就是在地上画好方格子,然后根据不同的游戏规则,在这些方格子中间来回跳跃。阅读《跳房子》还有其他的方法,比如,你还可以自行编排阅读的方法,于是,这部小说就带有扑克牌的性质了:你随便地重新洗一次,就获得了一种新的阅读感受。这样的一本书,在整个人类的小说史上都是罕见的。在我国的诗歌传统中,有回文诗,可以略做比较,但是回文诗的内容贫乏、僵硬和呆板,根本不能和这部包含多种可能性的小说相比拟。虽然结构复杂,但《跳房子》这部小说的故事情节比较简单,书的前面有一张导读表,说明了这本书包括很多部书,但是主要包括两部,一部是顺势阅读,从第一章到第五十六章,另外一部是从第七十三章开始,在各个章节中来回跳跃着阅读。小说的主干分为三大部分,第一部分是从第一章到第三十六章,这个部分的题目叫"在那边",讲述的是阿根廷人奥利维拉一个人孤独地离开了阿根廷,来到巴黎寻求自己精神家园的故事,这个人物显然有着胡里奥·科塔萨尔自己的影子,是他的一个分身。奥利维拉试图在巴黎寻找自己的新生活,他也碰巧遇到了一个从拉丁美洲的乌拉圭来到巴黎的单亲妈妈玛雅,后来,两个孤男寡女相爱了、同居了,他们还和从其他国家来的一些人组织在一起,成立了一个文艺沙龙性质的组织"蛇社",一群无家可归的人整天聚在一起,谈论文学、佛学、美术、音乐、哲学和巴黎的生活,以及他们自己的经历。但是,后来"蛇社"因为大家目标不一而解散了，奥利维拉和玛雅也因为志趣不同而分手。后来，她的孩子病死了，她也不知去向。在小说的结尾，奥利维拉在巴黎塞纳河边勾搭了一个流浪的女人，正在被她口交的时候，被警察抓获，然后，他被推进了囚车。这个部分就结束了。

小说的第二部分是从第三十七章到第五十六章，题目叫"在这边"。叙述主人公奥利维拉被警察释放之后，从巴黎回到祖国阿根廷，在首都布宜诺斯艾利斯见到了过去的一些好朋友，并且和他们交往的情况。为了谋生，他成了一个布料推销员，后来，朋友介绍他来到马戏团工作，还介绍他去精神病院。奥利维拉在阿根廷沉闷的社会气氛里感到窒息，他渐渐地从朋友的妻子身上看到了玛雅的影子，并且在一次精神状态不稳定的情况下，贸然亲吻了朋友的妻子，后来又觉得后悔，感到自己犯了错误，害怕被好朋友知道了报复他，于是奥利维拉就坐在自己房间的窗台上，等待一旦朋友来兴师问罪，破门而入，他就跳下去。小说的这个部分到这里就戛然而止，并没有告诉我们奥利维拉到底跳下去了没有。

第五十七到第一百五十五章是小说的第三部分，题目叫"在其他地方"。这个部分的内容相当杂乱，可以看作前面五十六章的材料补充，这些五花八门的材料，大都来自报刊文摘、文学作品摘引片段、哲学家思考片段、主人公奥利维拉的日记和对自我的分析，还有一个虚构人物莫莱里的一些对文学创作和人类前景的思考笔记，这些文字全部混杂在一起，成为前两个部分的补充材料，也是实施第二种阅读方法——"跳房子"式的阅读的材料。

由此,《跳房子》完全颠覆了过去人们对小说的基本理解,使小说的阅读成了开放的阅读,也使小说的结构空间完全开放了,同时,读者的能动性在这里上升到前所未有的地步,读者的创造性也成为理解这部小说的关键,读者变成了作者的同谋,甚至大于作者,在阅读《跳房子》的整个过程中,是读者和作者一起经历文学作品创作的艰辛和复杂、有趣和生动。因此,《跳房子》也成为"接受美学"文学理论最喜欢分析的典型小说之一。同时,在小说的语言上,胡里奥·科塔萨尔挑战性地进行了多种多样的尝试,他让笔下的人物说出英语、法语、德语、西班牙语和阿根廷地方俚语等,一些引文还使用了瑞典语、日语、缅甸语、芬兰语,甚至是藏语。我看,胡里奥·科塔萨尔肯定是在炫耀学识和对语言掌握的才能,另外,他又以混杂的语言完成了对文学语言本身的反讽和解构。

《跳房子》也带有明显的幻想文学的性质,他在描绘巴黎的生活和阿根廷的生活的章节里,都没有直接地对社会生活进行批判,只有书中的主人公的一些哲学思考,以及一个虚构人物对文学创作所发的议论。那么,《跳房子》除了结构奇特、读法另类、形式新颖,它到底要告诉我们什么呢?胡里奥·科塔萨尔说:"《跳房子》差不多是我在巴黎的那十年生活的总结和在那以前岁月的总结。在书中,我做了当时我所能做的最深入的尝试,就是用小说的形式,讲出哲学家用形而上的方法提出的问题,也就是说,那些重大的质询,重大的疑问。就是人和现实的真实性的关系。"胡里奥·科塔萨尔认为,世界上存在两种真实,一种是日常的每天都发生在我们身边的真实,另外一种真实是被日常生活所遮蔽的真实。小说家的任务就在于发现这种被遮蔽的第二真实。

《跳房子》这部百科全书式作品的出版,立即引起了拉美文坛和欧洲一些国家的热烈好评和轰动效应,它也成为"拉丁美洲文学爆炸"潮流在欧洲的呼应和回响,和马尔克斯等其他几个作家出版于20世纪60年代的代表作一样,成为拉美新小说的典范。《跳房子》还被誉为拉丁美洲的《尤利西斯》。而胡里奥·科塔萨尔也凭借这部作品成为"拉丁美洲文学爆炸"潮流中的最主要的干将,《跳房子》不仅是他自己的创作高峰,也是"拉丁美洲文学爆炸"潮流的代表作品。

四

胡里奥·科塔萨尔后期的作品包括两部长篇小说,《装备用的62型》(1968)、《曼努埃尔之书》(1973),前者是从《跳房子》的第六十二章引申出来的一部小说,后者直接涉及一个在阿根廷发生的社会政治事件,以作者的一些剪报式政论文章、调查报告和文学性想象,构成两个层面互文性的叙述,批判了阿根廷拉努塞独裁政府对人民的残酷迫害、镇压和暴力行为。该小说在1974年获得了法国梅迪西文学奖。但是,这两部小说在艺术性和思想性方面,都不如《中奖彩票》和《跳房子》成功。胡里奥·科塔萨尔还出版有小说集《八十个世界一日游》(1967)、

《最后一回合》(1969)等。

　　胡里奥·科塔萨尔的短篇小说成就很高，他一生共创作了近百篇短篇小说，这些小说除了上述三个集子，还结集为《克罗诺皮奥与法玛的故事》(1962)、《万火归一》(1966)、《仪式》(1969)、《故事集》(1970)、《八面体》(1974)、《有人在周围走动》(1977)、《某个卢卡斯》(1978)、《我们如此热爱格伦达》(1981)、《不合时宜》(1983)，等等。这些短篇小说集内容相当丰富，几乎全都带有幻想性质，题材上围绕欧洲、特别是法国和西班牙的生活和历史，以及拉丁美洲特别是阿根廷的社会生活展开，每篇小说都带有神奇的反逻辑的情节，以此呈现 20 世纪混乱不堪的人类状况。他始终关心祖国阿根廷和拉丁美洲其他国家的发展，1975 年，他发表的中篇小说《反对跨国吸血鬼的托马斯》，就是以文学的方式去抨击和批判美国跨国资本对拉丁美洲的掠夺和攫取的。1981 年，在巴黎居住了三十年后，胡里奥·科塔萨尔终于加入了法国国籍。1984 年，他在完成散文集《如此暴烈而可爱的尼加拉瓜》、诗集《也许是黄昏》之后，因白血病在巴黎病逝。

　　1985 年，他的遗作、广播剧本《别了，罗宾逊》西班牙文版出版，这是他写下的最后一本书。2006 年，他的后人发现了一个他生前留下来的皮箱，里面装满了他的手稿，其中有短篇小说、历史故事、长篇小说片段、诗歌、艺术评论、游记、演说稿等，2009 年的 5 月，这些文稿以《预料不到的文集》为名，在阿根廷出版了。

玛格丽特·阿特伍德：
加拿大"文学女王"

"可以吃的女人"

对于我们来说，加拿大是一个遥远的、比美国还远的地方。它在美国的北部，看上去，大部分国土似乎终年都被冰雪覆盖，寒冷异常。如果你还没有去过那里，不用发愁，你可以通过阅读这个国家的作家的作品来了解它。

一直到20世纪50年代，作为一种独立的加拿大现代文学，似乎都很不起眼。但是在20世纪后半期，加拿大小说家在美国文学的巨大阴影之下顽强地显露出他们的身姿。其中，玛格丽特·阿特伍德（Margaret Atwood, 1939— ）和爱丽丝·门罗这两位女性小说家，可以比肩任何同时代的美国作家了。她们中间，爱丽丝·门罗是一位短篇小说大家，发表有数百篇短篇小说，玛格丽特·阿特伍德则是一个真正的多面手，她以宏大的视野和细腻的笔调，改写了北美洲文学的版图。如今，年届80岁的她已经出版了四十多部各类著作，包括十二部长篇小说、十多部诗集，还有多部短篇小说集、随笔集和文学评论集，因此，玛格丽特·阿特伍德被誉为加拿大的"文学女王"是当之无愧的。

1939年，玛格丽特·阿特伍德出生于加拿大渥太华，父亲是一位生物学家，喜欢研究各类昆虫，母亲是一个营养学家。我想，这样一个家庭出身，对造就一位杰出作家来说，并没有什么特别的地方。那么，为何玛格丽特·阿特伍德能够成为20世纪后半段最好的加拿大小说家呢？首先，玛格丽特·阿特伍德从小就喜欢阅读，5岁的时候，她就阅读了格林兄弟的童话集。童话因素后来成为影响她作品风格的重要因素，她自己也承认了这一点："我一生最经常读的书，就是《格林童话》，我37年来一直在读这本书，从头读到尾，或跳着读，断断续续地读。"在她的童年岁月里，主要是父母亲指导她进行阅读。1946年，她跟随父母亲迁居到多伦多，开始在约克学校的杜克分校上学。7岁的时候，她以一只蚂蚁为主人公，写了一些诗歌和一篇小说。这是她最早的文学创作。1957年，16岁的玛格丽特·阿特伍德进入多伦多大学维多利亚学院学习英语文学和哲学，她的老师中有一位著名的神话原型文学理论的倡导者诺·弗莱教授，她从他那里获得了不少的教益。1961年，她大学毕业，在这一年，她自费

玛格丽特·阿特伍德

印刷出版了第一部诗集《双面的普西芬西》，随后，她到美国哈佛大学攻读文学硕士学位，最终在 1967 年获得了哈佛大学的文学博士学位。后来，她就一直在加拿大和美国的一些大学里担任教师和驻校作家。

很多小说家最初都是从诗歌写作走进文学殿堂的。在她的第一本诗集《双面的普西芬西》中，那种带有超现实主义风格和女性的敏感的诗句，已经使人看到了她可观的未来。1966 年，她出版了第二本诗集《圆圈游戏》，这本诗集在 1967 年 3 月获得了加拿大的最高文学奖——总督文学奖，这对时年 27 岁的玛格丽特·阿特伍德来说，是一种巨大的鼓励。1968 年她又出版了诗集《那个国家的动物》，将加拿大的寒冷、偏僻、美丽、粗犷的大自然写进了诗篇。之后，她就开始写小说了。1969 年，她出版了自己的第一部长篇小说《可以吃的女人》，小说获得了非常好的评价。《可以吃的女人》的主人公是加拿大一个受过很好教育的年轻女人，表面上看，她一切顺利，事业发展和爱情生活都波澜不惊，但是，她的内心却很焦虑，尤其是对自己的婚姻，更是感到恐惧和害怕，以至后来进食都变得困难了。在婚期即将来临的时候，她以自己为准烤了一个形状像女人的大蛋糕献给了丈夫，表示要和自己的过去断裂开来，于是丈夫有些莫名其妙地吃掉了那个他新婚妻子身形模样的巨大蛋糕，这个女人从此也进入一种新的生活形态里，因此，"可以吃的女人"是小说中的一个核心意象。这部小说带有浓厚的女性主义思想意味，刚好和 20 世纪 60 年代后期在北美洲闹得越来越凶的女性主义与女权主义浪潮相配合，因此，今天看来意义非凡。我把这部小说看作玛格丽特·阿特伍德自己的精神自传，她实际上书写了她作为女性即将进入婚姻之中的精神困顿。不过，我作为一个男性读者，读这本小说的时候，总是觉得她写得有些矫情和夸大其词。我一向支持较温和的女性主义，反对女权主义者——那些疯女人试图将这个本来就很疯狂和混乱的世界搞得更加糟糕。不过，《可以吃的女人》这部小说在写法上有新颖之处，很注重结构，这在玛格丽特·阿特伍德的所有小说中都很明显。小说一共分为三个部分，第一部分是第一人称叙事，到第二部分则变成了第三人称叙事，由隐藏起来的作者出面进行全知全能的讲述，到第三部分，则又变成了第一人称，叙述者重新变成女主人公，这种叙述角度的不断变化使小说能够从不同的侧面、从外部和内部反映女性微妙和复杂的内心世界，显示了玛格丽特·阿特伍德自觉继承现代主义小说技巧并融汇女性的直觉、勇于创新的能力。

对于玛格丽特·阿特伍德来说，这个阶段既是她创作的第一个阶段，也是长袖善舞的时期，她在诗歌、小说和文学评论的写作中收获都很丰厚：1970年，她出版了两部诗集——短诗集《地下程序》和叙事长诗《苏姗娜·莫迪的日记》。短诗集中，她似乎继承了奥登以来的英语诗歌传统，并且将法语诗歌中的超现实主义风格带到语言里，对日常生活下面隐藏的习惯性力量做了精确呈现。长诗《苏姗娜·莫迪的日记》可以和她的小说《可以吃的女人》相对比着阅读，书写了一个女性在表面的日常生活和隐蔽的内心世界之间的巨大裂隙。1971年，玛格丽特·阿特伍德再接再厉,又出版了诗集《权力政治》,以女性意识和诗歌的凝练,表达了对性别角色、社会权力结构和女性社会地位的看法。这是她尝试将宏大的社会性主题融合到诗歌中的一次成功努力。

1972年,她出版了在加拿大影响深远的文学评论著作《幸存:加拿大文学主题指南》。这本文学论著着重论述自加拿大文学诞生之后的生存意识和精神的确立。她认为,代表美国的是一种拓荒精神,代表英国的是一种岛屿精神——也就是向海洋要边界的拓展意识,而代表加拿大的则是一种生存意识和生存的精神,因为,长期以来,加拿大都是一个地广人稀的蛮荒之地,因此,在这里生存就成了所有人和动物的第一要义,这种精神既渗透在加拿大人的生活中,也贯穿在加拿大文学史上所有的文学作品中。在这本论著里,她广征博引,深入浅出,从很多加拿大作家的笔下,找到了与大自然和生存主题有关的大量例证。可以说,正是由于这本书的出现,才正式确立了加拿大现代文学的特性,确立了加拿大文学作为一种独立的文学地域的存在,玛格丽特·阿特伍德功莫大焉。

"跳舞的女孩们"

由于第一个阶段的四面出击,玛格丽特·阿特伍德在加拿大文坛上声名鹊起,很快,她就进入创作力爆发的时期,也就是她创作生涯的第二个阶段。在《幸存：加拿大的文学主题指南》出版的同一年，她还出版了第二部长篇小说《浮现》。

《浮现》是一部篇幅不长的长篇小说，以第一人称叙事的手法来结构作品。但是，在小说叙述的内部时间上，玛格丽特·阿特伍德做了时间的压缩——小说内部的叙述时间只有几天，完全是通过女主人公的内心联想和独白，以及意识的流动，"浮现"出主人公所度过的几十年的回忆，以及和她相关的人物命运。小说女主人公前往寒冷清净的加拿大魁北克地区的一个偏僻乡村，去那里寻找自己失踪的父亲，和她同行的有好几个朋友。在湖畔居住下来，她在寻找父亲的几天时间里，发现了父亲留在木屋里的很多蛛丝马迹。过去，她很少去体察父亲的生活，现在，她开始探察父亲的内心世界，同时，魁北克地区壮丽的风景使她震撼，她也渐渐地进入父亲崇尚大自然之美、热爱大自然、与自然和谐的精神世界里。在寻找父亲的几天时间里，她的好朋友、被大都市文明影响和异化的大卫与安娜夫妇的表现，让她失望和忧虑。后来，她发现，父亲在这里所做的事情是描摹湖边的古代岩画，最终，她发现了父亲沉落湖底的尸体。在找到父亲尸体的同时，她似乎明白了现代都市文明对人性的扭曲。她决定，不和大卫夫妇一起返回大城市了，而是留在魁北克的那个湖畔小岛上，去寻求一种更贴近大自然的生活方式。小说的主题显然是亲近大自然、反对工业文明的扭曲人性和毁坏自然环境，这个主题尖锐而清晰，并不断以回旋的方式出现在她后来的作品中。

玛格丽特·阿特伍德一直坚持写作诗歌，成为她和小说写作并驾齐驱的文学表达,值得我们认真关注。按说,从诗歌进入文学殿堂的小说家后来凭借小说暴得大名之后,都很少再写诗了,可是,玛格丽特·阿特伍德是一个特例。1974年,她出版了诗集《你很幸福》,诗风亲切生动,表达了她作为新嫁娘从婚姻里感受到的美好和喜悦的心情。1976年,她还出版了《诗歌选集》,收录了她早期的上述多部诗集中的精粹之作,算是一个阶段性的总结。

在1976年,她还出版了自己的第三部长篇小说《神谕女士》。她花了整整两年的时间写作这部小说。《神谕女士》仍旧是一部探讨女性精神世界和生存状态的作品,这是玛格丽特·阿特伍德一生所重点关注的文学主题。主人公叫琼·福斯特,小说以第一人称的叙述角度,让她自己讲述她作为一个女性的整个成长历程:她的少女时代、她的爱情和婚姻、她在加拿大社会寻求个人独立的事业追求等,描绘出一个试图不断逃离和躲避社会外部烦扰的女性那敏感而脆弱的内心世界。后来,在朋友的帮助下,琼·福斯特甚至为自己安排了一次溺水假死事件,自己偷偷跑到意大利躲避了起来,帮助她逃跑的朋友却被警察认为是杀害她的凶手而被捕,背了黑锅。此时,琼·福斯特必须再次现身,才能证明那个朋友的无辜。最终,她出现在警察面前了。小说得出结论,一个女性如果企图躲避和逃跑承担女性角色,在现代社会里是非常困难的。从叙事的风格上讲,这部小说带有轻松的喜剧效果,在文本的形式上戏仿了英国早期的浪漫主义小说,在结构上,以现实和回忆交织的手法,将小说内部的时间进行了自由的伸缩处理，空间很大，是一部成功的作品，也进一步奠定了玛格丽特·阿特伍德在北美文坛上的地位。

她的短篇小说写得也很好，我觉得和擅长写短篇小说的爱丽丝·门罗相比，她只是略微逊色一点，主要是因为产量太少了。1976年，她出版了短篇小说集《跳舞女郎》，里面一共收录了十四个短篇小说，从女性经验和视线出发，广泛地探讨了女性成长中遇到的问题，内容涉及强奸、婚外恋、肥胖问题、分娩等女性特殊的现实存在和遭遇。在小说的叙述风格上，很节制，在形式上采用了丰富的现代主义表现手法，几乎每一篇小说的叙述角度和结构方式都不一样，将写实手法、内心独白、电影蒙太奇的运用结合起来，表现出现代社会中女性越来越复杂的内心世界和她们要面对由男人所主导的外部世界时的各种心态。这本书还获得了"加拿大优秀短篇小说奖"。当然，她的创作成就主要体现在长篇小说上。她的第四部长篇小说是《人类以前的生活》（1979），讲述了一个三角恋的家庭悲剧，采用多个主人公进行叙述的手法，使小说具有多声部，带有结构现实主义的实验痕迹。小说呈现了当代加拿大一个中产阶级家庭的生活在道德伦理日益滑坡和恶化的年月里逐渐破损和崩溃的过程，内容涉及婚姻的疲倦、夫妻的背叛、通奸、自杀等。小说最有趣的地方，我觉得是作者把主人公安排为在安大略皇家博物馆工作的职员，而博物馆中有很多来自加拿大荒野上的人类史前遗留物，以那些遗留物来映衬当代加拿大中产阶级家庭的复杂生活，现代文明和古代文明通过博物馆这个中间介质连接到了一起，形成浓厚的反差和反思的气氛。在小说中,中产阶级家庭不仅内部有冲突,在外部的世界里,种族、多元文化、男女性别和阶层矛盾纷纷呈现。

玛格丽特·阿特伍德是一个全能作家,她能够不断地拓展自己的写作空间,在出版一部长篇小说的间隙,她往往要出版诗集、随笔评论集和短篇小说集。由于早年深受童话影响,她也很喜欢为孩子写点什么。1977年,她出版了《反叛者的日子,1815—1840》,以通俗易懂的方式,给孩子们讲述加拿大历史上的风云事件。1978年,她出版了一部带有童话色彩的儿童故事《在树上》。短篇小说集《黑暗中谋杀》(1982)则将一些耸人听闻的当代刑事案件作为创作素材,《蓝胡子的蛋》(1983)从著名的童话《蓝胡子》中吸取了营养,带有自传色彩,隐晦地描写了她的家庭环境带给她的一些影响。

玛格丽特·阿特伍德的第五部长篇小说《肉体伤害》出版于1981年。和她前面的四部长篇小说一样,这部小说的主人公仍旧是一位女性,不同的是,小说的地理背景发生了变化,不再是加拿大,而是转移到了加勒比海地区的一个虚构的国家,叫作圣安托万。女主人公是一个记者,在她很小的时候,父母亲就离婚了,她是在只有母亲和外祖母的女性家庭里长大的。后来,她结婚了,但婚姻失败了,她还得了乳腺癌,切除了半边乳房。这种生活上的接连打击和挫折使她意志消沉。女记者前往那个正在进行选举的加勒比海岛国采访,却卷入了当地的政治事件,在政治动荡中和一系列的误会和纠缠中,她被当成间谍而关进了监狱,最后,是加拿大的外交人员出面才将她营救出狱。小说探讨了女性从婚姻、家庭、肉体上和外部世界的政治、历史等多个方面所遭受的伤害,将当代女性存在境遇的复杂性展现给我们。小说的叙述采取了将女主人公的现实处境和内心活动对比的手法,以结构上的两个层次建筑起小说的复调特征。

"小说是对社会的监护"

玛格丽特·阿特伍德是一个社会责任感很强的作家。在她创作的第三个阶段中,这一点表现得尤其明显。她的第六部长篇小说是《使女的故事》,出版于1985年,带有一些科幻小说的色彩,但是具有相当的现实批判性。这部小说是关于人类未来前景的,写这部小说的时候,她曾经在一次演讲中这么说:"小说创作是社会道德伦理观念的一种监护,尤其是在今天,各种有组织的宗教活动肆虐横行,政客们已经失信于民。在这样一个社会,我们所借以审视社会一些典型问题、审视我们自己以及我们相互之间的行为方式、审视和评判别人和我们自身的形式已经所剩无几了,而小说则是仅剩下的少数形式之一。"通过她的这段话,可以看出,玛格丽特·阿特伍德相信小说的社会功能和介入现实的能力依旧强大,她像过去关心女性问题那样,开始以更大的视野关注自然环境和政治与现实问题。

在《使女的故事》中,玛格丽特·阿特伍德虚构了一个可怕的未来:美国已经被一伙极端宗教分子控制和改造,并成立了一个叫基列的共和国。在这个国家里,对《圣经》的崇拜达到了亦步亦趋的地步,完全是按照原教旨的思想来控制人民。而每个家庭外部的威胁,诸如环境污染、核废料散布、社会动荡与道德堕落,都一步步逼来。在这样的社会里,女性则退步到只能在家庭里活动,成为男人的生育和泄欲工具。比如,"使女"就是一种特殊的女性群体,她们的功能主要是给基列共和国的上层人物繁衍后代,她们存在的意义,说白了,就是她们有子宫和阴道。说到这里,我想大家都明白了,这部小说描绘了未来女性生存方式的一种可能性,玛格丽特·阿特伍德把对当代社会的女性问题的探讨,延伸到未来社会里继续进行了。小说的结尾是开放性的,一个企图反叛的使女有两种命运:她也许被抓了,即将遭到惩罚,也许,她真的逃脱了,但是,她又能逃到哪里去呢?

小说带有某一类科学幻想小说所经常描绘的未来社会那令人窒息的黑暗性质,也没有给我们指出一条光明之路。但是,整个小说的叙述和结构都非常有特色,是以现在进行时的状态,来描述未来发生的故事,第一人称的叙述使读者有一种小说的故事发生在当下的感觉,读者可以和书中的人物一起经历未来。小说涉及的当代社会问题和女性问题都非常尖锐——社会环境和生态环境双重恶化、极端宗教组织和原教旨主义肆虐、恐怖主义崛起、邪教盛行、环境保护面临困境,因此,人类面临着前所未有的挑战。可以说,《使女的故事》延续了《1984》《我们》和《美丽新世界》那样的"反乌托邦小说"的传统,是这个传统的最新成果,它的出版在当今时代里恰逢其时,起到了警示当代人的作用，是一部忧患之书。另外，在小说中，玛格丽特·阿特伍德透露出来的各门学科的知识非常庞杂，显示了她的博学多才和学者化倾向。有人统计说，这部小说涉及文学、艺术、圣经学、生物学、电子技术、遗传学、心理学、互联网、经济学、历史学、医学等各个领域。小说在市场上很成功，成为畅销书，还广受赞誉，进到英语"曼布克小说奖"的决选名单里，并提名"普罗米修斯奖"和"星云奖"，获得了美国《洛杉矶时报》小说奖、英联邦国家文学奖，作者还因此再次获得了加拿大最高文学奖"总督文学奖"。

玛格丽特·阿特伍德的小说写作越来越得心应手和驾轻就熟了。她的第七部长篇小说《猫眼》出版于1988年。这是一部可以和弗吉尼亚·伍尔夫的杰作相媲美的小说。小说的主人公是一位女画家，她在一次回家乡举办画展的时候，回忆起自己多年来和朋友、父母、男人之间的关系，以女性成长的经历和视角，展现出一个由个人史、回忆和联想所组成的斑驳画面。小说一共有十五章，每一章的题目都是一幅女画家的作品的名字，也是对小说人物的命运、人生所处阶段的一种暗示。从小说的结构上讲，其内部有两个层次的叙述时间，一个是现在时，功成名就的女画家回到家乡举办一个画展，然后，她在不断地回忆，由此进入小说的过去时，也就是小说的第二个时间层次，将她和女伴们、男人们、亲戚们错综复杂的关系和命运都呈现了出来，以大量的自由联想、下意识和内心独白，称量了成长中的痕迹、死亡、性、男人、爱情、婚姻、成功、父母亲这些要素在她生活中占据的比重，表现了一个女性的精神世界。小说的最后一章，也就是第十五章，是小说全篇的统摄和总结，这一章的名字叫"猫眼"，猫眼指的是一种漂亮的蓝色玻璃弹子，是女主人公少女时代的爱物，她在家乡找到了它，她通过它看到了这么多年来她所经历的全部生活。小说的叙述风格细腻动人，在呈现女性和女性、孩子和父母、男人和女人的关系上都非常精妙。我觉得，在某种程度上，玛格丽特·阿特伍德是弗吉尼亚·伍尔夫的绝佳传人，在女性视角上有更佳的表现力，她在开掘人物的精神深度上，比弗吉尼亚·伍尔夫还更加宽阔。在《猫眼》获得成功之后，她在下一部长篇小说出版前的四年时间里，出版了很多著作：儿童小说《安娜的宠物》，讲述了一个女孩子的成长烦恼；三部诗集中，有两部是新作结集——《发掘一组往事》和《蛇的诗篇》、一部诗歌选集《诗歌选集二：诗选和新诗 1976—1986》，收录了十年时间里她自认为的代表性作品。此外，她还编辑了《牛津加拿大英语诗歌选集》《加拿大文学名家食谱大全》《牛津加拿大英语短篇小说选》《最佳美国短篇故事》等，显示了她旺盛的文学创作、鉴赏和编辑能力。在 1991 年和 1992 年，玛格丽特·阿特伍德还接连出版了两个短篇小说集《荒园警示录》和《好骨头》。《荒园警示录》收录了以加拿大独特的地理环境为背景的短篇小说，主题是环境保护、人与动物、人与自然的关系。《好骨头》则是一部形式看上去很混杂，但是大都和当代加拿大日常生活有关的系列短篇，一些小说带有戏谑和喜剧色彩，另外一些小说则直接取材于社会新闻。从语言上说，她的短篇小说能够精确地描绘细节，还能够像海明威的短篇那样简洁生动，实践了她的"小说是对社会的监护"的理念。

她的第八部长篇小说《强盗新娘》出版于1993年。小说讲述了四个女人的故事，其中三个是成功的中产阶层女性，有历史学教授、商人、店员等，她们因为另外一个经历复杂的下层女性而把各自的生活联结了起来，呈现出一个有趣的关于女人生活的画面，仿佛是四个女人手拉手，在跳一种女人形成的圆圈舞蹈一样。在小说中，还表现出与主人公有关的各种矛盾，比如，尖锐的两性关系、种族冲突和歧视、战争带给主人公的内心阴影等。和玛格丽特·阿特伍德的不少讲究结构和叙述的小说那样，这部小说采取了多个视角来讲述，让每个女人现身说法，使每个人的讲述都互相映衬、斑驳陆离，真的是四个女人一台戏。根据玛格丽特·阿特伍德自己的说法，写这部描写四个女人和进入她们生活的其他人的小说，灵感来自塔罗牌——一种绘有人物并能够演绎出故事的扑克牌，因此，人物的命运带有偶然性和开放性的神秘结局。我觉得，在她整个小说创作的序列里，《强盗新娘》是中等水平偏上的作品，它继续探讨女性在当代社会中存在的各种问题和她们的选择背后的无选择，但是主题重复，技巧也谈不上多么的新奇，只是比较好看而已。

玛格丽特·阿特伍德的第九部长篇小说《别名格雷斯》出版于1996年，她基本上保持了每三四年就出版一部新小说的速度。这部小说使玛格丽特·阿特伍德实现了一次对自己的超越。这是一部带有浓厚后现代色彩的小说，也是一部历史题材的小说，以加拿大历史上著名的、发生于1843年的一次女仆谋杀雇主的案子为素材,讲述历史中的女人的命运。小说交替采用了第一人称和第三人称的叙述,有的章节还插入了其他的情节,有的章节则由一些书信构成,有的章节是对话,有的章节则是主人公的内心独白,技巧上最为丰富和成熟。玛格丽特·阿特伍德写这样一部历史小说,还是想从一个发生在19世纪的扑朔迷离的女性犯罪案件,来讲述女性在特定历史环境里的悲惨命运,以20世纪的视线来重新打量那个历史时代的气氛,以一个历史中的女仆的命运来呈现女性的反抗和奋争。小说的结局和历史事件一致:最终,那个女仆获得大赦,还和一个爱她的男人成立了一个美满的家庭。

"为什么写作?"

玛格丽特·阿特伍德的后期写作进入化境了。她第十部长篇小说《盲刺客》出版于世纪之交的2000年,是她最重要的一部小说,出版之后,终于使她摘得了当年的英语长篇小说重要奖项"曼布克小说奖"。此前,她几次入围都功亏一篑。

《盲刺客》也是她所有的小说里篇幅最长的,约合中文五十万字。小说内容宏富、结构复杂、叙述精巧,采取了俄罗斯套娃式的一环套一环的叙述方式,大故事套着一个小故事,小故事里又套着一个更小的故事,抽丝剥茧,进行层层叙述。小说以艾丽斯和劳拉这姐妹俩的人生命运作为主线，表现了20世纪加拿大人的历史和日常生活与情感世界。小说里的时间跨度有六七十年，在小说刚开始的时候，女主人公、姐姐艾丽斯已经是80多岁的老人了，她回忆起和自己性格完全不同的妹妹劳拉的叛逆生活，这是小说的第一个时间线索和叙述层次。妹妹劳拉最终自杀身亡，这带给了她无尽的思念。在回忆中，艾丽斯的脑海里不断地重现当年所有的场景，她和妹妹劳拉一起成长的细节和故事，就成了小说的第二个时间线索和叙述层次，此时，其他次要人物也纷纷登场；小说的第三个时间线索和叙述层次，是劳拉发表的一部小说《盲刺客》的故事情节，作为一个插曲故事套在里面，是小故事里面更小的一个故事。于是，整部小说就这样将多重的讲述、多个层面的时间叠加在一起，创造出一种非凡的艺术效果。而且，在小说的叙述过程中，玛格丽特·阿特伍德采用了报纸拼贴、时空倒错、意识流、对话与潜在对话等很多现代主义小说的表现技法，多层次地挖掘人物复杂的内心，在一个悲剧性的人生故事之外，还以结构的美、语言的美、女性细腻感受的美来打动我们。可以说，这是她的全部作品中最厚重的一本。我想，如果有一天玛格丽特·阿特伍德获得诺贝尔文学奖了，那么，这本书肯定是被重点提及的作品。

一个好作家一定是要不断地突破自我，尝试自己的各种可能性的。玛格丽特·阿特伍德也是这样，她似乎有着多重面孔，她从来都不愿意重复自己，她往往在写完一部历史或当代题材的小说之后，必定要来一个华丽转身，进行新的题材的探索。玛格丽特·阿特伍德的第十一部长篇小说《羚羊与秧鸡》出版于2003年，和她的《使女的故事》一样，这是一部带有科幻色彩的"反乌托邦小说"。我们知道，科学幻想小说是一种大众通俗类小说，一般以某类科技知识为基础，讲述发生在未来社会里的幻想故事。一般的科学幻想小说文本不怎么讲究语言、形式、结构等小说艺术手法，在艺术上比较粗糙。但是，在整个20世纪的大作家中间，有几个人以科学幻想小说作为外壳创作的作品，却突破了旧科学幻想小说的局限和窠臼，比如，英国女作家多丽丝·莱辛的系列长篇小说五部曲《南船座中的老人星》等，讲述了银河系的故事，展现了人类的未来可能性；卡尔维诺的短篇小说集《宇宙奇趣》是想象力加现代科学知识的完美结晶。玛格丽特·阿特伍德创作的《羚羊与秧鸡》这部小说，说的是在未来的某个年代，人类发明的高科技已经完全控制了整个世界的故事。主人公"秧鸡"是一个可怕的、在网络时代长大的生物天才，他创造了一种病毒，企图毁灭人类，又培育出一种摆脱了人类所有缺陷的"羚羊"人，当有缺陷的人类毁灭之后，地球上就剩下"秧鸡"和"羚羊"了，而他们面对的世界，却更加可怕。小说描绘了生物科技、医药科技和其他高科技的发展，可能会给人类带来一种毁灭性的打击，以此警告我们，要想有真正美好的未来，必须要改变我们现在的生活方式，对科学技术的发展进行审慎的控制和约束。

玛格丽特·阿特伍德的第十二部长篇小说，是一部神话原型小说，叫作《珀涅罗珀记》，出版于2005年。这是英国一家出版机构邀请全球一些作家创作"重述神话"、讲述自己民族神话的一次尝试，有些命题作文的味道，中国作家苏童、李锐、阿来、叶兆言也参加了这个项目。小说《珀涅罗珀记》取材于希腊神话《奥德赛》。在神话中，奥德修斯征战特洛伊之后，回家的旅程竟用了二十年的时间。在这二十年时间里，奥德修斯的妻子珀涅罗珀对丈夫忠贞不渝，一边操持家务，一边抚养儿子，等待丈夫的归来，同时，还要不断地面对很多求婚者的骚扰。最后，她等回了丈夫奥德修斯，奥德修斯和成年的儿子一起杀死了那些求婚者，他们一家人重新幸福地生活在一起。即使是"命题作文"，玛格丽特·阿特伍德也显示了她的技高一筹。首先，她采取的叙述视角就很独特，是从珀涅罗珀的十二个后来被吊死的女仆的角度来进行讲述，而不是以奥德修斯一家人的视角进行讲述；其次，中间穿插了诗歌片段，很像是十二个女人共同演唱的一出叙事歌剧，她们的独白互相映衬、互相补充，将神话中珀涅罗珀的形象，以十二个女人的讲述牢固地树立了起来，是一部精到之作。不过，玛格丽特·阿特伍德的小说也有缺点，有的小说我觉得写得有点"甜"，比较女性化的那种矫情的感觉。但是她的大气和宽阔，又掩盖了她的甜腻腻。

玛格丽特·阿特伍德的最新随笔集《帐篷》出版于2007年，以断片思考的方式，结构了一个卓越的女作家对当代社会的露珠般的智慧思考。此外，她还出版有随笔评论集《第二位的话：散文评论选集》（1982），收录了她写的大量书评和文学评论的精选，涉及女性主义、加拿大文学的特征和关于写作本身的一些技巧问题。

2009年,她出版了第十三部长篇小说《洪水之年》。这是一部涉及生态危机的警世之作。此外,她的文学演讲录《与死者协商:一位作家论写作》出版于2002年,是她在英国剑桥大学的演讲稿,纵横开阖地分析了文学的历史,从古代神话到当代小说的各种表现形式,探讨了小说未来发展的各种可能性。在回答"为什么写作"这个问题时,玛格丽特·阿特伍德给出了她的可能是最为丰富的答案,她说:

为了记录现实世界。为了在过去被完全遗忘之前将它留住。为了挖掘已经被遗忘的过去。为了满足报复的欲望。因为我知道要是不一直写我就会死。因为写作就是冒险,而唯有借由冒险我们才能知道自己活着。为了在混乱中建立秩序。为了寓教于乐(这种说法在20世纪初之后就不多见了,就算有形式也不同)。为了让自己高兴。为了表达自我。为了美好地表达自我。为了创造出完美的艺术品。为了惩恶扬善,或者——套用站在塞德侯爵(Marquis de Sade)那一边的反讽说法——正好相反。为了反映自然。为了反映读者。为了描绘社会及其恶。为了表达大众未获表达的生活。为了替至今未有名字的事物命名。为了护卫人性精神、正直与荣誉。为了对死亡做鬼脸。为了赚钱,让我的小孩有鞋穿。为了赚钱,让我能看不起那些曾经看不起我的人。为了给那些混蛋好看。因为创作是人性。因为创作是神一般的举动。因为我讨厌有份差事。为了说出一个新字。为了做出一项新事物。为了创造出国家意识,或者国家良心。为了替我学生时代的差劲成绩辩护。为了替我对自我及生命的观点辩护,因为我若不真的写些东西就不能成为"作家"。为了让我这人显得比实际上有趣。为了赢得美女的心。为了赢得任何一个女人的心。为了赢得俊男的心。为了改正我悲惨童年中那些不完美之处。为了跟我父母作对。为了编织一个引人入胜的故事。为了娱乐并取悦读者。为了娱乐并取悦自己。为了消磨时间,尽管就算不写作时间也照样会过去。对文字痴迷。强迫性多语症。因为我被一股不受自己控制的力量驱使。因为我着了魔。因为天使叫我写。因为我坠入缪斯女神的怀抱。因为缪斯使我怀孕,我必须生下一本书(很有趣的装扮心态,17世纪的男作家最喜欢这么说)。因为我孕育书本代替小孩(出自好几个20世纪女性之口)。为了服侍艺术。为了服侍集体潜意识。为了服侍历史。为了对凡人辩护上帝的行事。为了发泄反社会的举动,要是在现实生活中这么做会受到惩罚。为了精通一项技艺,好衍生出文本(这是近期的说法)。为了颠覆已有建制。为了显示存有的一切皆为正确。为了实验新的感知模式。为了创造出一处休闲的起居室,让读者进去享受(这是从捷克报纸上的文字翻译而来)。因为这故事控制住我,不肯放我走("古舟子"式的理由)。为了了解读者、了解自己。为了应付我的抑郁。为了我的孩子。为了死后留名。为了护卫弱势团体或受压迫的阶级。为了替那些无法替自己说话的人说话。为了揭露骇人听闻的罪恶或暴行。为了记录我生存于其中的时代。为了见证我幸存的那些恐怖事件。为了替死者发言。为了赞扬繁复无比的生命。为了赞颂宇宙。为了带来希望和救赎的可能。为了回报一些别人曾给予我的事物。

显然，要寻找一批共通动机是徒劳的：在这里找不到所谓的必要条件，也就是"如果没有它，写作便不成其写作"的核心。(《与死者协商：一位作家论写作》导言《进入迷宫》)

玛格丽特·阿特伍德精彩地概括和归纳了历史上各种"为什么写作"的答案，告诉我们，写作的理由千千万万，是没有一个固定答案的。

玛格丽特·阿特伍德的创作力旺盛，在 21 世纪第二个十年中，她又出版了多种作品，题材相当广泛，女性主义视野是她重要的向度。她的科幻小说以"反乌托邦小说"的风格呈现出来，近年很受瞩目。2017 年，玛格丽特·阿特伍德获得了卡夫卡文学奖和德国书业和平奖；近年来，她也是诺贝尔文学奖的热门人选之一。

2017 年 4 月，根据《使女的故事》改编的同名剧集在电视台播出，成为全球热门话题，同年斩获艾美奖五项大奖。《使女的故事》第二季现已播出，获得了 BAFTA 电视奖（有"英国艾美奖"之称）最佳国际剧集。玛格丽特·阿特伍德借势又写了《使女的故事》的续篇、长篇小说《遗嘱》，在 2019 年入围了曼布克奖短名单。

《遗嘱》的情节设定在《使女的故事》结束后的十五年，女主人公奥芙瑞德逃离了未来神权统治的美国，由此引发一系列的延伸故事。曼布克奖评审委员会主席彼得·弗洛伦斯说："这是一部野蛮而美丽的小说，它以独特的信念和力量在向人们诉说未来世界的多种可能性。"

从 20 世纪到如今，玛格丽特·阿特伍德都是一位显得越来越重要的小说家。她的小说涉及女性主义、科学幻想、文化冲突、全球化、历史、神话、童话等多种元素，很多作品都善于从女性的视角出发，去透视当下人类社会所面临的各种问题。她小说的写作手法包罗万象，广泛地采用现实主义、现代主义、后现代主义的表现技法，题材广泛，深度和广度俱备，创造出了一个气象万千的文学世界，不愧是加拿大的"文学女王"，也是当今在世的最好的小说家之一。

库尔特·冯内古特：
"没有国家的人"

"黑色幽默"这个东西

库尔特·冯内古特（Kurt Vonnegut, 1922—2008）是非常值得分析和研究的小说家。他一直被称为"黑色幽默"派作家，我们且不管他身上被贴了什么标签，如果单凭打量小说艺术的眼光来看他，就会发现，他的小说对20世纪美国小说的发展贡献很大。具体说来，就是他能将科幻小说的外部特征混合荒诞派戏剧和小说的元素，又以存在主义哲学作为底色，创造出一种别具一格的"黑色幽默"小说风格，来批判和讽刺他所经历的20世纪的独特历史和美国的社会现实。

"黑色幽默"这个文学流派是美国文化的产物，虽然可以上溯到法国作家塞利纳那里，

库尔特·冯内古特

但是，它是小说创新的潮流在二战之后转移到美国的新发展。1965年，美国小说家弗里德曼编选了一册《黑色幽默小说选》，收入了十二个作家的作品，其中最主要的作家是约瑟夫·海勒、库尔特·冯内古特、唐纳德·巴塞尔姆、约翰·巴斯、托马斯·品钦和纳博科夫等人。于是，"黑色幽默"作为美国文学的一个重要流派或者说作家群体，在20世纪60年代获得了认定和重视。尤其是上述作家，全都是美国20世纪后半叶出现的最优秀的小说家，因此，这个文学群体的影响十分巨大。所谓的"黑色幽默"，自然和黄色幽默、白色幽默、红色幽默不一样，"黑色"在一般情况下是死亡、沉闷、绝望和痛苦的象征，但是，和"幽默"这个词联系在一起之后，就形成了一种怪诞和滑稽的美学风格。这些作家很多都不承认自己是"黑色幽默"作家，但是他们的作品却有着相似的质地。而且，"黑色幽默"作家似乎都受到了存在主义哲学的影响，他们笔下的人物都是小人物，都有被异化的表现，都是反英雄的，而且都是人性扭曲和举止怪诞而不可理喻、使得你很同情的家伙。实际上，这些作家之所以能写出"黑色幽默"风格，我想还是与他们自身的经历和世界观有关。什么样风格的小说，都不是凭空而来的，都有社会的原因。后来，这个群体的一些作家又被贴上了"后现代派"的标签，继续发挥着他们对20世纪美国文学的影响。

1961年，小说家约瑟夫·海勒、库尔特·冯内古特各自出版了一部长篇小说：《第二十二条军规》和《夜母亲》，两部小说的题材都和二战有关系，他们两位也都参加了美国军队，上过前线。这两部小说在1961年的问世，揭开了美国文学新的一页。

库尔特·冯内古特一生一共写了十四部长篇小说和两部自传体小说，还有几本随笔集。他最早的两部长篇小说是《自动钢琴》（1952）和《泰坦星的海妖》（1959），这两部小说都很像科幻小说，《自动钢琴》描述的是自动化的钢琴代替了人的演奏，讽刺二战之后机器大工业取代人工和小手工业的社会现实，将人的价值不断贬低的可能性呈现出来，忧心忡忡地警示我们，未来不见得是美妙的。《泰坦星的海妖》采用科幻小说的外在模式，描绘人类对遥远的星空不断进行热情探索，但是，对近在咫尺的人类自身却没有一点兴趣，对待人类的冷漠和对地外世界的热情之间的对比十分鲜明。不过，由于情节上太像科幻小说了，在题材上又比较边缘，作者的冷嘲热讽、插科打诨没有正形，所以没有引起美国读者的注意，大家还以为是一个新的科幻小说家诞生了呢。

而小说《夜母亲》的出版，使人们改变了对库尔特·冯内古特的看法。尽管《夜母亲》的影响低于《第二十二条军规》，可是，人们还是看出了这两个作家之间的联系。《夜母亲》是他的第三部长篇小说。这部和《第二十二条军规》出版于一年的小说使美国读者开始认为他是一个严肃的作家，而不再是一个写科幻小说的家伙了。库尔特·冯内古特的《夜母亲》讲述的是二战期间一个成功打入德国纳粹政权内部的美军间谍的故事。他以反对犹太人的公开身份，通过电台的谈话来传送获取的重要军事情报。最终，这个为国家贡献巨大的间谍，在战后因为当年公开反对犹太人的言论和身份而被关进了监狱，成为战争和政治的牺牲品，最后，不得不在监狱里自杀了事。小说将人的荒诞处境呈现给我们，表达了存在的荒谬和两难。这就是"黑色幽默"所达到的效果。

科幻小说的糖衣外壳

库尔特·冯内古特的大部分小说都有一个科幻小说的糖衣和外壳，他的代表作、长篇小说《猫的摇篮》出版于1963年，这是一部主题严肃的"黑色幽默"小说。这本书的出版，使他一下子成了美国人最喜欢的小说家。要知道，在20世纪60年代，从大学校园开始，美国社会正在经历一场社会动荡和生活观念的革命，此书的出版恰逢其时。这是一本讽喻美国以及人类自身无限信赖科学家和科学技术的作品，展现了科学正在被国家和政府利用的现实，并揭示了科学为毁灭人类自身的战争服务的真相。在美国，刚刚经过"麦卡锡时代"保守思想的禁锢与洗礼，这本书的出版获得了思想解放的大学生们的欢迎。它以杰出的艺术构思、幽默的文学表达和十分锐利的思想，带给60年代激进思变的美国年轻人以深刻启迪。

《猫的摇篮》的故事情节是这样的：一个作家打算写一本书，描述1945年8月6日原子弹第一次使用到人类自己头上的那一天重要人物都在干什么，于是，他开始进行采访调查。小说的叙述者、作家"我"首先想对原子弹之父、诺贝尔奖获得者、科学家霍尼克尔博士进行采访。但是，他发现这时霍尼克尔博士已经死了，留下三个孩子，大女儿安吉拉、大儿子弗兰克和聪明的侏儒小儿子牛顿。作家"我"来到一家戒备森严的通用锻铸公司，对曾和霍尼克尔一起工作的同事进行采访。从主管布里德博士那里，"我"知道了原子弹之父霍尼克尔博士生前研究的最后一个课题，是军方要他发明一种把烂泥变成固体冰块的方法。这种东西十分神奇，只要一小点儿，就可以把沼泽、溪流和烂泥地统统变成坚硬的固体，变成可以通过的平原，从而成为军队顺利行军打仗的保证。布里德博士并不知道，实际上，霍尼克尔生前已经发明出了这种东西，并且给它起了一个名字叫作"冰-9"，但就是在试验"冰-9"的功能时，霍尼克尔不小心把自己也变成了冰块儿。这就是博士的真正死因。接着，"我"又采访了博士的三个孩子，试图了解原子弹之父的一些真实生活，但是，除了知道了霍尼克尔从来不读书、对人类这样的生物没有任何兴趣，没有得到任何别的信息。而科学家的大儿子弗兰克也因为和犯罪集团有牵连，神秘地消失了。接着，鬼使神差，"我"被一家杂志派往加勒比海地区的一个岛国圣洛伦佐，去采访在那里建立了一家慈善医院的一个美国富翁。结果，"我"在飞往那里的飞机上，遇到了前往那里参加哥哥弗兰克婚礼的妹妹安吉拉和侏儒弟弟牛顿。他们一起到了那个岛国，发现，这个岛国被一个叫"老爹"的家伙独裁统治了多年，同时，"老爹"还在追捕一个反对他的宗教组织博克侬教的教主博克侬，准备按照岛国的刑罚，将这个家伙用钩子钩死，而聪明的大哥弗兰克现在竟然是岛国的独裁总统"老爹"喜欢的陆军上将和科学部部长。

在岛国中,"我"悄悄地留心观察所有的细节,逐步地发现了秘密所在。原来,霍尼克尔发明出"冰-9"的时候,正好带着三个孩子在科德角的别墅度假,在那里,他试验了一下自己的发明,结果一不小心把自己和一只狗都变成了僵硬的尸体和冰块。"冰-9"的威力就在于,它可以将任何液体都变成冰块。外出游玩的孩子们回来后发现了这个秘密,他们处理了现场,把剩下的"冰-9"分成三份,一人一份,放到保温桶中保存起来。于是,这种比原子弹还要可怕的东西就这样被科学家的三个孩子随身携带着到处乱跑。在圣洛伦佐国,弗兰克正是把这个比原子弹还要可怕的东西献给了独裁者"老爹",给自己换来了上将和部长的身份。眼下,他负责整个岛国的科学发展和军队建设规划。有一天,"老爹"忽然病了,想把总统的位子交给弗兰克,可是,弗兰克不愿意干,他认为自己没有管理国家的才能,转而推荐作家"我"来当。"我"一开始很犹豫,可是后来,又决定试一试。毕竟,在岛国当个总统也是非常诱人的事情。弗兰克和"我"就商定,要在一次观看演习的活动中正式宣布移交总统的权力。正在这个时候,"老爹"因为误食了"冰-9"死亡——他以为这是长生不老的药,结果把自己变成了冰块。在这场准备给"我"加冕的仪式上,一架出故障的飞机撞到了观礼台上,"老爹"的尸体不慎掉进了大海,大海在瞬间也变成了冰块。接着,整个地球都变化了,所有的液体都变成了冰块,只有一股龙卷风盘旋在几个幸存者的头顶。一出令人恐惧的滑稽戏终于结束,人类重新进入了洪荒时代,大地上,只剩下"我"、弗兰克和侏儒牛顿兄弟,以及教主博克侬等少数几个人，不知道如何面对荒芜的未来。

小说的题目"猫的摇篮"，指的是我们少年时代玩的那种翻绳的游戏。小时候，大人总是用两只手绷着绳子，给我们翻各种形状，其中一个是"猫的摇篮"的形状，可是，里面既没有猫，也没有摇篮，是一片空无。在这部小说里，"猫的摇篮"成了一切骗人把戏和空无的总象征，象征着那些许了人类未来美好前景的诺言和科学技术神话，其实都有真和假、好和坏两个方面的问题。这一点，对眼下我们不留余地依赖科学技术发展经济，导致环境急剧恶化和资源迅速地被消耗的现实，也是一个很好的提醒。这部小说的构思很奇巧，以科幻小说的外形包着批判现实主义的内核。小说的形式感非常强，用加了小标题的一百二十七个片段的式样，结构成了一部结构精巧而有趣的作品。库尔特·冯内古特非常喜欢用片段和拼贴的形式来结构作品，他认为，世界再也不是整体的一块了，到处都是支离破碎的，因此必须用这种形式去表现。这一点和唐纳德·巴塞尔姆的观点有些相似。小说的主题是对人类现代科学技术的大发展有可能导致对人类自身造成巨大损害的警示，趣味横生，幽默异常，读起来是饶有兴味的。直到今天，这本书在美国不断地被再版，成为长销书。

库尔特·冯内古特的第五部长篇小说《上帝保佑你，罗斯瓦特先生》出版于1965年，小说的开头开宗明义："在这个关于人的故事里，主要角色是一笔钱；这和在关于蜜蜂的故事里，主要的角色按理总是一摊蜂蜜一样。"小说的主人公是美国一家基金会的主席埃利奥特，他掌管着经过了几代人的原始积累和巧取豪夺的家族企业所赚取的大笔资金。但是，自从埃利奥特当上家族基金会的主席开始，他就决定，要将这些带着罪恶和鲜血的金钱散布出去，他去和社会底层的人为伍，把金钱用于对疾病的治疗和控制、反对种族歧视、反对警察暴行等，但是，大家把他当作疯子，认为他得了精神病，完全不能理解他的所作所为。他像是美国20世纪的一个堂吉诃德那样顽强、坚韧地和崇拜金钱的社会作战。

长篇小说《五号屠场》（1969）是库尔特·冯内古特一部影响深远的作品，也是他的代表作之一。18岁的时候，库尔特·冯内古特进入康奈尔大学学习生物，两年之后正值二战决战的最后时期，他参加了美国军队，但是不久就成了德军的俘虏，被关在德累斯顿的一个战俘营里。1945年2月13日，一千多架美军的飞机对德累斯顿进行疯狂轰炸，库尔特·冯内古特为了躲避自家飞机投下的炸弹，进入一家屠宰场的地下冷库，才幸免于难。这段经历是促成他写出充满荒诞感和黑色幽默感的作品的真正动因。你想想看，一个美军俘虏躲在冷库里，四周都是被屠宰过的牲畜肉，头顶则是自己人的飞机在扔炸弹，他险些被他们的炸弹炸死，这有多么的荒诞和滑稽！美军轰炸德累斯顿是历史上非常有名的一场战役，是非常残酷的，因为这座城市是德军主要的军火生产地，因此，当美军成功在欧洲大陆登陆作战之后，对德累斯顿的轰炸就成了盟军掌握制空权的象征。最后，这场轰炸导致十三万以上的市民死亡，一座历史悠久的古城几乎被炸毁。躲在冷库里没有被自己人的炸弹炸死的库尔特·冯内古特走出地面，恍惚间觉得自己来到了月球的表面，因为整个城市全部被炸毁了。多年以后，他终于根据这段经历写出了《五号屠场》。小说基本上以他自己的亲身经历作为主线，描绘一个叫比利的人当年躲避开自己人的飞机轰炸而幸存下来，他安全回到美国，成了一个配眼镜的技术匠人，辛苦谋生，不久，娶了一个富人的丑女儿做老婆，安心过自己平常的日子。但是，战争记忆的残酷影像总是尾随着他，到了20世纪60年代，他的儿子又被送到了越南前线参加战斗。1966年的一天，他被从太阳系外的星球飞来的特拉法马多利亚人的飞碟给劫持了，然后，他被带到那个星球上的动物园里，作为地球动物被展览。当特拉法马多利亚人听了比利讲述自己曾经经过的战争和纳粹大屠杀、德累斯顿大轰炸这些事件之后，都惊叹："地球人是宇宙中最恐怖的生物！"

《五号屠场》在黑色幽默和滑稽荒诞的营造上达到了一个高峰，小说的叙述和时间有些颠三倒四，主人公比利似乎丧失了时间的线性感觉，他在自己所经历的任何时间段出现，但是，比利除了记着他所经历的德累斯顿大轰炸的记忆，其他的任何记忆都是混乱不堪的，他简直是在时间里自由地穿梭着生活。小说从而将时间打通，把过去、现在和未来通过主人公比利的经历连接起来，对美国当时的文化特征进行了全面呈现。小说利用一部分科学幻想的材料，用外星人的眼光来看待二战和20世纪60年代越战，既是一部反战小说，又是一部描绘荒诞人生的小说。

库尔特·冯内古特的第七部长篇小说是《冠军早餐》（1973），继续着他的独特探索。小说有一系列插图，都是他自己画的，小说主人公是一个科幻小说作家，他生活在美国，但是这个国家有很多他不能理解的事情。他靠给人安装铝合金门窗谋生，业余时间喜欢写科幻小说到处邮寄。后来，他认识了一个汽车经销商胡佛，胡佛喜欢他的小说，不过，后来胡佛发疯了，打伤了自己的情妇，还咬掉了科幻小说家的手指。最后，这个科幻小说家从他自己所经历的一系列怪诞荒唐、难以理喻的事件中得出了一个结论：这个世界是有精神病的。最后，他通过对人的精神病理学的研究成了著名的医学专家，还获得了诺贝尔医学奖。整部小说的叙述风格依旧东拉西扯、指东打西，看上去似乎没有章法，故事情节完全是散乱的，就如同小说中的主人公所经历的这个怪诞和混乱的世界，但是逻辑清楚，主题明确。

库尔特·冯内古特的第八部长篇小说《闹剧，或者不再寂寞》（1976）从形式上看似乎完全没有内部稳定的结构，他是信马由缰，想到哪里、思绪到了哪里，就写到哪里。但是，小说所描绘的世界仍旧是20世纪70年代美国的社会风貌。在库尔特·冯内古特的眼里、在他的笔下，社会场景和面貌都变形了，他夸张地将美国当代生活的丰富、复杂和荒诞表现得十分可笑和怪诞。他的第九部长篇小说《囚鸟》（1979）则以一个老犯人的自述来结构作品，将他一生三进监狱的经历，混合20世纪美国的很多历史事件，比如1929年的经济大萧条、1938年之后的第二次世界大战、50年代的朝鲜战争、尼克松总统的"水门事件"，以及60年代的美国性解放等，库尔特·冯内古特以一个老人如何经历这些事件，然后不断地被历史事件所伤害的阅历，说明了个体生命在历史的风云变幻中的无能为力,同时,继续对美国社会现实进行冷嘲热讽。

库尔特·冯内古特有着独特的文学观,他认为,小说可以不要开端、结尾、中心、情节这些老套套,也不需要故事、道德、寓言和象征这些东西。他认为,眼前的世界是混乱的,是无可救药和无法理解的,因此,他的武器就是讽刺和幽默。他的后期小说大部分都在实践他的这个文学理念,且变得更加极端和突出。比如,他的带有自传色彩的长篇小说《棕榈树星期天》(1981)、带有后现代色彩的小说《神枪手迪克》(1982)、有着幻想色彩的小说《加拉帕戈斯岛》(1985)等,都带有这些特征。他还有一部长篇小说《蓝胡子》值得重视,小说出版于1987年,和童话《蓝胡子》没有互文和戏仿的关系,只是有一点希望读者引发某种联想的意思。小说有一个副题,叫作"拉伯·卡拉贝金的自传",他借助自传的形式,描绘了一个已经71岁的画家的生活。这个画家和作者是某种分身的关系,他希望自己的秘密被永远锁在储存马铃薯的仓库里。但是,一天,一个寡妇闯入了他的生活,于是,他1916年到1988年的生活经历被揭开了。小说的风格还是片段和零碎叙述,以联想和东拉西扯的方式,描绘了一个亚美尼亚主人公经过土耳其的种族屠杀后在美国顽强生存下来的故事。关于20世纪土耳其曾经屠杀亚美尼亚人的历史问题,一直是土耳其当代社会和政权要面临的一个难题。2006年诺贝尔文学奖的获得者帕慕克,这些年就因为批判了那些否认这个历史问题的人,而遭到极端民族主义者的仇视,他们起诉他,甚至威胁要杀害他。库尔特·冯内古特的这部小说可以看作是"亚美尼亚人问题"的一个文学回响。

预警毒气的金丝鸟

1950年之后，库尔特·冯内古特就成为职业作家，60年代他开始在一些大学任教，1973年当选为美国文学艺术院院士。进入90年代之后，库尔特·冯内古特的创作力没有丝毫减退。长篇小说《欺骗》（1990）、《时震》（1997），《上帝保佑你，死亡医生》（2000）是这个时期的作品。长篇小说《时震》依旧很精彩，故事情节荒诞不经，实在令人发笑：2001年2月13日下午，宇宙自己忽然厌倦了无休止的膨胀和延续大爆炸后的扩张，决定自我调整，于是，时间和空间立即出现了问题，宇宙开始收缩，时光也倒退到了1999年2月17号。因此，所有的人都要将自己刚刚度过的岁月重新再来一遍，大家连同小说的主人公，一起去经历了这个时代令人哭笑不得的生活。从文体上看，库尔特·冯内古特把自传和科幻小说混合起来，很难分清楚两者之间的界限，他尖刻地讽刺了当代美国社会的混乱和拜金主义。在小说中，继续出现了库尔特·冯内古特的化身——科幻小说家基尔戈·特劳特，小说里插入了不少这个小说家的小说片段，插科打诨地讽刺和挖苦的，都是当代美国乃至人类社会的通病。小说中的时间也不断地来回穿梭，像弹力皮筋一样，作者带领我们在时空中自由往返。

库尔特·冯内古特还写有短篇小说集《欢迎来到猴子馆》（1968），小说集里的不少小说都有着科幻小说的外形，但是包含着他对当代社会的批判和讽刺。除了短篇小说，他还写过几个剧本，但是影响远低于他的小说。关于如何对待美国社会现实，他显示了激烈的批判态度，称得上是一个左翼思想家。比如，2005年，他出版的杂文随笔集《没有国家的人》对美国进行了极端的讽刺挖苦。不过，我想，美国正是依靠知识分子对其不断批判，才不断地获得了修正自我的机会，从而成为世界强国。那些害怕被批评的政府和当权者，总是虚弱的。我猜测，他自称是"没有国家的人"可能和他的德裔身份有点关系。这个随笔集里洋溢着他关心社会和当下政治的热情，尤其是他对"9·11"之后美国的政策走向和全球战略都提出了激烈的批评，显示了不和统治阶级同流合污的信念与独立人格。在他去世之后，出版商整理出版了他的短篇小说遗作集《回忆中的末日》（2008）和《看小鸟》（2009），依旧获得了读者的欢迎。

库尔特·冯内古特的小说大部分篇幅都不长，文法自由，章节和句子都很短小，非常幽默，有爆发力。他的小说看上去的确没有他所说的开头、结尾、情节、寓言、故事等，只是一团乱麻和散乱的珠子，而且，小说的内部时间也经常是混乱的，不是按照顺时方向叙述，但是，你在阅读的过程中会逐渐形成一个完整的印象，将他的小说中复杂的情节和多层次的线索理清楚。他的小说讽刺的意味非常浓厚，有一些悲观的调子，但似乎又对未来充满了希望，因为他确信人性中还有一些美好的品质，正是他的这种确信，致使他不断地发出夸张、惊奇、怪诞、滑稽和幽默的笑声来。他不断地提醒我们，世界虽然不像政客向选民许诺的那样一定会变得越来越美丽，但是还有希望存在，还可能有救。不过，他的小说虽然触及了当代人类社会的很多重大主题，但是，有些浮光掠影，有些打滑了，而且，他的幽默和滑稽嘲讽的方式属于绕道走，在力度上和深度上要小很多，不如那些正面描绘社会问题的小说有力度。

库尔特·冯内古特认为，作家应该向人类发出危险警告，就像矿工带下矿井的金丝雀那样能够预警矿坑里的毒气。今天来看已经去世的库尔特·冯内古特，他的文学地位不仅很稳固，而且还有所上升。他小说的主题非常深广，涉及了战争的残酷、科学灾难、反种族歧视和人的异化以及人类的反抗等，以戏谑和幽默的方式来呈现他的批判，让我们在笑声中不禁又开始了深思。所以，阅读他的小说是一件非常愉快的事情，因为他的小说里充满了"黑色幽默"这种东西，让你总是想发笑。而他揶揄和讽刺的对象，就是人类自己。每个读者都在他这种对人类自身的幽默滑稽的批判当中，了解到了我们另外的一种可怕的处境与命运。

库尔特·冯内古特是一个非常幽默的人，不仅小说写得很幽默，据说，他在送给一些读者的书上签名，在名字字母的中间都要画上一个"*"的符号，使读者大惑不解。对此，他解释说："这是我的肛门的符号，我把我的肛门画在里面了。"像这样一个毫不拘束、想象力奇特的作家，一个对人类的现状和未来都充满悲悯情怀和忧患意识的作家，我们应该好好地读一读他。

唐纳德·巴塞尔姆：
垃圾美学与元小说碎片

"后现代派"的标签

我曾经尝试翻译唐纳德·巴塞尔姆(Donald Barthelme, 1931—1989)的小说，原因是他的短篇小说乍一看去短小精悍，大部分小说也就是中文三四千字的篇幅，容易入手。但是，一动笔，我就立即感觉到非常困难，因为他的小说知识背景广阔，寓意复杂，还带有机械时代的冰冷气质，语言多义和模糊，有的篇章尽管表面上看去很清晰，可是却十分复杂，充满暗示、隐喻和陷阱。

20世纪的美国文学，尤其是小说，在60年代之后呈现出爆炸性的发散状态，各种流派、各个族群的文学写作蔚为大观，比如，女性主义文学、新新闻主义小说、后现代派、简约派、黑人文学、亚裔文学、印第安文学、犹太文学、中产阶级文学等各路流派风起云涌，我觉得，是人类小说的创造性活力由欧洲大陆转移到了美洲新大陆的一个明证。这其中，唐纳德·巴塞尔姆和约翰·巴斯、威廉·加迪斯、威廉·加斯、罗伯特·库弗、约翰·霍克斯、托马斯·品钦等一批作家，被评论家贴上了"后现代派"小说家的标签。但是，究竟什么是后现代派，后现代和前现代、现代主义是什么关系，却是众说纷纭，莫衷一是，他们之间是相反的关系，还是带有时间上的延续性，很难说清楚。我感觉，总体来说，美国这批所谓的"后现代派"小说家，他们描绘的是人类生活进入一个新阶段的新状态，是美国的当代社会生活发展到一个新境界的描绘。加之大部分"后现代派"小说家都使用了现代主义各流派的小说技巧，并且在现代主义小说家创造的令人眼花缭乱的文学技巧之上，又进行了更为惊险和复杂的文本实验，开拓出小说不断生长的新空间，有的甚至不惜将小说引入死胡同里，来探索小说可能的疆界，实在是勇气可嘉。

　　唐纳德·巴塞尔姆1931年出生在美国费城，建筑师家庭出身，父亲对现代派建筑有着十分深入的研究，是德国重要的建筑学流派包豪斯风格的信徒，认为建筑应该尽量削减外在的东西，比如那些繁复的装饰，符号化和象形化的修饰，应该直达建筑的本质，越简单越集中、使用功能越齐全，才是建筑的应有之意，因此，建筑要做减法，而不是做加法。父亲的建筑学理论和观念给唐纳德·巴塞尔姆带来了很大的影响，这在他后来的小说

唐纳德·巴塞尔姆

中都有所呈现。在这样一个知识分子家庭长大，唐纳德·巴塞尔姆所受到的文化熏陶十分深厚。据说，10岁的时候，唐纳德·巴塞尔姆就决定将来要当一名作家了。高中毕业后，他在休斯敦大学学习新闻和文学。1953年，他参军后，还没有来得及上战场，朝鲜战争就停止了，他又回到大学里继续学习新闻和文学，从卡夫卡到萨特、从法国的新小说派到美国的20世纪文学，他都进行了精心的研究。他还广泛涉猎建筑和艺术，成为一个博学的艺术鉴赏家。1961年，30岁的唐纳德·巴塞尔姆当上了美国休斯敦当代艺术博物馆的馆长，这算是一个奇迹了。1963年，他在《纽约人》杂志上发表了短篇小说处女作《人的面孔》。1964年，他出版了第一部短篇小说集《回来吧，卡里加利博士》，收录了他的那些实验性非常强的短篇小说。一些评论家立即敏感地察觉到，一个向传统小说发起挑战的现代小说家出现了。他们的感觉是对的，唐纳德·巴塞尔姆后来的确是作为一个向传统小说开刀的厉害角色，出现在20世纪美国文学史上的，他的意义就在于其不妥协的、尖锐的形式实验和这种实验背后的文学革新理念。

唐纳德·巴塞尔姆一生中一共写了五部中长篇小说和八部短篇小说集，不过，他的长篇小说的篇幅都不长，最多算是大中篇。比如，翻译成中文接近十万字的《白雪公主》就是这样。这部小说出版于1967年，是唐纳德·巴塞尔姆的代表作。这部小说完全戏仿了格林的童话故事《白雪公主》，但将原来的故事拆解开来，将白雪公主放到了现代社会中。在现代社会里，过去清纯、美丽、善良的白雪公主变成了一个妓女，还得了性病，七个小矮人则靠贩卖婴儿食品发了大财；白马王子保罗完全是一个笨蛋，他还失业了，在追寻白雪公主的过程中，掉到工业废水池的绿色泡沫里，活活淹死了。其他人物也都被他改写成了黑色的人物，带给我们一个噩梦般的画面。可以说，在唐纳德·巴塞尔姆的笔下，《白雪公主》这个美丽的童话得到了系统的解构，小说中有很多地方用黑体字标明了作者需要强调的内容，却也使得文本本身变得古怪和滑稽，具有强烈的反讽效果。在小说的结尾，是这样的描述："白雪公主屁股失灵，白雪公主重拾童贞，白雪公主羽化登仙，白雪公主腾云升天，英雄们启程探寻一个新的原则，嗨嗨吆。"

《白雪公主》的叙述结构也很有特点，可以说整部小说都是以片段的方式拼贴起来的，这是因为，唐纳德·巴塞尔姆自己说："片段是我唯一信奉的小说形式。"他将片段构成小说的主体，这很像现代建筑观念影响下的盖房子的办法，最终，以拼贴的方式把小说给建立起来了。在唐纳德·巴塞尔姆的很多小说中，他都大量使用拼贴的手法，把看上去完全不相干的文字放在一起，以这种样式来表达世界的混乱和无意义。

《白雪公主》最终以它新颖的表达和锐利的思想与形式感，获得了美国全国图书奖，可见，美国人对他将格林纯真的童话改造成邪恶的现代童话的理解和欣赏。的确，要是在一个不那么宽容的国家里，他对《白雪公主》的改写就像是在犯罪和恶搞了，是很难被接受的。因此，一定会有人问，所谓的"后现代小说"，就是将一切神圣的东西进行亵渎和乱搞，将庄严的东西弄得可笑和滑稽,将完整的搞成碎片,将伟大的东西弄得渺小吗?显然,事情没有这么简单。后现代派小说家的世界观的确发生了变化,他们眼里的世界,已经和卡夫卡、普鲁斯特所看到的世界完全不一样了,比如,在唐纳德·巴塞尔姆看来,眼前的这个世界已经不再崇高和清晰,而是庸俗不堪和很难把握,因此,必须以解构原有的童话的方式,来表现它的本质。初次阅读这部小说,我感觉,在中国的语境中,很容易使人联想起香港的那些搞笑的无厘头电影,比如周星驰的电影。但是,我觉得,这其中有着本质的不同。唐纳德·巴塞尔姆的小说底色是黑色的,是让你在笑的背后,体会一种现代人的绝望感和悲剧意识。

元小说

在19世纪的现实主义小说大师笔下,现实如同镜子一样被映照在小说中。最著名的说法来自司汤达,他把小说描述为"携带上路的镜子",作家只需要把他在路上看到的东西映照在作品中就可以了。

但是,到了20世纪的现代主义小说家那里,司汤达的"镜子说"就显得过于外在和简单了。从卡夫卡、普鲁斯特、乔伊斯开始,人物的内心宇宙和意识的流动,成为拓展和塑造人物形象的重要手段。然后,到了后现代派小说家那里,光去挖掘和描绘人物的内心映像已经远远不够了,作家们写出了关于小说的小说——也就是元小说，这个元小说概念，是一个特别重要的概念。但是，当元小说诞生之后，我觉得，小说似乎被一些人给带到一个死胡同里去了。很简单，因为小说最重要的技巧就是虚构，而元小说是一边虚构着故事，一边就告诉你小说就是这么虚构和捏造出来的，这会降低读者的好奇和兴奋感，这就像一个魔术师一边给你表演，一边告诉你，这个魔术是假的，假在哪个地方，然后告诉你他的花招。这很容易使观众在得知真相之后，既解开了谜团、感到过瘾，又立即丧失了对魔术本身的崇敬和好奇，不再信任魔术师了，也不再喜欢魔术了。所以，我看到，没有什么元小说是真正成功的，大部分的元小说都堕落到一种文学和文字以及理论的互文游戏里，无法成为真正的经典之作。

不过，唐纳德·巴塞尔姆一向否认自己写了元小说，他说，他对元小说，就是关于小说的小说丝毫不感兴趣。但是，在他的一些短篇小说中，的确有元小说的元素。拆解和拼贴技法的大量运用，反讽语调和材料的挪用，都很容易让我们看到他故意在展示写作的过程，让我们了解他写作的秘密，因此，作为一个悖论，这一点在他的身上十分矛盾地存在着。

1975年，唐纳德·巴塞尔姆出版了长篇小说《亡父》，这部小说将图与文结合，故事情节晦涩怪异，核心情节是一个有十九个孩子的父亲去世之后，他的十九个孩子决定埋葬自己的父亲，于是，他们彼此讨论和谈话，商议和争吵，最终无法解决如何埋葬父亲的尸体，因为他们遇到了一个困难，那就是，面对自己死去父亲的巨大尸体，无法采取任何行动。而在小说中，"亡父"

到底死了没有也是一个问题——他忽而活了,忽而又即将死去,忽然,又真正死去了,真的是让人摸不着头脑。唐纳德·巴塞尔姆给我们设置了很多或然性,他根本就不去确定"亡父"的存在状态。另外,我觉得,"亡父"是一个象征物,但是"亡父"到底是什么东西,很难说清楚。一些评论家认为,"亡父"象征着现代主义文学的死,十九个孩子是包括唐纳德·巴塞尔姆在内的后现代派小说家们,这部小说是批评现代主义的一篇十分隐晦的论文——我看,这种说法完全是牵强附会。阅读这篇小说,我可以明显地感觉到"亡父"是一个象征,象征着巨大的某种存在、秩序、威严和稳固的东西,而十九个孩子则是各自心怀鬼胎的小家伙,充满了叛逆思想。但"亡父"到底是什么,连唐纳德·巴塞尔姆自己都没有说明白。他以如此隐晦的手法来写作,到底要做什么?我想,还是因为世界观的改变,使他力图从根本上挖掉小说老祖宗的坟头,插上一杆并不确切的新旗帜。

唐纳德·巴塞尔姆还在 1986 年出版了长篇小说《天堂》,这是他的第三部长篇小说。小说篇幅不大,依旧以冰冷的语调、片段的结构、嘲讽的态度,来透视和展现美国的当代生活,赋予了"天堂"这个词反讽的内涵,使我们看到了混乱和迷惘的美国人的生活和精神世界。紧接着,在 1987 年,他又出版了一部中篇小说《萨姆的酒吧:一幅美国风景》,和《天堂》有一定的联系。小说以一个酒吧作为固定背景,暗示这家酒吧是当代美国社会的流水席,人们来来往往,酒吧里热闹非凡,但生活的实质却是乏味和混乱的。在喧闹的生活表相之下,埋藏着对生活的破坏因子。

1990年，在唐纳德·巴塞尔姆去世一年之后，他的长篇小说遗作《国王》出版了。这部小说的篇幅也不大，题材是根据亚瑟王的圆桌骑士们定期聚会并行走天下、匡扶正义的史诗传说，来重新讲述亚瑟王和他的骑士们的故事，仍旧是对经典传说的一种解构的路数，和《白雪公主》有异曲同工之妙，不过，我觉得这部小说的技法、形式和思想，都远逊于《白雪公主》。

垃圾美学

垃圾美学，就是不把崇高当回事的美学，就是信奉垃圾是好东西的美学。这一点，在唐纳德·巴塞尔姆的短篇小说中尤其突出。他一生一共出版了八部短篇小说集，可以说是一个短篇小说的行家里手。除了第一本短篇集《回来吧，卡里加利博士》，他还出版了《不可言说的实践，不自然的行为》（1968）、《城市生活》（1970）、《悲伤》（1972）、《罪恶的快感》（1974）、《外行们》（1976）、《伟大的日子》（1979）、《一夜抵达众多遥远城市》（1983）等小说集。此外，他还出版了两部短篇小说自选集：1981年，出版他的小说选集《60个故事》，收录了他二十多年来最好的一些短篇小说。1987年，又出版了《40个故事》。可以说，在他那篇幅不长的五部中长篇小说中，艺术成就最高的是《白雪公主》，这部书也最能够代表他的艺术特点和追求。

我觉得，集中考察唐纳德·巴塞尔姆一生中发表的一百多篇短篇小说,从风格的独特和纯粹性来看,是可以和海明威、博尔赫斯的短篇小说相比肩的。在这一百多篇小说中,几乎每一篇都有着实验性和独特的形式感。下面,我就他的一些短篇小说略做一些分析:

比如,短篇小说《句子》,长达十页的篇幅就只写了一个句子,在这里,唐纳德·巴塞尔姆将小说最重要的躯干——句子的功能放大成一篇小说,使句子本身等同于小说整体,给我们带来了一种荒诞感和关于句子功效的思考;短篇小说《玻璃山》则由一百个段落构成,而且编了号,从一到一百,描绘一个人想爬到摩天大楼上去的过程,并设想了各种的可能性和结局,呈现了现代人在城市中被异化和渴望挣脱生活藩篱的努力。

《我父亲哭泣的景象》有意模仿了19世纪俄罗斯那些小说大师的英文译本的风格,由三十五个片段构成,描述了儿子眼中的父亲所经历的可怕现实,带有滑稽和黑色幽默的色彩;《克尔凯戈尔对施莱格尔不公平》以问答录的形式,将两个哲学家之间的对话变成了对浪漫主义的反讽、对存在主义的清理和陈述;《解释》,通篇看上去是一篇现实主义小说,是一个弃妇的自言自语,在她的自言自语中,她生活的点滴现实和愁苦的内心世界都呈现了出来,但你又觉得,这是一篇深义大焉的意义含混的小说。

短篇小说《欧也妮·葛朗台》则是对巴尔扎克当年那部著名小说的戏仿,以对话摘要的形式,用三四千字的篇幅重构了小说,把原来的小说大厦拆解掉,留在我们眼前的,只剩下一副骨架,这种抽干式的写法,主要在于摧毁传统小说要表达的意义,强调一种什么也不表达的"垃圾美学"。过去,大量小说为了确立意义而添油加醋、叙述繁复。唐纳德·巴塞尔姆表明,以如此短小的篇幅,就可以将巴尔扎克原来冗长的故事给讲清楚了,传统小说是多么的要不得;《传道师》,采取了基督教中常见的解释教义的问答录形式,一问一答,描述一个在美国社会中无所适从、被生活摧毁的人试图重新从宗教中获得安慰和答案,却被问答师的答非所问干扰,变成了对宗教本身的讽刺;《给儿子们的一份手册》,相当于有二十三条备忘录式的一个大纲,然后,作者逐条进行阐释,从儿子的角度解释关于父亲的二十三条备忘条款,将父亲和儿子的关系延伸到任何权威和非权威、前辈和后辈、大和小、强势和弱势的对应关系上。

戏仿是唐纳德·巴塞尔姆最拿手的好戏。短篇小说《瑞贝卡》则是对英国女小说家杜穆里埃的《蝴蝶梦》的戏仿;短篇小说《辛巴达》是对《一千零一夜》中的水手辛巴达的重述和滑稽模仿,在这篇小说里,辛巴达由一个水手变成了美国当代某所大学的一个教授;短篇小说《歌德谈话录》也是对历史上著名的那本《歌德谈话录》的戏仿,只摘取了几个片段,以非常琐碎的生活细节,解构了当年歌德的秘书所记录的伟大作家歌德的生活;短篇小说《蓝胡子》是对童话《蓝胡子》的戏仿,《圣安东尼的诱惑》是对宗教史上著名的修士圣安东尼的故事的重新讲述,都带有颠覆和黑色喜剧的色彩。

从上述我举例的十多篇短篇小说的内容、形式和情节上来看,唐纳德·巴塞尔姆小说的实验性和形式感都是最强的,读起来,也都显得有些别别扭扭。因为他自己就声称:"我就是喜欢别别扭扭,而且别扭得很特殊。"他的大部分短篇小说都以拼贴、片段的形式完成,以戏仿和夸张、幽默和插科打诨,来暗示美国当代生活的碎片化、无逻辑、荒诞、垃圾化和毫无意义。另外,由于唐纳德·巴塞尔姆有着深厚的建筑学与现代美术修养,这种修养随时体现在他的小说中。他可以将一些图画作为文本的一部分放进去,有的小说看上去很像一篇建筑学的论文,实际上,这又是一篇小说。除了滑稽模仿,冷嘲热讽也是他最主要的语调风格,他总是引用大量当代传媒上的材料,比如一些报刊上的新闻报道、科技论文、艺术评论等文章,来呈现时代的特殊语言风格,以这些引文来证明时代本身的那种滑稽、混乱和荒诞感。

我最深刻的体会是,阅读唐纳德·巴塞尔姆的小说,你要有着充分的准备,因为,你很难再从他的小说里看到完整的故事,他把那些故事都拆开来了,以碎片的形式让它们在文本中自由漂浮,你很难捕捉到完整的印象,也很难看到人们惯常表述的那些基本的情感,唐纳德·巴塞尔姆表述的情感都是冷冰冰的、被抽干了感情色彩的,仿佛复印机在干巴巴地复制着千篇一律的东西一样。他也不喜欢崇高、伟大、整体、繁复、故事、纯洁、宏大这些词语,他宁愿相信"垃圾美学",就是看上去是垃圾的东西,实际上却包含了真理。

唐纳德·巴塞尔姆的小说在篇幅上都很短小,如果和博尔赫斯相比较的话,我觉得,博尔赫斯是以全人类的文化材料和书面记忆为基础来写作的,而唐纳德·巴塞尔姆则相对狭窄一些,他所聚焦的，是美国进入后现代社会的图像和信息化的景象，他要呈现和批判的，是美国当代的现实生活，只不过这种生活显得那么的黑色和了无生气，那么的凌乱和缺乏整体感。博尔赫斯作品带有玄学色彩，有的小说在表达不可知论，并且，博尔赫斯的小说里没有讽刺，既不冷嘲热讽，也没有激愤，他属于老派的、温文尔雅的文学绅士。而唐纳德·巴塞尔姆更像是一个坏孩子，一个长大了的怪胎，带着诡异的微笑，阴郁地打量着这个因为物质化而过于贫乏、充满不可理喻之事的世界，再给予噩梦般的描绘。的确，阅读唐纳德·巴塞尔姆的小说，一般很难给你带来阅读上的欣快感，因为没有一个人喜欢噩梦。但是，他的小说带有的复杂的知识谱系的丰富性，会让一些有耐心的读者获得智力上的乐趣。

戏仿与颠覆：两个同道

尽管唐纳德·巴塞尔姆不希望人们愉快而清晰地阅读他的小说，人们还是接受了他恶作剧般的戏仿和嘲讽，颠覆和解构。唐纳德·巴塞尔姆的写作有两个最重要的方向，一个方向是戏仿，我刚才已经举例子说明他戏仿了大量文学和文化史上著名作品的片段和故事情节，并赋予它们以隐晦和复杂的当代意义。另外一个方向，就是用黑色幽默和充满暗示和隐喻的滑稽笔调，来描绘当代美国后现代化的城市生活，对美国社会和美国人的精神进行批判和呈现。而他得到的评价也是截然相反的,表扬他的人认为,他开创了一个美国小说的新时代,批评他的人则认为,他完全搞乱了美国小说,把美国小说引入死胡同里,出不来了。

我觉得,从美学趣味角度来考察的话,有两个和唐纳德·巴塞尔姆同时代的美国作家可以拿来比较。一个是约翰·巴斯,他在对经典著作的戏仿上,走得比唐纳德·巴塞尔姆还要远,在长篇小说的写作上取得了更大的成就。1956年,约翰·巴斯出版了第一部小说《曾经沧海——一出漂浮的歌剧》,描绘了20世纪30年代美国大萧条时期的某一天,大家谈论自杀的情况。第二部小说《路的尽头》则描绘了一个大学教授的荒诞和带有虚无色彩的生活。这两部小说还有着明显的现实主义小说的痕迹,情节是连贯的,时间是顺序的,对话是清晰的,要传达的意图也是明确的,只是带有一点黑色的嘲讽和虚无感。1960年,约翰·巴斯出版了戏仿18世纪甚至更早的西班牙流浪汉小说风格的长篇小说《烟草经纪人》,这是他创作的重要转折。1966年,他又出版了长篇小说《羊童贾尔斯》,这是对神话中的英雄和宗教先知的喜剧性滑稽模仿,是对经典神话的深层次解构。1967年,他发表了一篇著名的论文《枯竭的文学》,宣布了当代小说的死亡,他认为,小说只有一条路可以走,那就是,戏仿已经出现的经典作品。1968年,他出版了由十四个片段构成的小说《迷失在开心馆》,以他自己的童年经验来描述美国生活。1972年,他出版了长篇小说《客迈拉》,这是一部包括三个互相联系的中篇小说的作品,在当代美国的文化语境里对西方文学的源头之一——古希腊神话，还有对《一千零一夜》的重新讲述，以新的维度，解释了神话和现实的关系、古代和当代生活之间的关系。小说还获得了当年的美国全国图书奖。1979年，约翰·巴斯出版了长达六百多页的小说《信件》，以七个人互相写信的形式，呈现出美国当代生活的复杂性，也探索了小说形式的边界。这七个人包括作者自己、他过去笔下出现的人物等。不过，后来，他对《枯竭的文学》中激进的观点有所修正，出版了论文《补充的文学》（1979），认为小说的前途仍旧是光明的，因为，人类的生活形态在不断地变化，语言不死，小说仍旧不会灭亡。

1982年，约翰·巴斯出版了小说《安息年》，1987年，又出版了小说《潮水的故事》，1991年，他出版了自传色彩很浓烈的一部元小说《水手的最后一次航行》，将对自我的审视和追忆零散地分布到书中，追溯了他的文学生涯，也回忆了他所经历的时代。同时，小说混杂了20世纪美国大量的文化信息、航海知识、神话故事、童谣、数学公式、美国历史以及欧洲的其他语言，是以意识流和文体不断变化组成的大杂烩，将写作的秘密一一呈现，带有百科全书的特征，算是比较成功的一部元小说。不过，归根结底，这本书是变形的自传。2005年，75岁的巴斯又出版了一部小说《三岔路口》，算起来，这是他的第十七部作品了。小说中依旧出现了大量的隐喻、象征、双关、戏仿、文字和句子游戏等，由三个中篇小说构成特殊的三联画，将古典文学史上很多大作家的文本以元小说的形式联结到一起，显示了巴斯旺盛的创作力，以及他对小说创作本身的深入思考。

另外一个与唐纳德·巴塞尔姆构成呼应关系的作家是威廉·加迪斯。1955年，他就出版了篇幅巨大的小说《识别》，长达九百五十多页，翻译成中文在七十万字左右，小说的主人公是一个善于模仿古典美术大师原作的美国当代画家。小说似乎在向现代主义小说的开山者詹姆斯·乔伊斯致敬，语言深奥，充满实验精神，以一个画家的经历完成了对"美国梦"的瓦解。几年之后，在那个风起云涌的年代，这本小说才大热起来。1975年，他出版了第二部小说《小大亨》，主人公是一个12岁的小大亨，这个家伙很善于在美国当代社会的各种法律和条文的框框中钻空子，大搞投机和商业欺骗，获得了巨大的成功。小说篇幅也很长，在六十万字以上，以超过一百个人的说话、对话和自言自语构成，小说中充斥着无比混杂的声音，象征着当代美国生活已经被各种声音所包围，成为反映美国当代资本主义高度发达的社会状况的一本杰作。

威廉·加迪斯很喜欢探索小说中的说话和声音，他生前一共出版了四本书，除了上述两本巨著，他还出版有《木匠的哥特式古屋》（1985），这是一部用不连贯的对话构成的实验性很强的小说，主要是探讨美国人的婚姻生活。他的最后一部小说《诉讼游戏》出版于1995年，篇幅长达六百页，主人公是一位大学教师，小说以他和别人的对话、潜对话来揭示表面上被各种法律条文所限制的美国社会的真实状况，法律的术语、条文、规则、案例是小说最主要的骨干。我想，威廉·加迪斯主要是想以美国当代法律自身的语言和声音，来呈现美国这个法律社会中人们日益复杂的、神思恍惚和迷惘的精神世界。在他去世之后，2002年，他的遗作《爱裂》被整理出版了。可以说，威廉·加迪斯以他厚实的五部长篇小说，加深了唐纳德·巴塞尔姆、约翰·巴斯对美国社会的另类批判与呈现。这三个作家在美学趣味上互相呼应，共同构成了美国后现代派文学一种奇特的景观，创造出一种新的美国小说。

保罗·奥斯特：镜像游戏

叙述的圈套和陷阱

二十多年前，我刚上大学不久，在为博尔赫斯的短篇小说痴迷的同时，我就想，假如有人能写出博尔赫斯式的长篇小说，该有多好啊。事实是，很难有人能写出博尔赫斯式的长篇小说。但是，最近十几年，随着保罗·奥斯特（Paul Auster, 1947— ）逐渐走入中国读者的视野，我立刻回忆起多年以前的那个想法。不过，拿保罗·奥斯特的小说和博尔赫斯的小说相比，并不完全恰当，但是，他们的叙述艺术风格在某一个点上的相似性，是肯定的，这也就是我在读保罗·奥斯特的小说时，能够本能地想起博尔赫斯的原因。

保罗·奥斯特是20世纪最后二十年异军突起的美国小说家，而且，他的身份多样，多才多艺。首先，他是小说家；其次，他还写诗，是一个诗人；同时，他又是一个相当不错的电影剧本写作者；还翻译了一些欧洲大作家的作品，又是一个翻译家。所有的这些本领还不算，他还亲自执导电影，是一个做过电影导演的作家。这么一个才华横溢的全才型作家来到中国的时间并不长，也就是最近十几年的事情，但是，我们很快就把他的十多部作品翻译了过来。由于他在小说艺术上的独特开掘，他被视为美国当代文坛最杰出的作家之一、最勇于创新的小说家、"美国当代最能给人以智性启迪的小说家"（美国评论家约瑟夫·柯茨语）。但是，他到底为小说史贡献了什么，创新了哪些东西，给人以什么样的智性启迪，是我接下来要着重谈到的，这也是我自己想要寻找的答案。

1947年，保罗·奥斯特出生于新泽西州的纽瓦克市，那里距离纽约很近。后来，他在哥伦比亚大学攻读英语文学和比较文学，获得了文学硕士学位。此后他主要在纽约生活。在最初的一些年月里，为了尝试各种生活形态，他四处漂泊，喜欢过那种无拘无束的生活，也尝试了去做各种工作，为今后的写作积累生活素材。由于有一个华裔女友喜欢舞蹈，保罗·奥斯特也曾参加过舞蹈剧团的排练，他说："只是为了去观看男男女女在空间中移动，这让我充满了陶醉感。"可实际上，这是了解生活很重要的机会。这些在纽约和其他地方的生活历练，使他获得了观察生活的机会，也使他萌发了写作的热情。

保罗·奥斯特的文学生涯开始得比较早，在20世纪70年代他20多岁的时候，就开始了写作。和很多杰出小说家一样，他早年的创作也是从诗歌开始的，他深受法国超现实主义诗人以及表现主义、存在主义剧作家的影响，写出了一些诗歌和剧本。此外，他还翻译欧洲诗人的诗歌作品，撰写文学评论文章，出版了带有超现实主义色彩的诗集《烟灭》、文艺评论集《饥渴的艺术》等。30岁之后，他开始将自己的写作重点转移到了小说和散文上来。他较早的小说是出版于1982年的侦探小说《抢分战术》，是以笔名保罗·本杰明出版的，描绘了一个扑朔迷离的案件是如何在巧合中被侦破的。这部小说孕育了他后来在严肃小说中所运用的一些形式和技巧。和一般人到老年时才写回忆录不同，1982年，35岁的保罗·奥斯特出版了一部回忆录，叫作《孤独及其所创造的》，在这部带有小说风格的回忆录中，他仿佛在穿越时间的迷雾，将对父亲的认证、家族的渊源、自我身份的确立结合起来，着重于对自我和他者的关系、对自我丧失的揭示和人生所面临的悖谬与困境的描绘，创造出了非常风格化的作品。

保罗·奥斯特的作品常常围绕着生命的无常和故事的随机性变化展开，他的小说情节曲折离奇，总是能够绕过我们惯常的人生经验和逻辑，从而走向一个几乎不可能的境地。比如，在他的小说《神谕之夜》中，他竟然把小说主人公给写到一个可能连原子弹都无法摧毁的水泥地堡里出不来了。

保罗·奥斯特探讨的，都是现代人复杂的精神处境和自我分裂的状况，有些评论家认为，他和卡夫卡有着继承和亲缘的关

保罗·奥斯特

系。读者也很容易在他制造的小说迷宫里出不来，掉进他挖的叙事陷阱里，这就使我不由地想起他和博尔赫斯的关系。因为，两个人都是迷宫制造专家，博尔赫斯更加形而上，而保罗·奥斯特则扣准了大众社会的神经，他往往能够借助侦探小说、传记等文本的外壳，创造出反侦探小说和反自传的小说作品来。

对自我分裂的监视

保罗·奥斯特早年的写作练习，包括诗歌、侦探小说、自传的写作训练，主要是为了寻找未来的写作方向。很快，他就从这些写作经验中发现了自我，他找到了属于他自己的确切的表达形式。1987年，他出版了使他声名鹊起的小说《纽约三部曲》。这个三部曲的篇幅并不长，由三个中篇小说构成，翻译成中文才二十七万字。三个中篇分别是《玻璃城》《幽灵》和《锁闭的房间》。从这三部中篇的关系上看，它们之间既相互独立、又相互联系。三部传达同一个主题的小说，互相呼应，互相印证，又互相分离，成为一个三面体。

《玻璃城》的主人公奎因，是一个写过侦探小说的家伙——这个名字的确和一对美国著名侦探小说家兄弟使用的笔名一样，我不知道保罗·奥斯特是不是故意在影射他们或者向他们致敬。小说中，奎因每年以威尔逊的笔名出版一部侦探小说来赚钱过生活。眼下，有一个叫弗吉尼亚的人，雇佣他去监视和跟踪刚刚从监狱里出来的皮特先生。皮特曾经把亲生儿子关在一间黑屋子里达七年之久,被判入狱。现在,皮特被释放了。于是,按照约定,每天,奎因都要跟踪皮特,在纽约这座迷宫一样的玻璃城里活动。奎因根据皮特在城市里所走的路线,画出了一幅精确的路线地图,并且经常向弗吉尼亚汇报皮特的行踪。但是,奎因慢慢地发觉,皮特在纽约所走的路线图形,在地图上竟然形成了《圣经》里的巴别塔的形状。奎因于是开始苦苦地思索着皮特的路线和《圣经》之间的关系,陷入无法自拔的境地。最终,奎因发现,他自己的屋子被一个姑娘占据,他已经不是房子的主人了,他不得不离开那里,消失在纽约这座玻璃城市里。在小说的结尾,出现了叙事者,他自称是捡到了奎因的红色笔记本,根据笔记本,叙述了上述的故事。这就是这部小说的大致情节。《玻璃城》这个部分,曾以单行本的形式出版于1985年。说到写这部小说,保罗·奥斯特说:"在我写我的第一本书《孤独及其所创造的》的时候,有一天,外面来了一个电话,问我,这儿是不是一个很有名的侦探社。我当然说不是,然后挂了电话。过了一段时间,又打来一个电话问是不是那个侦探社。我本能地再次说不是。把电话放下来的一刹那,我想应该说我就是,于是,我就把这次经历写成了小说《玻璃城》。后来,在写完了《纽约三部曲》之后,又接到第三次打错的电话,问我是不是奎因先生,这一细节,我也写进了小说。"

《幽灵》出版于1986年,是三部曲中篇幅最短的,合中文五万字左右。小说中几个主人公的名字都是颜色,但是中文译本很遗憾地把黑色先生翻译成布莱克,把蓝色先生翻译成布鲁,失去了小说原来的意味深长。小说中,白色先生雇佣蓝色先生去监视黑色先生,于是,每天,透过大厦的玻璃窗户,蓝色先生都能看见他监视的对象黑色先生在另外一幢大楼的某个房间里伏案写作。这个监视的过程持续了好几年,蓝色先生渐渐地感到有些不对劲儿了,他发现,自己也成了雇佣他的白色先生的监视对象——那个被他监视的黑色先生可能就是白色先生本人,而他每天在那里伏案写作的,就是蓝色先生每天的举动。雇佣者和被雇佣者实际上处于互相监视的境地,如同镜子里出现的几个自我,互相纠缠和融合在一起。明白了这个处境,蓝色先生几乎要崩溃了,他如同幽灵一样消失在纽约这座可怕的城市里。

小说的第三部分《锁闭的房间》中的主人公范肖,又是一位作家。但是,小说一开始,范肖就神秘地失踪了。妻子苏菲去请求丈夫过去的好朋友、也就是小说的叙事者,前来帮助她整理范肖留下来的手稿。叙事者整理了范肖的遗作,并且出版了它们,获得了巨大的成功,还和苏菲生活在一起了。但是,就在这个时候,叙事人收到了范肖的来信,在信中,范肖声称自己还活着,正在跟踪和监视叙事者和前妻苏菲的生活。他告诉叙事者,不要将实情告诉苏菲。叙事者感到惶恐,在追踪范肖的过程中,他感觉到自己变成了小时候和范肖一起玩耍的另一个范肖,并迷惑于这种角色的互换,这种自我和他者在镜子里分裂和融合的可怕境遇。最后,叙事者终于找到了范肖,他发现范肖把自己锁在一个房间里。范肖交给叙事者一个红色笔记本(又是红色笔记本!),

里面写的东西谁都看不明白。叙事者在火车上不断地撕毁那个笔记本,撕到最后一页的时候,火车进站了。小说到这里就结束了。

保罗·奥斯特到底表达了一些什么,一直很有争议。这么多年,很多评论家都在评说《纽约三部曲》的主题和呈现的意义,他们从后现代主义、玄学、侦探小说和反侦探小说、人对自我的寻求和迷失、自我和他者的关系等入手进行研究,并得出了五花八门的结论。可以说,这些都是进入这部小说,甚至是进入保罗·奥斯特全部小说的一些路径。但是,大家得不到唯一的答案,因为不存在一个唯一的答案。保罗·奥斯特说:"我喜欢贝克特,因为他的小说让别人看起来就像是在制造迷宫一样。我也喜欢博尔赫斯,我当然受到他的影响,但是我不觉得自己的作品和他相似。博尔赫斯非常具有知识分子的气质,他写的作品都很短小,也很精彩,涉及历史、哲学、人文等许多方面。纳博科夫对博尔赫斯有这样的评论:博尔赫斯远看是一个很壮观的城堡,当你走近,再走近,会发现里面是一个空的舞台,里面没有任何东西。"

从他的这段话里,我们也可以得出一个结论,尽管有各种各样对保罗·奥斯特的论述,尽管他的小说是如此神秘难解,你同样可以把他的小说看成是一个空的舞台,走近了看,也许里面真的没有任何人、任何东西。

镜子中的人

和博尔赫斯相似,保罗·奥斯特也很喜欢镜子的比喻,但是,他很少直接描述镜子,他以小说中出现分裂的自我和他者,来呈现只有镜子中的人才可能形成的影像关系。1987年,他出版了小说《末世之城》,这又是一部关于纽约的作品,小说中,纽约作为一座无法穷尽的城市,再度被玻璃城和镜子城的意象所概括。1989年,他出版了小说《月宫》,这是一部带有成长小说特点的作品,它没有了《纽约三部曲》里形式的实验性、情节的诡异和思想的复杂,通篇是现实主义第一人称的叙事。小说的主人公是一个失去了母亲的孤儿,他在美国的宇宙飞船登上月球的那一年夏天开始叙述,讲述了自己从18岁在纽约读大学,然后从大学毕业,由于母亲去世,没有经济来源,遭遇了空前的经济危机,差一点就要饿死了。但是,就在这个时候,他的生活中出现了一些奇异的人和奇异的事情:他遇到了一个老年人埃奉,他和埃奉成了好朋友,他们一起玩到处给人送钱的游戏。不久,老人埃奉去世了,给他留下了七千美元。他还遇到了一个华裔女孩吴凯蒂,两个人相爱了,由于一个偶然的机会,他最后找到了他的父亲——实际上,他是一个私生子,他过去从来都没有见过自己的爸爸,他的孕育和诞生都是非常偶然的。最终,自己的这个可能的父亲也去世了,女朋友吴凯蒂也因为坚持堕胎而和他分手了。在小说的结尾,主人公一个人开始在美国大地上行走,他从犹他州一直走到加利福尼亚州的海滩上,在那里,他获得了对人生全新的认识。

《月宫》讲述了一个非常具体而饱满的成长故事，我猜测，小说就取材于保罗·奥斯特本人在纽约读大学并且四下漂泊所体验到的一些生活。小说写到的主人公从18岁到24岁期间所经历的事情，有大量现实的、具体的细节和情节，都能够使我想起保罗·奥斯特自己的经历，因此，我有理由相信，这部小说是保罗·奥斯特带有自传色彩的作品。但是，关于小说中的自传因素，保罗·奥斯特却说："我写的不是自传，也许，我会用上一些自己的经历，比如地点，我什么时候去的什么地方，我必然对那个地方有印象，就会写进书里。那些和现实有关的材料都是自己突然跳出来的，我就随着它们的出现，如果本能上愿意的话，就用了，但总体来说，在我作品中我的影子应该是很少的。"的确，他的其他小说的自传性不强，唯有《月宫》是了解他青年时代很重要的一部小说。

保罗·奥斯特开始越写越好，也引起了美国文坛的重视。1990年，保罗·奥斯特获得了美国文学与艺术学院颁发的"莫顿·萨伯奖"，这主要是对他的小说《纽约三部曲》的褒奖。这一年，他还出版了长篇小说《机缘乐章》。1991年，保罗·奥斯特以《机缘乐章》获得了美国笔会福克纳小说奖的提名，但是，最终他没有获得这个奖项。在《机缘乐章》这部小说中，他继续探讨他一贯喜欢书写的人生机缘故事——往往是一些瞬间，改变人的人生轨道。1992年，他出版了长篇小说《巨兽》。次年，也就是在1993年，保罗·奥斯特以小说《巨兽》获得了法国美迪西文学大奖。从20世纪90年代起,保罗·奥斯特开始积极地参与电影行当,为华裔导演王颖写了电影剧本《烟》,这部片子我觉得拍得很烂,但是它竟然获得了1995年的柏林电影节评审团奖、国际影评人奖及观众票选最佳影片奖。光写剧本他还觉得不过瘾,于是就与王颖合导了《烟》和《面有忧色》。1998年,他自己独立担任导演,执导了影片《桥上的露露》,2006年,他执导了第二部电影《马丁·弗罗斯特的内心生活》,故事改编自他的小说《幻影书》。这两部电影都属于艺术家电影,主要在一些艺术电影院线放映,获得了一定的好评。1997年,他还担任了法国戛纳电影节的评委,可见,他在电影界还混出不小的名声来了。不过,我觉得他的电影很一般,其艺术成就远远不如他的小说。但是玩票玩到这个水准,对于作家来说也很不容易了。法国作家很喜欢涉足电影,尤其是"新小说派"中的几个人,中国这些年也出现了一些作家导演,但是,和保罗·奥斯特一样,他们拍摄的电影都不如他们的小说好。

与此同时,保罗·奥斯特没有停止写作。1994年,他出版了小说《昏头先生》。我没有见到这部小说,不知道是写什么的。1997年,他又出版了一部篇幅不长的长篇小说《在地图结束的地方》。这部小说值得重视,它在叙述角度上别开生面。小说的主人公有两个:威利和他的狗骨头先生。诗人威利的身体有病,来日无多了,因此,他的狗骨头先生也察觉到自己的主人可能不行了。它是一条老狗。于是,一个濒临死亡的人和他的一条忠心耿耿的老狗之间,演绎了一出感人的故事。小说以狗的视角、思维和情绪来结构全篇，描述了落魄诗人威利在美国当代社会中的离奇遭遇。我想起来，日本作家夏目漱石写过一本《我是猫》，以一只猫的眼光及其在日本社会的游走来透视日本的社会万象，和保罗·奥斯特的这本小说有异曲同工之妙。

在保罗·奥斯特的小说中，总是有些离奇的事情发生，一些不可测的命运，总是忽然就降落到主人公的头上。对此，他说："总有很多怪事发生在我自己身上。我想，应该很多人也会这么想，偶然性是世界统领一切的方式。突发事件、事故或不确定性，这些都是现实生活的组成部分，这非常复杂，但你也可以认为这就是命运。你也可以很有计划、有目标、有理性地做决定，这些也是生活的一部分，但偶然性是生活的另一部分。很多写小说的人很容易就忘记了这点，但这却是我最关注的。"

迷宫制造家

2002年，保罗·奥斯特出版了小说《幻影书》，继续书写他一贯的小说主题：对未知命运的追寻。小说的主人公大卫是一个悲伤和孤独的人——他的妻子和两个孩子在一次车祸中丧生了。虽然他获得了保险公司的巨额赔付，但是他依旧十分颓废，难以从悲伤中自拔。为了给自己找事做，他决定去撰写自1929年起就消失在影坛上的、无声电影时代的明星赫克托·曼的传记，以此来打发时间。就在他进行调查和搜集资料的过程中，一个自称是赫克托·曼的妻子的女人给他打来电话，告诉他，赫克托·曼还活着，并且愿意见他。于是，大卫经历了一场复杂的旅行，终于找到了那个女人指定他前往的地方，结果，无意间卷入了一场恐怖的死亡事件。而大卫对另外一个人的追寻，实际上也是他对自己过往生活的追忆和发现的过程，大卫和赫克托·曼的人生道路，在一种跨越时空的距离中，奇异地重合了，世界在偶然性的幕布上，撕开了一道必然性的口子。这部小说能够和他的《纽约三部曲》相比，在结构上还插进去两个电影剧本梗概：《隐形人》和《马丁·弗罗斯特的内心生活》，作为一种文本映照。后者果真于2006年被保罗·奥斯特拍成电影了。

2004年，保罗·奥斯特出版了小说《神谕之夜》。小说的篇幅并不大，但结构复杂精巧，故事中套着故事，如同一个三维画面一样旋转和立体。小说主人公希德尼是一个作家，一天，希德尼路过一个华人张生开的杂货店，看到了一个蓝色的笔记本，他爱不释手，买回家后，萌发了写作的激情，开始在蓝色笔记本上写小说。希德尼写的小说中的主人公叫尼克，是一个出版社的编辑，有一天，尼克差一点被一道闪电击中，于是，他仿佛得到了天启，决定不回家了，而是坐上飞机，任由飞机飞往任何一个地方。等到降落之后，他发现自己来到了一个很陌生的城市堪萨斯。他在堪萨斯城举目无亲，四下游逛。两天之后，他和一个叫爱德的老出租汽车司机交上了朋友。爱德很害怕第三次世界大战或核战争爆发，因此，爱德给自己建造了一座坚固的地下堡垒，他邀请尼克前往那里，参观他所收藏的浩如烟海的旧电话号码本。两天后，爱德忽然心脏病发作去世了，剩下尼克一个人，在那个水泥堡垒里整理电话本。但是，尼克不小心竟然把自己反锁在那个水泥地下堡垒里，出不去了，于是，他只好在地堡里阅读他当编辑的时候所收到的最后一部书稿《神谕之夜》。这部书稿讲述了一个脑袋受过创伤的军人的故事：他忽然获得了感知未来的能力，由于预先知道了自己的爱人将要背叛他，这个军人就自杀了。小说写到这里的时候，似乎纠缠到一个死结里了：作家希德尼把尼克写进了地下堡垒之后，就无法在蓝色笔记本上继续写下去了。此时，希德尼的生活也出现了问题：他的妻子格蕾丝和自己的好朋友约翰有一腿。希德尼大怒，他撕掉了蓝色笔记本上的尼克的故事。正在这个时候，约翰却因为脑血栓忽然去世，约翰的儿子从戒毒所逃出来，来到希德尼的家里，在和希德尼夫妇吵架的过程中将和他父亲约翰有染的格蕾丝打成了重伤。最后，守候在格蕾丝病床边的希德尼，却感到前所未有地平静，他似乎领悟了生活的真理，获得了神谕。

《神谕之夜》中，保罗·奥斯特让小说的人物和情节像几面镜子那样互相反射，从而获得非常奇特的叙事效果。小说中到处都是有联系的、彼此呼应的暗示和标明情节进展的路标，是他为了让读者不迷路所设定的，但是，读者还是容易掉入迷雾中。从总体上说，似乎有一种宿命的东西，一直笼罩在保罗·奥斯特笔下的人物头顶，但是，最终这些人物的挣扎又突破了预设的必然命运。因此，这部小说是保罗·奥斯特写得最繁复、层次最复杂的、意义最多样的小说，是最能够体现保罗·奥斯特后期创作风格的小说。此外，我还发现，在保罗·奥斯特的不少小说中，作家形象是他惯用的角色。比如《纽约三部曲》和《神谕之夜》中都有作家的形象出现。而且，这些作家都遇到了某种他们无法克服的困境，总是在一种绝境中挣扎着。对此，保罗·奥斯特夫子自道："我笔下的一些作家的确有的遭遇了失败，或者突然出现的变故让他们的内心一落千丈，但这些困难的时候，却正好是一个考验的时刻，只有在这种危机时刻，他们才可能通过重新寻找自己，发现真正的自我。你只有触碰天空之后，才能脚落大地。生活是一个大的旅途，一直在不断地变。事实上，我并不关注他们最后的结果怎么样，我只关注这个变化的过程。每个人都在挣扎着求生，在内心和外部压力之间做个平衡。这个是我最感兴趣的。"

保罗·奥斯特被人们说成是"迷宫制造专家"，他的作品几乎像俄罗斯套娃一样，一层包一层，总是故事套着另外一个故事，比如《神谕之夜》《纽约三部曲》《幻影书》都是这样。可是保罗·奥斯特自己却认为，迷宫式的写法并不是他有意的选择："我脑子里本来就是这么想，这么运作的。我有很多书，都是故事中套故事，我喜欢把各种不同的元素关联起来。每个故事之间有自己的距离、有自己的能量，而我则按不同的比例调和起来。这不是逻辑可以做到的事。完全是写作本能，冲动之下做出来的。我一想到，嗯，我就应该这么写，那我就随心开始写了。我不会坐下来，想着我一共要写八章，每章都以'这'字开头。我的故事内容决定了我写的方向。内容永远是第一，形式永远是其次。"

黑暗中的绳索

2005，保罗·奥斯特出版了小说《布鲁克林的荒唐事》。和《月宫》一样，这是一部和生活贴得很近的小说。和《月宫》描绘一个青年的成长故事不同，《布鲁克林的荒唐事》描绘的是一个老年人在弥留之际的故事。在写这部小说的时候，保罗·奥斯特已经58岁，他一定是感觉到老之将至了。小说中充满了一种温暖的调子，描绘了一个叫内森的人，他身患癌症、家庭解体，退休之后打算在纽约的布鲁克林了此残生的故事。内森在布鲁克林遇到了自己同样失意的外甥汤姆，恰好这个时候，汤姆9岁的外甥女露西也来到了他身边，于是，在布鲁克林闹市，三代人、三个生活失意的亲戚生活在了一起，并且和他们周围失意的人群一起，去发现生活的意义。两个大男人内森和汤姆的生活，也被9岁的小姑娘露西给改变了。小说带有明显的喜剧风格，是保罗·奥斯特作品中少有的，他的大部分作品都是阴郁的、神秘的，像破碎的镜子那样映射着现代人分裂的生活和心灵。小说透出来一种少有的亮色，人性的美丽和善，热情以及信心。这对于"9·11"之后的纽约人格外重要。对此，保罗·奥斯特说："我主要表现的，就是人的内心状态，我觉得，这胜于其他任何东西。内心世界最值得写。而另一方面，生活如此充满双重性，人类的命运布满了矛盾。矛盾、对照、谬论，这些东西最能触及我的心，对我而言，这就是小说的意义所在。我就是通过小说来表达我对命运矛盾的看法。"

2007年,他出版了小说《密室中的旅行》,这是他的第十二部小说。小说制造了一个谜团:一个老人醒过来之后,发现他身处一个陌生的房间。而桌子上还有一部书稿,他开始阅读了。那是关于一个囚犯的故事的书稿,在阅读中,老人逐渐地靠近了揭开自己身世的谜底……这部小说重复了他原先小说的主题,并无新的拓展,情节也似曾相识,让我感到遗憾。

很多人都认为,保罗·奥斯特是最能代表纽约的作家,但是,保罗·奥斯特不认为他是代表纽约的作家。他认为,自己只是碰巧生活在纽约,又碰巧喜欢书写纽约的生活罢了。而我很感兴趣的,倒是在他的笔下出现的华人角色,比如《月宫》中的吴凯蒂、《神谕之夜》里卖给主人公蓝色笔记本的店主张生,等等。他和美国华裔导演王颖也是多年的朋友,保罗·奥斯特承认,他很早以前的一个女朋友是华人。我想,那个女朋友的形象已化身为吴凯蒂出现在他的小说《月宫》里。此外,他的大姨子能说一口标准的汉语普通话——她在台湾和香港待了很多年,非常了解中国。因此,保罗·奥斯特的笔下不断地出现中国人的形象和中国元素,就很容易理解了。

保罗·奥斯特几乎每年都出版一部新作,他的小说篇幅并不长,因此可以保持这样的速度。2008年,他又出版了一部小说《黑暗中的人》,这是一部带有幻想色彩的小说,虚构了美国陷入内战当中的情景:蓝色阵营和红色阵营的各州互相开战,一个魔术师被派来暗杀内战的肇事者——一个作家。这个72岁的作家自己的生活也陷入分裂的痛苦中,他遭遇了车祸,腿部残疾,他的女儿则被丈夫抛弃了，陷入精神痛苦中；他的孙女看到自己过去的恋人参加了伊拉克战争，被伊拉克蒙面游击队砍掉了脑袋，于是她的精神濒临崩溃。魔术师的到来使他们的生活都发生了变化——小说在想象和现实两个层面上，展开了对当代美国社会的描述，但造成了现实和想象的分离，小说依旧带有保罗·奥斯特浓厚的个人风格的烙印，语调神秘、情节离奇，在叙述的精致和双层结构上的把戏，也是他过去的老花样，显得过于匠气和小气，这也是他的缺陷之一。因此，我觉得《黑暗中的人》没有超过他过去的几部好小说。

谈到自己的师承，保罗·奥斯特说："我欣赏的作家中，排在第一位的是塞万提斯，他是所有的小说家中最好的。还有狄更斯，他是个天才。此外，还有托尔斯泰、陀思妥耶夫斯基，美国作家是霍桑、麦尔维尔和梭罗。我很小就开始读书，9岁、10岁时开始写诗，15岁就读到了陀思妥耶夫斯基的《罪与罚》，当时非常震撼，那时候我就立下志向，今后我也要写这样的小说。"

法国人很喜欢他的小说，1995年就出版了包含他当时全部作品的全集。因此，在阅读了保罗·奥斯特的十多部作品之后，我的总体感觉是，他的写作风格像是一个法国作家，他的小说也像是法国小说：对形式十分强调，人物关系紧张而简单，结构精细到过于注重细节，巧妙到类似女人内衣的蕾丝花边一样的叙事，令人佩服而稍嫌琐碎，难怪法国人那么喜欢他的小说。因此，我觉得保罗·奥斯特比如今在世的菲利普·罗斯、唐·德里罗、托妮·莫里森、科马克·麦卡锡等几个美国小说大家要狭窄一些。但是，他还是属于美国一流作家的方阵，因为，他从一条狭窄幽暗的小道，找到了通向明亮开阔地的道路，并给未来小说发展的可能性，找到了一丝光亮。2012年出版回忆录《冬日笔记》后，保罗·奥斯特一度停笔。2017年，他终于携长篇小说《4321》重返小说创作领域。